KB053613

당시대관

唐詩大觀

7권

陳起煥 편역

明文堂

李商隱(이상은)
《晩笑堂竹莊畫傳(만소당죽장화전)》

花蕊夫人(화예부인)

《百美新詠圖傳(백미신영도전)》

華淸宮(화청궁)
中國 陝西省 西安市

당시대관

唐詩大觀

[7권]

陳起煥 편역

001 李商隱(이상은) 22

一. 五言·七言絶句(오언·칠언절구) 25

樂遊原(낙유원) (五絶) 25

樂遊原(낙유원) (七絶) 27

滯雨(체우) 28

細雨(세우) 29

微雨(미우) 30

高花(고화) 31

嘲桃(조도) 32

悼傷後赴東蜀辟至散關遇雪(도상후부동촉벽지산관우설) 33

天涯(천애) 34

早起(조기) 35

憶梅(억매) 36

夜雨寄北(야우기북) 37

端居(단거) 39

到秋(도추) 40

霜月(상월) 41

有感(유감) 42

寄令狐郎中(기령호랑중) 43

爲有(위유) 45

漢宮詞(한궁사) 46

賈生(가생) 47

舊將軍(구장군) 49

隋宮(수궁) 50

瑤池(요지) 51

嫦娥(항아) 52

宮辭(궁사) 53

柳(유) (曾逐東風~) 54

柳(유) (爲有橋邊~) 55

初起(초기) 56

詠史(영사) 57

夢澤(몽택) 58

過楚宮(과초궁) 59

驪山有感(여산유감) 60

龍池(용지) 61

寄蜀客(기촉객) 62

日日(일일) 63

花下醉(화하취) 64

代贈(대증) 二首 (其一) 66

無題(무제) (白道縈迴～) 67

二. 五言·七言律詩(오언·칠언율시) 68

蟬(선) 68

風雨(풍우) 71

落花(낙화) 74

北禽(북금) 76

卽日(즉일) 78

涼思(양사) 79

北青蘿(북청라) 82

晚晴(만청) 85

哭劉司戶(곡유사호) 二首 (其一) 87

無題(무제) 四首 (其三) (含情春晼～) 88

夜飲(야음) 90

少將(소장) 91

幽居冬暮(유거동모) 92

桂林(계림) 94

錦瑟(금슬) 96

杜工部(두공부), 蜀中離席(촉중이석) 100

贈司勳杜十三員外(증사훈두십삼원외) 102

無題(무제) (昨夜星辰～) 104

隋宮(수궁) 107

楚宮(초궁) 二首 (其二) 112

無題(무제) 四首 (其一) (來是空言～) 114
無題(무제) 四首 (其二) (颯颯東風～) 117
籌筆驛(주필역) 121
荊門西下(형문서하) 124
無題(무제) (相見時難～) 126
春雨(춘우) 129
無題(무제) 二首 (其一) (鳳尾香羅～) 132
無題(무제) 二首 (其二) (重帷深下～) 135
野菊(야국) 138
流鶯(유앵) 140
二月二日(이월이일) 141
九日(구일) 142
無題(무제) (萬里風波～) 144
昨日(작일) 145
即日(즉일) 147
淚(루) 148
寫意(사의) 150
曲江(곡강) 152

三. 古詩(고시) 154
無題(무제) (八歲偸照～) 154
無題(무제) (近知名阿～) 156
房中曲(방중곡) 157

武侯廟古柏(무후묘고백) 159

韓碑(한비) 161

002 崔珏(최각) 174

哭李商隱(곡이상은) (其二) 175

003 韓琮(한종) 177

暮春滻水送別(모춘산수송별) 178

駱谷晩望(낙곡만망) 179

004 馬戴(마대) 180

秋思(추사) 二首 (其一) 181

過亡友墓(과망우묘) 182

易水懷古(역수회고) 183

山中興作(산중흥작) 184

落日悵望(낙일창망) 185

005 崔櫓(최로) 187

華淸宮(화청궁) 三首 (其一) 188

華淸宮(화청궁) 三首 (其三) 188

006 曹鄴(조업) 190

庭草(정초) 191

樂府體(악부체) 192

官倉鼠(관창서) 193

其四怨(기사원) 194

其五情(기오정) 195

戰城南(전성남) 196

讀李斯傳(독리사전) 198

007 司馬扎(사마찰) 200

彈琴(탄금) 201

宮怨(궁원) 202

隱者(은자) 203

008 于武陵(우무릉) 204

勸酒(권주) 205

贈賣松人(증매송인) 206

009 劉駕(유가) 207

牧童(목동) 208

曉登迎春閣(효등영춘각) 209

010 高駢(고병) 210

山亭夏日(산정하일) 211

011 鄭畋(정전) 212

馬嵬坡(마외파) 213

012 于濆(우분) 214

對花(대화) 215

辛苦吟(시고음) 216

里中女(이중녀) 218

013 張孜(장자) 220

雪詩(설시) 221

014 曹松(조송) 223

金谷園(금곡원) 224

己亥歲(기해세) 二首 (其一) 225

商山(상산) 226

015 貫休(관휴) 227

月夕(월석) 228

常思李白(상사이백) 229

016 羅隱(나은) 231

雪(설) 232

蜂(봉) 233

西施(서시) 234

感弄猴人賜朱紱(감농후인사주불) 235

贈妓雲英(증기운영) 236

自遣(자견) 237

鸚鵡(앵무) 238

金錢花(금전화) 239

柳(유) 240

黃河(황하) 241

017 汪遵(왕준) 243

淮陰(회음) 244

烏江(오강) 245

題李太尉平泉莊(제이태위평천장) 246

018 羅鄴(나업) 247

共友人看花(공우인간화) 248

雁(안) 二首 (其二) 249

望仙臺(망선대) 250

019 王渙(왕환) 251

惆悵詩(추창시) 十二首 (其三) 252

惆悵詩(추창시) 十二首 (其十二) 253

020 黃巢(황소) 254

題菊花(제국화) 255

不第後賦菊(부제후부국) 256

021 韋莊(위장) 258

勉兒子(면아자) 259

臺城(대성) 260

金陵圖(금릉도) 262

古離別(고이별) 263

送日本國僧敬龍歸(송일본국승경룡귀) 264

與東吳生相遇(여동오생상우) 265

022 聶夷中(섭이중) 266

田家(전가) 267

公子家(공자가) 268

長安道(장안도) 269

詠田家(영전가) 270

023 司空圖(사공도) 271

退居漫題(퇴거만제) 七首 (其一) 272

雜題(잡제) 273

獨望(독망) 274

卽事(즉사) 九首 (其一) 275

涔陽渡(잠양도) 276

華下(화하) 二首 (其一) 277

024 張喬(장교) 278

漁家(어가) 279

送人及第歸海東(송인급제귀해동) 280

河湟舊卒(하황구졸) 281

書邊事(서변사) 282

025 來鵬(내붕) 284

山中避難作(산중피난작) 285

雲(운) 286
寒食山館書情(한식산관서정) 287

026 李咸用(이함용) 288
君子行(군자행) 289
冬夕喜友生至(동석회우생지) 290
訪友人不遇(방우인부우) 291

027 錢珝(전후) 292
江行無題(강행무제) 一百首 (山雨夜來~) 293
江行無題(강행무제) 一百首 (兵火有餘~) 294
江行無題(강행무제) 一百首 (咫尺愁風~) 294
未展芭蕉(미전파초) 296

028 崔道融(최도융) 297
班婕妤(반첩여) 298
西施灘(서시탄) 299
寄人(기인) 二首 (其二) 300
溪上遇雨(계상우우) 二首 (其二) 301
溪居卽事(계거즉사) 302
梅(매) 303

029 皮日休(피일휴) 304
閒夜酒醒(한야주성) 305
館娃宮懷古(관왜궁회고) 五絕 (其一) 306

汴河懷古(변하회고) 307
卒妻悲(졸처비) 308
橡媼歎(상온탄) 311

030 **陸龜蒙(육구몽)** 314
築城詞(축성사) 二首 (其一) 315
築城詞(축성사) 二首 (其二) 316
孤燭怨(고촉원) 317
懷宛陵舊遊(회완릉구유) 318
白蓮(백련) 319
和襲美春夕酒醒(화습미춘석주성) 320
新沙(신사) 321
自遣(자견) 三十首 (其十三) 322
自遣(자견) 三十首 (其二十五) 322
別離(별리) 324

031 **高蟾(고섬)** 325
感事(감사) 326
下第後上永崇高侍郎(하제후상영숭고시랑) 327

032 **秦韜玉(진도옥)** 328
獨坐吟(독좌음) 329
貧女(빈녀) 330

033 章碣(장갈) 333

焚書坑(분서갱) 334

東都望幸(동도망행) 335

034 唐彦謙(당언겸) 336

小院(소원) 337

春風(춘풍) 四首 (其一) 338

春風(춘풍) 四首 (其三) 339

春風(춘풍) 四首 (其四) 339

魚(어) 341

仲山(중산) 342

035 吳融(오융) 343

溪邊(계변) 344

山居喜友人相訪(산거희우인상방) 345

賣花翁(매화옹) 346

楊花(양화) 347

036 張蠙(장빈) 348

十五夜與友人對月(십오야여우인대월) 349

敍懷(서회) 350

登單于臺(등단우대) 351

夏日題老將林亭(하일제로장림정) 352

037 韓偓(한악) 354
兩處(양처) 355
效崔國輔體(효최국보체) 四首 (其一) 356
效崔國輔體(효최국보체) 四首 (其二) 356
已涼(이량) 358
醉着(취착) 359
自沙縣抵龍溪縣～(자사현저용계현) 360
忍笑(인소) 361
深院(심원) 362
寒食夜(한식야) 363
野寺(야사) 364
春盡(춘진) 365
安貧(안빈) 367
傷亂(상란) 369

038 杜荀鶴(두순학) 370
釣叟(조수) 371
感寓(감우) 372
春閨怨(춘규원) 373
溪興(계흥) 374
再經胡城縣(재경호성현) 375
贈質上人(증질상인) 376
小松(소송) 377

題新雁(제신안) 378
訪道者不遇(방도자불우) 379
送友遊吳越(송우유오월) 380
春宮怨(춘궁원) 381
山中寡婦(산중과부) 383
亂後逢村叟(난후봉춘수) 384
自敍(자서) 385

039 鄭谷(정곡) 386
感興(감흥) 387
採桑(채상) 388
席上贈歌者(석상증가자) 389
淮上漁者(회상어자) 390
淮上與友人別(회상여우인별) 391
菊(국) 392
讀李白集(독리백집) 393
鷓鴣(자고) 394
中年(중년) 396

040 齊己(제기) 398
贈琴客(증금객) 399
早梅(조매) 400

041 周朴(주박) 402

塞上曲(새상곡) 403

桃花(도화) 404

042 盧汝弼(노여필) 405

和李秀才邊情四時怨(화이수재변정사시원) 四首 (其一) 406

和李秀才邊情四時怨(화이수재변정사시원) 四首 (其四) 406

043 崔塗(최도) 408

送友人(송우인) 409

櫓聲(노성) 410

巫山旅別(우산여별) 411

題絶島山寺(제절도산사) 412

春夕(춘석) 413

044 王駕(왕가) 415

社日(사일) 416

雨晴(우청) 417

045 陳玉蘭(진옥란) 418

寄夫(기부) 419

046 韓熙載(한희재) 420

感懷詩(감회시) 二章 (其一) 421

047 李洞(이동) 422

繡嶺宮詞(수령궁사) 423

有寄(유기) 424

048 花蘂夫人徐氏(화예부인서씨) 425

述國亡詩(술국망시) 426

049 譚用之(담용지) 428

秋宿湘江遇雨(추숙상강우우) 429

050 張泌(장필) 430

寄人(기인) 431

051 孟賓于(맹빈우) 432

公子行(공자행) 433

052 西鄙人(서비인) 434

哥舒歌(가서가) 435

053 太上隱者(태상은자) 436

答人(답인) 437

054 無名氏(무명씨) 438

初渡漢江(초도한강) 439

雜詩(잡시) 440

河鯉登龍門(하리등용문) 441

001

李商隱(이상은)

李商隱〔이상은, 813 – 858, 字는 義山, 號는 玉谿生, 또는 樊南生(번남생)〕은 晩唐의 詩人을 대표한다. 그 詩文의 가치를 평가하여 杜牧(두목)과 함께 '小李杜라 칭한다(大李杜는 이백과 두보)'. 또 溫庭筠(온정균)과 함께 '溫李' 라고도 부른다. 唐詩의 교과서라 할 수 있는 《唐詩三百首》에도 李商隱의 詩 22首가 실려 있어 두보 – 이백 – 왕유에 이어 4위를 차지하고 있다. ※ 李商隱, 우선 그의 이름이 갖는 뜻을 생각해 보면 그 이름을 오래 기억할 수 있다. 漢 高祖 劉邦은, 呂后 소생의 長子를 폐하고 戚夫人(척부인) 소생의 如意를 太子로 삼으려 하자 다급한 呂后는 張良과 상의한다. 張良은 여후에게 '商山의 四皓(사호)' 를 초치하라고 일러준다. 나중에 태자가 상산사호와 함께 고조를 뵙자, 고조는 '羽翼已成(날개가 다 갖추어졌다)' 했다면서 태자를 바꾸려던 생각을 접게 된다.

李商隱은 이 고사에서 '商山의 隱者' 라는 뜻을 따와 商隱을 이름으로 지었다고 한다. 그리고 그의 字 義山은 '隱居而能行義' 의 義와 商山의 山을 묶은 것이라고 한다.

李商隱은 17세 때 牛李黨爭(牛僧孺 – 李德裕의 당쟁)의 牛黨에 속하는 令狐楚(영호초)의 막료가 되었다가 25세 때 진사가 된다. 이상은은 李黨에 속하는 王茂元(왕무원)의 딸과 결혼하는데, 이 때문에 牛 – 李 양쪽에서 모두 배제되는 역경을 당해야만 했다.

그의 관직 생활은 격심한 우이당쟁의 소용돌이 속에서 험난한 가시밭길이었고 굴곡이 너무 심했었다. 이상은은 이렇듯 불우한 처지와 失意 속에서 알기 힘들고 難澁(난삽, 떫을 삽)한 詩語로 그의 憂愁(우수)와 고민을 풀어냈으며, 그의 시는 悲感(비감)으로 가득 차있다.

中唐의 시는 韓愈(한유)와 元稹(원진)과 白居易(백거이)로 대표되며, 강건하고 질박한 시풍이었고 문학의 가치를 '사회의 教化' 라는 효용성을 강조하는 입장이었다.

그러나 晩唐(만당)의 시는 李商隱과 杜牧(두목)으로 대표되며, 개인의 감정과 고민을 표출하는데 중심을 두었으며 문학의 미적 가치에 많은 관심을 가졌었다고 그 특성을 요약할 수 있다.

晩唐은 정치적으로 당의 급격한 쇠락시기였다. 절도사 등 군벌 곧 번진의 할거는 계속되었고, 환관들에 의하여 황제가 옹립되고 폐위되었으며 우이 당쟁은 격화되었다. 이러한 현실에 적극적으로 참여하거나 개선할 수도 없었기에 시인들은 문학의 예술적 성취에 주력하게 된다. 그리하여 문자의 彫琢(조탁)과 음률의 조화를 강조하며, 對句와 빈번한 典故(전고)의 사용 등 형식을 많이 강조하게 된다.

李商隱의 시의 특징 중 한 가지는 애정과 우수를 노래한 작품이 많다는 것이다. 그 이전에 남녀의 애정을 주제로 읊은 시가 거의 없었으나 이상은에 의해 문학적 향기가 높은 작품이 나온 것은 특기할 만하다. 이상은의 애정시의 제목은 거의 〈無題〉이다.

이상은 詩의 特長은 상징과 은유의 표현기법이 우수하며 전고의 운용이 능숙하다는 점을 들 수 있다. 또한 字句가 精練(정련)되고 화려하다 할 수 있으니, 이상 3가지 특장이 하나로 어울려 함축적이고 완곡하며 우아한 詩境(시경)을 연출하고 있으나, 난해하다는 평가를 면할 수는 없다.

一. 五言·七言絶句

樂遊原(낙유원) (五絕)

向晩意不適，驅車登古原，
夕陽無限好，只是近黃昏.

낙유원 (5절)

해질녘 마음이 울적하여,
수레로 고원에 올랐더니,
지는 해 한없이 좋지만,
다만 황혼에 가깝더라.

| 詩意 | 樂游原은 지명으로, 長安 시내를 내려다 볼 수 있는 높은 벌판이다. 前漢 宣帝가 이곳에 '樂游廟'를 건립하고 이곳을 樂遊苑이라고도 불렀다는데, 당 측천무후 때 太平公主가 여기에 정자와 누각을 지은 뒤로 장안 사람들이 철에 따라 이곳에서 놀았다고 한다.

같은 제목으로 이상은의 칠언절구가 있고, 杜牧도 비슷한 제목

의 七言絶句 〈將赴吳興登樂游原〉을 남겼다. 그러나 樂游原을 읊은 시 중에서는 李商隱의 이 시를 제일 먼저 꼽는다.

마음이 울적한 시인이 해질녘에 높은 언덕에 올라서 해를 바라본다. '夕陽은 無限好나 只是 近黃昏이라!' 이 구절은 인구에 널리 회자되는 名句로 그 含意(함의)가 많아 다양한 풀이가 있다.

우선 해가 지는 시간에 약간의 차이가 있다. 向晩 – 夕陽 – 黃昏으로 해는 점점 지고 있다. 시인의 감정도 '意不適' 이라서 '登古原' 하면서 생각을 가다듬고 '無限好' 라고 느낀 다음에 '近黃昏' 이라고 술회하고 있다.

그 '無限好' 와 '近黃昏' 의 감정은 사람마다 다를 것이다. 역자가 지금 '이러한 것' 이라고 해석하는 것은 역자의 마음이지 李商隱의 마음은 아닐 수도 있다.

하여튼 '言外의 뜻' 이 많기에 이 시가 더 좋고 유명한 것이다. 〈樂遊原〉 같은 제목으로 이상은의 칠언절구와 오언율시도 있는데, 칠언절구는 다음과 같다.

樂遊原(낙유원) (七絕)

萬樹鳴蟬隔岸虹, 樂遊原上有西風.
羲和自趁虞泉宿, 不放斜陽更向東.

낙유원 (7절)

모든 나무에 매미 울고, 강 건너엔 무지개,
여기 樂遊原에는 서풍이 불고 있다.
해는 제 혼자서 虞泉(우천)에 가서 자려고,
지는 빛 보내지 않고 그냥 동쪽으로 향한다.

| 詩意 | 낙유원에서 바라본 저무는 해를 묘사하였다. 1, 2구에서는 강 건너 무지개까지 언급한 뒤, 자신은 불어오는 서풍을 맞으며 지는 해를 바라보고 있다. 그리고 저무는 해는 虞泉(우천)에서 자고 내일 동쪽서 다시 떠오르려 동쪽으로 간다고 밤을 언급하였다.

羲和(희화)는 태양의 수레를 모는 神(日御)이고, 虞泉(우천, 虞淵)은 전설 속에서 해가 지는 곳이다.

滯雨(체우)

滯雨長安夜，殘燈獨客愁.
故鄕雲水地，歸夢不宜秋.

비에 막히다

비에 막혀 머무는 장안의 밤에,
희미한 등불에 홀로 시름하는 나그네.
고향은 구름과 물이 어울린 땅,
가을엔 귀향을 그리지 않으리라.

| 詩意 | 시인은 장안의 어느 객점에서 비 때문에 머무르면서 빗소리를 듣고 있다.(滯는 막힐 체) 이렇게 비오는 날이면 따뜻한 고향의 집, 그리고 아내가 그리울 것이니, 이것이 바로 客愁(객수)일 것이다. 그러면서도 가을 이전에 本家에 돌아가기를 바라고 있다. 李商隱은 隴西(농서) 李氏로 唐 황실의 먼 일족이었다. 그의 부친 李嗣(이사)는 현령을 역임했으나, 이상은이 10세 전후에 他界했다. 이상은은 부친이 江南에서 지방관으로 근무할 때 출생하여 부친이 타계한 뒤에 원 고향(今 河南省)으로 돌아와 빈곤하게 살았다.

細雨(세우)

帷飄白玉堂，簟卷碧牙牀.
楚女當時意，蕭蕭髮彩涼.

이슬비

휘장이 펄럭이는 白玉堂에,
대자리 걷은 碧牙의 침상에도 내린다.
楚의 神女가 즐기던 그때처럼,
곱게 빗은 머리가 바람에 날리듯 내린다.

| 詩意 | 이상은은 내리는 이슬비를 바라보면서 공상을 한다. 이슬비가 내리는 것은 이상은의 집이 아니라 천상의 화려한 궁궐, 楚 巫山의 神女가 운우의 정을 나누고, 머리를 풀어헤쳐 바람을 쐬던 그때처럼 내린다는 공상이다.

내리는 이슬비를 바라보며 떠오르는 생각은 백이면 백 사람이 모두 다르리라! 술꾼은 비오는 날 막걸리를 생각하는데, 이상은은 미녀와의 사랑을 꿈꾸고 있다.

微雨(미우)

初隨林靄動，稍共夜涼分.
窗迥侵燈冷，庭虛近水聞.

이슬비

처음엔 숲속 안개 따라 내리더니,
점차로 밤의 서늘한 기운과 달라진다.
창에서 떨어진 등불을 싸늘히 식히고,
시냇물 가까운 빈뜰에 물소리 들린다.

| 詩意 | 이슬비를 읊은 영물시인데, 안개구름 따라 내리기 시작한 이슬비가 한밤 들어 등불까지 차갑게 식혀주는 것 같다고 세밀하게 관찰하였다.

또 들리지 않던 시냇물 소리도 들린다 하여 밤이 깊었음을 표현하였다.

하여튼 제목의 '微(작을 미)'를 정말 세밀하게 관찰하였다.

高花(고화)

花將人共笑，籬外露繁枝.
宋玉臨江宅，牆低不礙窺.

높은 곳에 핀 꽃

꽃이 사람을 따라 웃으려는지,
울타리 밖까지 가지를 드리웠다.
宋玉의 강가에 있는 집은,
담이 낮아 들여다보기가 어렵지 않다.

| 詩意 | 宋玉은 가난한 시인이다. 꽃이 俗人을 따르려는지 높은 곳에 피어 고관대작의 행차나 저택을 엿보아 함께 웃으려 한다.

송옥은 담 너머로 여인의 신발을 삼 년간 훔쳐보았다는 글을 지었다. 송옥은 가난한 사람이라 높은 곳에 핀 꽃에 아무런 거리낌도 없었으니, 이는 전혀 관심이 없다는 뜻이다.

이상은은 송옥을 자신의 모습으로 대체시켰다. 이 시는 세태를 풍자하는 분명한 뜻이 있다.

嘲桃(조도)

無賴夭桃面, 平明露井東.
春風爲開了, 却擬笑春風.

복숭아를 비웃다

어여쁜 복숭아꽃은 믿을 수 없나니,
날이 밝으니 우물 동쪽에 피었구나.
봄바람 덕분에 꽃이 피었기에,
봄바람에게만 웃음 짓는 것 같다.

| 詩意 | 이상은은 복숭아꽃의 또 다른 일면을 다른 각도에서 보았다. 복숭아꽃은 봄꽃 중 가장 화사하고 요염한 꽃이다. 그렇게 예쁘고 요염한 자태지만 봄바람에게만 웃음 지으며 아부하는 것 같다고 평가했다.

곧 자신에게 어떤 은덕을 베푼 사람에게만 고맙다고 인사하며 아부하는 俗人의 世情을 비웃었다.

이는 인간 세상에서 흔히 볼 수 있는 모습이다. 이를 복숭아꽃과 연결시킨 이상은의 속뜻이 있을 것이다.

悼傷後赴東蜀辟至散關遇雪
(도상후부동촉벽지산관우설)

劍外從軍遠, 無家與寄衣.
散關三尺雪, 回夢舊鴛機.

아내를 잃은 뒤, 東蜀에 부임하며 散關에서 눈을 만나다

劍閣을 지나 먼 종군 길인데,
옷을 지어 보내줄 아내가 없네.
散關엔 눈이 세 자나 쌓였고,
옛날 원앙 베틀은 이제 꿈이라네.

| 詩意 | 宣宗 大中 5년(881)에, 이상은의 아내 王氏가 병사한다. 이상은의 결혼은 얄궂은 결과를 가져왔지만, 왕씨를 사랑했고 부부의 정은 도타웠다고 한다. 아내를 보낸 이상은은 東川節度使 柳仲郢(유중영)의 막료가 되어 陝西省에서 蜀(촉)으로 들어가는 요충지인 劍閣(검각)을 더 지나 촉으로 부임한다.

鴛機(원기)란 원앙 베틀이니, 곧 옷을 지어 주던 아내를 뜻한다. 이 시는 죽은 아내를 그리는 悼亡詩(도망시)로 아내를 잃은 사나이의 슬픔이 그대로 살아 있다. 이상은은 장안을 떠나 검각에 들어가기 전 大散關(今 陝西省 實鷄縣 남쪽)에서 눈을 만났다. 이는 오언절구 중 수작으로 널리 알려졌다.

天涯(천애)

春日在天涯，天涯日又斜.
鶯啼如有淚，爲濕最高花.

하늘 끝

봄날 하늘 끝에 서있는데,
하늘 끝에도 해가 기운다.
앵무 울음에 눈물이 있다면,
나를 위해 높이 핀 꽃을 적셔다오.

| 詩意 | 시인은 간절한 염원을 안고 있다. 하늘 끝에 가서라도 버릴 수 없는 염원, – 죽은 아내에 대한 사랑일까? 손에 닿을 수 없이 높은 곳에 핀 꽃과 같은 그 간절한 그리움은 무엇일까?

그러니 높이 날아오를 수 있는 앵무에게 내 뜻을 전해달라고 부탁한다!

내 울음에 담긴 눈물을 앵무의 울음으로 置換(치환)하여! 꽃에게 사나이의 眞情을!

그리고 꽃에게 감동을 전하고 싶은 시인의 염원을 노래했다.

早起(조기)

風露澹清晨，簾間獨起人.
鶯花啼又笑，畢竟是誰春.

일찍 일어나다

바람과 이슬이 깨끗한 이른 아침에,
주렴을 걷고서 홀로 일어난 사람.
앵무새 울고 또 꽃도 피었는데,
결국엔 누구를 위한 봄날이런가?

| 詩意 | 이 시에는 고독이 가득하다. 앵무새가 지저귀고 꽃이 핀 이 봄날에 시인은 철저하게 혼자이다.

함께할 사람이 없는 고독은 슬픔이다.

그 슬픔은 불만과 불평으로 변할 수 있는데, 그렇게 되면 결국 자신에 대한 회한과 미움이다.

憶梅(억매)

定定住天涯，依依向物華.
寒梅最堪恨，常作去年花.

梅花에 대한 回憶

나는 하늘 끝에 安定하였지만,
봄날 화려한 景物을 늘 원한다.
추위 견딘 매화를 가장 원망하나니,
항상 지난 해의 꽃을 피운다.

| 詩意 | 이상은은 宣宗 大中 5년(851)에, 柳仲郢(유중영)의 幕僚(막료)로 蜀의 梓州(재주)에 와서 3년간 재직했는데, 怏怏不樂(앙앙불락), 불만이 많았다. 결국 失意 속의 생활이었고, 그런 불만은 이런 시로 표출되었다.

1, 2구는 자신이 하늘 가장자리에 – 蜀 – 머물러 안정된 것 같지만, 자신이 여전히 중앙 조정에서 능력 발휘할 기회를 그리고 있다(依依向物華).

3, 4구의 매화에 대한 불만은 너무 일찍 – 곧 去年花로 – 피기에 봄날 온갖 꽃이 피어 物華가 한창일 때는 매화가 없기 때문이라고 했다.

이 시에는 이상은의 失意와 落望이 담겨 있다. 계속되는 실의는 곧 좌절이다.

夜雨寄北(야우기북)

君問歸期未有期, 巴山夜雨漲秋池.
何當共剪西窗燭, 却話巴山夜雨時.

밤비 오는데 북쪽에 보내다

그대는 돌아올 날을 묻지만 기약할 수 없고,
巴山의 밤비에 가을 빗물이 연못에 넘친다오.
언제 함께 서창에서 촛불의 심지를 자르며,
밤비 오던 巴山의 옛이야기를 하겠는가?

| 詩意 | 고증에 의하면, 宣宗 大中 5년(851)에 이상은이 友人에게 보낸 시로 알려졌지만 제목이 〈夜雨寄內〉라고 쓴 책도 있어 아내에게 보내는 시로 읽혀지기도 한다.

巴山(파산)은 중국 서남부의 큰 산맥으로 巴嶺(파령)이라고도 하는데, 이상은이 근무하는 巴蜀의 東川 일대, 곧 四川省 동남부의 산악지대를 말한다. 成都(성도, 청두) 일대를 蜀(촉), 그리고 重慶市(중경, 충칭) 일대를 巴(파)라고도 한다.

詩는 그리움이다. 그리움이 없다면 누가 다른 사람에게 시를 보내겠는가? 죽은 아내가 그리워 마치 편지를 쓰듯 시를 보낼 수 있다. 이는 순수한 그리움일 것이다.

첫 구절은 받을 사람을 말했다. 2구는 쓸쓸함이고, 3구는 그리움이며, 4구는 희망사항이다. 시인은 그런 날이 오기를 기다리는데, 이것도 그리움의 표현 방법이다.

이 시를 부부간의 그리움을 그렸다고 생각하면 느낌은 더욱 애절하다. 첫 구절은 언제 돌아올 것인가를 물었고 기약할 수 없다고 하였으니, 모두 지나간 일 – 과거 시제이다.

그런데 承句는 지금 현재의 묘사이니, 지금 밤비 속에서 그리워하고 있다.

轉句는 시인의 희망이니 미래의 그날을 기다린다.

그리고 마지막 구절은 절묘하다. 분명 미래의 희망을 그렸지만 '巴山夜雨' 의 지금을 추억으로 만들었다.

'卻(도리어, 오히려)' – 이 글자 하나는 여의봉처럼 주인공을 현실(비 오는 이 밤) – 미래(만나 이야기하는 그날에) – 과거(비가 내리던 지난 날)로 돌리는 역할을 했다.

〈巴山夜雨〉는 매우 낭만적이고 시적이다. 짧은 절구에 두 번이나 나오는 '巴山夜雨' 는 궁벽한 산속에 내리는 밤비를 강조한 것이리라. 巴山夜雨 하면 누구나 이상은을 그리고 이상은의 사랑을 떠올린다.

그리움은 참 애절한 감정이다.

端居(단거)

遠書歸夢兩悠悠, 只有空床敵素秋.
階下青苔與紅樹, 雨中寥落月中愁.

한가히 지내다

家書와 귀가하는 꿈, 둘 다 아득한 생각이니,
오로지 침상에 홀로 누워 가을의 상념에 잠긴다.
섬돌 아래 푸른 이끼와 붉은 단풍,
비에 젖은 고독과 달밤에 찾아오는 수심.

| 詩意 | 타향객지에서의 생활 – 집 소식이 그립고, 고향에 돌아가는 공상은 부질없다. 空床은 텅 빈 침상이 아니라 같이 있을 사람이 없는 침상이다.

비 오는 날, 그리고 달이 밝은 밤에는 고향 생각이나 아내 생각이 더 많이 난다. 시인이 겪는, 한가하지만 무료한 날의 풍경이다.

到秋(도추)

扇風淅瀝簟流離，萬里南風滯所思.
守到清秋還寂寞，葉丹苔碧閉門時.

가을이 오다

부채 바람 사라지고, 대자리도 말아 두었으니,
멀리 사라진 남풍에 그리움만 남았다.
청량한 가을 기다리며 적막했었지만,
붉은 단풍 푸른 이끼를 보고서 문을 닫는다.

| 詩意 | 계절이 바뀔 때마다 그 느낌은 사람마다 다르다. 여름날의 부채와 시원한 대나무로 만든 침상의 깔개 – 이런 것을 이제는 치웠으니 완연한 가을이리라.

무료하고 지루한 여름을 참고 지내며 가을을 기다렸다. 막상 가을이 되니?

시인은 깊은 상념에 사로잡히며 방문을 닫는다.

霜月(상월)

初聞征雁已無蟬, 百尺樓高水接天.
青女素娥俱耐冷, 月中霜裏鬪嬋娟.

서리 내리는 밤의 달

기러기 울음 처음 들었으니 매미는 사라졌고,
높다란 누각 남쪽에 물은 하늘과 맞닿았다.
청녀와 소아는 둘 다 추위를 견디며,
서리가 내리는 달밤에도 아름다움을 뽐낸다.

| 詩意 | 青女〔倩女(천녀)라고도 쓴다.〕는 서리를 내리는 여신이며, 霜(서리)의 별명으로도 쓰이는 말이다. 그리고 青女月, 곧 '서리가 오는 달'은 9월을 지칭한다.

素娥(소아)는 달의 여신 姮娥(항아)이다. 서리가 내리는 달밤이니 추운 가을이다.

서리가 나뭇가지나 땅 위의 풀에 하얗게 응결하였고, 거기에 달빛이 비추는 청량한 가을밤의 아름다움을 청녀와 소아가 서로 아름다움을〔嬋娟(선연)〕 경쟁한다고〔鬪〕 표현하였다. 시인의 상상은 정말 탁월하다.

有感(유감)

中路因循我所長，古來才命兩相妨.
勸君莫强安蛇足，一盞芳醪不得嘗.

느낌

길을 가면서 꾸물대기는 나의 장기이지만,
예로부터 재주와 수명은 서로 반비례한다.
권하노니, 그대는 억지로 사족을 달지마오,
좋은 술 한 잔을 받아도 마시지 못하리라.

| 詩意 | 타고난 재주가 많으면 명이 짧다고 했다. 美人薄命은 팔자가 세다는 뜻으로 통하지만, 때로는 느긋하게 꾸물대는 것도 괜찮으리라!

시인은 억지로 얻으려 하거나 잘 하려다가 오히려 실패하는 경우로 蛇足(사족)을 그린 사나이를 말했다.

寄令狐郎中(기령호랑중)

嵩雲秦樹久離居, 雙鯉迢迢一紙書.
休問梁園舊賓客, 茂陵秋雨病相如.

郎中 영호도에게 보내다

嵩山의 구름, 장안의 나무를 오래 떠났는데,
雙鯉가 먼먼 곳에서 편지를 가져 왔군요.
梁園의 옛날 손님에 대해선 묻지 마시고,
茂陵의 가을비에 司馬相如는 병들었습니다.

| 詩意 | 이 시를 받는 令狐綯(영호도, 새끼를 꼴 도)는 재상 令狐楚(영호초)의 아들로, 文宗 太和 4년(830)에 진사가 된 이후, 순차적으로 승진하여 考功郎中을 거쳐 宣宗 大中 4년(850)에 재상이 되었고, 대중 13년까지 10년간 그 자리를 누렸다.

李商隱은 16세 때 영호초의 인정을 받고 관직에 들어섰고, 아들 영호도와 같이 자랐던 친한 친구였다. 그러나 영호초가 죽은 뒤, 이상은은 이상하게도 영호초의 정치적 경쟁자이었던 李德裕(이덕유) 黨人인 王茂元(왕무원)의 사위가 되자, 영호도 쪽으로(牛僧孺 당인) 부터 따돌림을 당한다. 영호도가 재상으로 있는 동안 이상은의 불운은 계속되었다.

嵩雲(숭운)은 오악 중 中嶽인 嵩山의 구름인데, 여기서는 낙양을 지칭한다. 秦樹(진수)는 關中 땅의 나무인데, 관중은 곧 長安

이다.

雙鯉(쌍리)는 잉어 뱃속에 편지가 들어 있었다는 고사가 있어 잉어는 書信이라는 뜻으로 쓰인다.

李商隱은 武宗 會昌 연간에 모친상을 당한 뒤 낙양에 쉬고 있었는데 영호도가 서신을 보내왔었다. 이 무렵이 영호도와 이상은의 관계가 약간 회복된 때였다고 한다. 이후 이상은은 영호도에게 자신의 어려움을 말하는 편지를 많이 보냈고 약간의 도움을 받았지만 그저 일시적 체면치레 정도였다.

梁園은 前漢 梁 孝王의 정원으로 양원에서 빈객을 초청하여 잔치를 할 때 司馬相如(前 179 – 117)도 그 자리에 참가해 〈子虛賦(자허부)〉를 지었다. 여기서는 사마상여에 비유한 이상은을 뜻한다.

茂陵(무릉)은 사마상여의 文才를 인정하고 등용한 漢 武帝의 능이다.

李商隱의 시에 典故가 많아 읽고 이해하기 어려운 것은 이미 잘 알려진 사실이다. 전고에 대한 설명이 없으면 시를 이해할 수 없다. 말하자면, 남의 시를 이해하려면 독서를 많이 하여 시인과 비슷한 정도의 지식을 갖고 있어야 한다.

爲有(위유)

爲有雲屛無限嬌，鳳城寒盡怕春宵.
無端嫁得金龜婿，辜負香衾事早朝.

갖고 있기에

운모의 병풍이 있어 무한 어여쁜 여인은,
장안에 겨울이 가자 봄밤을 싫어한다.
공연히 금 거북이 찬 남편에게 시집왔더니,
포근한 이불 차내고 새벽 조회에 나간다네.

| 詩意 | 시의 처음 두 글자를 제목으로 삼았다. 첫 句가 '雲母 병풍이 있어서~'로 번역할 수 있다. 젊은 여인의 행복한 푸념을 묘사하였다. 옛사람들은 雲母(운모, 광물 이름)가 있는 곳에서 구름이 생겨난다고 믿었다. 鳳城(봉성)은 秦의 도읍 함양으로, 여기서는 長安을 지칭한다. 金龜壻(금귀서)는 금 거북을 갖고 다니는 남편이니 3品 이상 고급 관리이다.

고급 벼슬아치의 어린 아내는 나라의 정사에 관심이 없다. 그저 화사한 방, 따뜻한 남편 품에 안겨 있기만을 바란다. 행복한 푸념이고 철모르는 넋두리이겠지만 詩의 소재는 될 수 있다.

이 시는 語淺意深(어천의심)하며 言外의 풍자가 있다. 왕창령이 〈閨怨(규원)〉에서 '悔教夫壻覓封侯(남편에게 벼슬길 찾아 나서게 한 것을 후회한다.)'와 같은 느낌이다.

漢宮詞(한궁사)

青鵲書飛竟未回, 君王長在集靈臺.
侍臣最有相如渴, 不賜金莖露一杯.

한궁사

파랑새는 西로 날아가 끝내 아니 돌아오고,
郡王은 오래도록 집령대에서 기다렸다.
가까운 신하 사마상여가 갈증에 시달려도,
승로반에 받은 이슬 한 잔 주지 않았다.

| 詩意 | 神仙術을 지나치게 믿으며 無智한 일을 벌였던 漢 武帝를 풍자하는 뜻을 담고 있다.

靑鵲은 靑鳥로 서왕모의 편지를 무제에게 전했다는 전설이 있다. 한 무제는 신선이 내려와 쉴 수 있게 集靈宮과 신선의 왕림을 기다린다는 望仙宮을 지었다. 구리로 엄청난 크기의 承露盤(승로반)을 만들어 거기서 받은 이슬에 옥가루를 섞어 먹으면 장수한다는 말을 믿었다.

사마상여가 소갈증, 곧 당뇨병으로 고생했지만 무제가 이슬 한 방울도 주지 않았다는 것은 시인 자신이 군왕의 雨露와 같은 은택을 받지 않았다는 뜻일 것이다.

賈生(가생)

宣室求賢訪逐臣，賈生才調更無倫.
可憐夜半虛前席，不問蒼生問鬼神.

가의

文帝는 求賢하며 내쳤던 신하를 불렀는데,
賈誼의 재주는 견줄 만한 사람이 없었다.
안타깝게 한밤에 공연히 다가앉아서,
백성을 묻지 않고 귀신을 애기했다네.

| 詩意 | 제목의 賈生은 賈誼(가의, 前 200 – 168)이다. 前漢 文帝 때 博士가 되어 長沙王의 太傅를 역임하였고, 유명한 〈過秦論〉과 〈弔屈原賦(조굴원부)〉, 〈鵩鳥賦(복조부)〉를 지었다. 《史記, 屈原賈生列傳》이 있고, 현재 湖南省 長沙市는 굴원과 가의를 자랑스럽게 여겨 '屈賈之鄕' 이라 부른다.

宣室(선실)은 漢 未央宮 천자의 正室이니, 天子를 뜻한다. 逐臣(축신)은 賈誼이니, 漢 文帝는 長沙王 太傅로 방축된 가의를 다시 불러 宣室에서 만나 보았다.

漢 나라 文帝와 다음의 景帝 때의 정치는 '文景之治' 라 하여 태평성대로 손꼽힌다. 그러한 문제가 현신에게 정치를 묻는다고 求賢을 하긴 했는데 밤늦도록 겨우 귀신 이야기만 했다는 것이다. 가의의 학식과 경륜을 활용한 것이 아니라는 뜻이다.

가의는 懷才不遇(회재불우)하여 불우한 생을 마친 천재라 할 수 있다. 가의를 조문하고 가의로 자신을 비유한 시는 아주 많다. 이상은도 그런 뜻으로 이 시를 지었다.

황제가 자신을 낮추고 현인을 예우한다 하여 자리를 당겨 앉아 이야기한 것이 헛되었다는 직격탄을 날리고 結句에서 億兆蒼生(억조창생)을 위한 대화이어야 하는데 겨우 귀신이야기를 나누었다고 그 이유를 분명히 밝혔다.

舊將軍(구장군)

雲臺高議正紛紛，誰定當時蕩寇勳.
日暮灞陵原上獵，李將軍是故將軍.

옛 장군

雲臺의 논공행상이 한창 분분할 때,
그때에 흉노 소탕한 공을 누가 판정했는가?
해질녘 파릉의 벌판에서 사냥을 하던,
李廣 장군은 힘 꺾인 옛날 장군이었다.

| 詩意 | 前漢 武帝 때 李廣의 戰果는 혁혁했으며, 군사들은 그를 '飛將軍' 이라 불렀다. 그러나 그도 현직에서 물러난 뒤에는 검문을 당하는 그냥 '舊 將軍' 이었다. 이상은은 옛 고사를 인용하여 唐代의 장군을 읊었다.

참고로 이광의 손자가 李陵(이릉)이고, 이릉은 衆寡不敵(중과부적)으로 흉노에 일시 투항했다. 武帝가 분노할 때, 이릉을 변호한 유일한 사람이 司馬遷이었다. 사마천은 궁형의 치욕을 당했고, 그 이후 발분하여《史記》를 집필했다.

隋宮(수궁)

乘輿南遊不戒嚴, 九重誰省諫書函.
春風擧國裁宮錦, 半作障泥半作帆.

수나라 궁궐

기분대로 남쪽을 유람했고 기강이 무너졌으니,
조정의 어느 누가 간쟁의 글을 읽어보겠는가?
봄철 온 나라에 궁중서 쓸 비단을 짜게 하니,
반은 안장의 흙 가리개 절반은 돛을 만들었다.

| 詩意 | 이상은의 정치 풍자시로 名作이라 할 수 있다. 隋 煬帝(양제, 재위 605 – 617)는 선정을 베푼 개국군주이며 부친인 文帝 楊堅(양견)을 죽이고 제위에 올랐다. 권력을 탐해 아버지를 죽인 그런 불효자였기에 一身만 망한 것이 아니라 나라를 잃었다. 隋 양제의 荒淫(황음)과 亡國은 뜻있는 詩人과 志士들에게 좋은 소재를 제공해 주고 있다. 양제는 대운하를 완성한 뒤 거대한 龍舟 船團을 이끌고 당시 江都(揚州)에 유람하였다. 고물과 이물이 이어졌고 大隄에서 淮口까지 이어져 끊어지지 않았다. 비단 돛배가 지나는 부근에는 향기가 십 리에까지 풍겼다. 전국에서 바친 궁중의 비단을 절반은 재단해서 말의 진흙막이(障泥, 장니)에 쓰고, 절반은 재단해서 비단 돛을 만들었다. 비단으로 돛을 만들면 배가 더 빨리 가는가? 인간의 어리석음은 그 끝이 없다.

瑤池(요지)

瑤池阿母綺窗開，黃竹歌聲動地哀.
八駿日行三萬里，穆王何事不重來.

요지

요지에서 서왕모가 비단 창문을 열자,
黃竹歌의 노래가 구슬피 천지를 흔들었다.
팔준마는 하루에 3만 리를 달려간다는데,
목왕은 무슨 일로 다시 오지 못하는가?

| 詩意 | 신화나 전설에 나오는 瑤池(요지)는 崑崙山(곤륜산) 위에 있다는 연못으로 仙境의 상징이다. 옛날 周 穆王(목왕)이 요지에서 西王母를 만났다고 한다. 서왕모는 고대 전설에 나오는 漢 민족의 어머니로 곤륜산 요지 일대에 살았고, 또 不死藥을 가지고 있었다. 黃竹歌는 穆天子가 지은 노래. 목천자가 곤륜산에서 돌아오는 길에 黃竹이라는 곳에서 寒風과 大雪을 만났다고 한다.

이 시는 서왕모와 목천자가 만나서 술을 마셨다는 仙境을 오늘에는 볼 수 없으며, 서왕모로부터 불사약을 받아먹었다는 목천자도 결국은 죽었으니 인간이 바라는 불로장생은 바랄 수 없다는 뜻을 내포하고 있다.

嫦娥(항아)

雲母屛風燭影深, 長河漸落曉星沉.
嫦娥應悔偸靈藥, 碧海靑天夜夜心.

항아

운모 병풍에 촛불 그림자가 진하고,
은하가 점점 기울더니 샛별도 사라졌다.
항아는 불사약 훔친 것을 꼭 후회하리니,
碧海와 靑天에 밤마다 혼자인 마음!

| 詩意 | 嫦娥(항아)는 '姮娥(항아)' 라고도 한다. 원래 활을 잘 쏘는 后羿(후예)의 아내였으나, 후예가 西王母로부터 받은 不死藥을 훔쳐 먹고 달나라에 올라가 月精이 되었다고 한다. 雲母는 몸을 가볍게 하는 효과가 있어 장복하면 신선이 될 수 있다고 믿었다.

제목도 그러하고 불사약을 훔쳐 먹었다는 등 月精인 항아를 읊은 시처럼 생각되는데 끝까지 읽고 생각해도 달에 사는 항아를 읊은 것 같지는 않다. 이 시의 경우 首句의 묘사는 2, 3, 4구와 동떨어져 있다. 이 시는 죽은 사람을 애도하는 뜻이 있는 것 같다. 그리고 불사약을 먹었다는 것은 도를 잘 닦아 불로장생의 경지만을 추구하는 도사, 여기서는 특히 여자 도사(道姑)의 외로운 생활을 풍자하는 뜻이 있는 것 같다. 하여튼 읽고 또 읽고 이리저리 생각해 보아야 하는 시이다.

宮辭(궁사)

君恩如水向東流，得寵憂移失寵愁.
莫向尊前奏花落，涼風只在殿西頭.

궁사

성은은 물처럼 동쪽으로 흘러가니,
총애에 근심은 사라지고 잃으면 수심이다.
술 앞에선 梅花落을 부르지 말아야지,
찬바람은 다만 서쪽 전각에만 있다네.

| 詩意 | 오직 황제의 총애에만 매달려야 하는 궁인의 비애를 읊었다. 수시로 변하는 황제의 기분에 궁인의 영욕은 수시로 달라진다. 이상은은 부인 왕씨와의 애정이 돈독했지만 불행히도 왕씨는 세상을 먼저 떴다.

柳(유) (曾逐東風~)

曾逐東風拂舞筵，樂游春苑斷腸天.
如何肯到清秋日，已帶斜陽又帶蟬.

버들

일찍이 봄바람 따라 잔치에서 춤추었고,
즐거운 봄동산 놀이에 애태웠던 그런 날.
어째서 서늘한 가을을 맞이해야 하는가?
햇살은 벌써 지려 하는데 매미가 와서 운다오.

| 詩意 | 제목의 柳(버들)는 젊은 여인을 상징하는 것 같다.

푸른 잎을 피우고 날렵하게 흔들리던 봄날이 있고, 잎을 떨구는 가을이 있는 버들이다.

이처럼 인간에게도 영고성쇠가 있다는 상징으로 버들을 노래한 시인이다.

柳(유) (爲有橋邊~)

爲有橋邊拂面香，何曾自敢占流光.
後庭玉樹承恩澤，不信年華有斷腸.

버들

다리 옆에 있기에 얼굴을 스치면 향가를 뿜지만,
지난 어느 세월에 스스로 봄빛을 차지하려 했던가?
뒤쪽 뜨락 玉樹는 은택을 입었기에,
꽃 같은 시절 겪은 단장의 슬픔을 믿지 못한다.

| 詩意 | 길가의 버들은 사람에게 향기를 발산하지만 그러면서도 가지가 꺾이는 아픔을 견뎌야 한다. 또 버드나무는 春光을 독차지하려는 마음도 없다. 귀인의 저택 후원의 꽃나무는 처음부터 은총을 받았기에 버드나무가 겪은 슬픔을 이해하지 못한다 했다.

이상은은 길가의 버드나무가 겪어야 하는 아픔을 자신에 견주어, 곧 회재불우의 뜻을 서술하였다.

부자는 가난한 자의 배고픔을 이해 못하고, 학창시절 공부를 잘했던 교사는 공부를 못하는 학생을 이해하지 못한다. 得意한 사람은 失意한 사람의 그 심경을 이해하지 못한다.

初起(초기)

想像咸池日欲光，五更鐘後更迴腸.
三年苦霧巴江水，不爲離人照屋梁.

아침에 일어나서

咸池서 태양이 빛난다 상상을 했지만,
五更의 종소리 후에도 마음만 아프다.
巴江의 물안개 때문에 삼 년간 고생했나니,
日光은 객인을 위하여 대들보를 비추지 않는다.

| 詩意 | 물안개가 가득 끼면 咸池(함지)에서 목욕한다는 태양의 햇살도 볼 수 없다. 蜀땅에 재직하는 이상은은 고향에서 보는 아침 햇살을 그리워했다. 그러면서 해를 가리는 구름이나 물안개 때문에 햇살을 받을 수 없듯, 자신 주변의 소인들 때문에 앞날이 밝아오지 않는다는 생각을 했을 것이다.

시인이 읊는 짧은 한마디 속에는 늘 많은 뜻이 담겨져 있다.

詠史(영사)

北湖南埭水漫漫, 一片降旗百尺竿.
三百年間同曉夢, 鐘山何處有龍盤.

역사를 생각하다

북쪽 호수 남쪽 봇물이 가득 차 넘실댈 때,
투항의 깃발 하나가 긴 장대에 매달렸다.
3백 년 역사가 새벽꿈처럼 허망하나니,
鐘山의 어디에 용이 몸을 서리고 있었나?

| 詩意 | 北湖南埭~의 埭는 보 태. 저수지.

金陵(今 江蘇省 南京市)은 六朝(東吳 - 東晋 - 宋 - 齊 - 梁 - 陳)의 수도로 번영했다. 孫權의 東吳가 西晉에 멸망한 뒤, 다시 서진의 멸망과(316), 東晋의 건국이 317년이었고, 남조의 陳이 隋에 병합된 것이 589년이었으니 3백 년은 그 대략의 숫자이다.

그 금릉의 鐘山(종산)에 정말로 護國龍이 있었다면 나라가 그렇게 허망하게 망할 수 있겠느냐는 이상은의 생각이다.

夢澤(몽택)

夢澤悲風動白茅，楚王葬盡滿城嬌.
未知歌舞能多少，虛減宮廚爲細腰.

운몽택

雲夢澤의 차가운 바람이 흰 띠풀에 불어올 때,
楚靈王은 성 안의 여자를 굶어죽게 만들었다.
춤과 노래를 얼마나 잘 하는지 알지 못하고,
가는 허리를 만들려 괜히 음식을 줄였을 뿐.

| 詩意 | 雲夢澤은 長江 북쪽의 늪지대인데, 지금은 거의 메워져 육지가 되었지만 楚를 지칭하는 이름으로 알려졌다.

楚 靈王이 허리가 가는 여인을 좋아하자 궁궐에서는 餓死(아사)하는 여인이 속출했다는 이야기가 있었다.

지금은 그냥 웃어넘길 역사 이야기지만, 옛 군주나 현재 한 나라의 지도자가 어떤 생각을 갖고 있느냐는 백성이나 국민들에게 큰 영향을 끼친다.

그래서 사람에게는 합리적 이성과 건전한 상식이 중요하다.

過楚宮(과초궁)

巫峽迢迢舊楚宮，至今雲雨暗丹楓.
微生盡戀人間樂，只有襄王憶夢中.

楚의 궁터를 지나며

巫峽을 지나 멀고 먼 옛 楚의 궁궐터,
지금은 비구름 속에서 단풍이 짙다.
衆生들 모두 속세의 쾌락에 연연하지만,
오로지 襄王은 꿈속의 미인을 생각한다.

| 詩意 | 巫峽(무협)은 長江의 협곡으로 경치가 좋은 명소이다. 楚는 역사적으로 도읍을 자주 옮겼다. 구체적으로 어디인지 알 수 없다. 하여튼 직접 가서 보지 않아도 머릿속에서 그려낼 수 있는 풍경이다. 楚 襄王과 宋玉은 운몽택에 노닐었고 양왕은 꿈속에서 神女를 만나 즐겼다고 한다.

3, 4句의 해석과 뜻에 관해서는 의견이 분분하다니, 굳이 深解할 필요가 있겠는가?

驪山有感(여산유감)

驪岫飛泉泛暖香，九龍呵護玉蓮房.
平明每幸長生殿，不從金輿惟壽王.

여산에서 생각하다

驪山의 샘에서 향기 나는 따뜻한 물이 솟고,
九龍은 연꽃이 핀 온천을 지켜주었다.
날이 밝으면 언제나 장생전에 행차하는데,
오직 壽王은 황제의 수레를 수행치 않았다.

| 詩意 | 驪山(여산, 驪는 가라말 여, 려. 검은 털의 말)의 별궁은 현종과 양귀비의 사랑 놀음터였다. 長生殿은 영원한 사랑이 지속되라는 뜻이었지만 실제는 그러하지 못했다.

귀비는 현종의 아들인 壽王의 왕비로 이미 아들을 둘이나 출산한 여인이었다. 그러한 며느리를 강제 이혼시키고 불러다가 사랑을 주는데, 그 壽王이 아버지 현종을 수행하겠는가?

龍池(용지)

龍池賜酒敞雲屛，羯鼓聲高衆樂停.
夜半宴歸宮漏永，薛王沉醉壽王醒.

용지

龍池서 벌린 酒宴에 운모 병풍 넓게 폈고,
羯族의 큰 북소리에 여러 악곡 소리 멈췄다.
밤 깊어 끝난 술자리 궁궐 물시계 떨어지는데,
薛王은 흠뻑 취했고 壽王은 잠을 못 이룬다.

| 詩意 | 현종이 하사한 술자리에 여러 왕들이 참석했다. 이민족인 갈족의 북소리가 하도 크니 다른 악곡 연주는 저절로 중단되었다. 술자리가 끝나 각 궁궐로 돌아갔고, 물시계의 물방울은 계속 떨어진다. 현종의 조카인 薛王(설왕)은 흠뻑 취해 잠들었지만, 현종이 아들 壽王(수왕)은 잠을 못 이루고 깨어있다.

楊貴妃(楊玉環)는 열여섯 살에 壽王과 결혼했고 이미 두 아들을 출산했었다. 현종은 자신의 며느리에 마음을 빼앗겼고, 며느리를 女道士(道姑)로 만들었다가 환속시켜 귀비에 책봉했다. 여기까지는 史實이다. 그러나 과연 현종과 貴妃가 나오는 술잔치에 壽王이 참석했을까? 여기서부터는 시인의 상상이다. 李商隱은 멀리서라도 귀비를 바라보았고, 그래서 잠 못 든다고 묘사했다.

이는 시인의 날카로운 풍자이며 一針(일침)이다.

寄蜀客(기촉객)

君到臨邛問酒壚, 近來還有長卿無.
金徽卻是無情物, 不許文君憶故夫.

蜀에 가는 사람에게

그대가 임공에 가거든 술집에 물어보게나.
요즈음 아직도 相如 같은 사람이 있는가?
金徽의 거문고는 정말 무정한 물건이니,
文君이 전 남편을 잊어버리게 했다네.

| 詩意 | 前漢 司馬相如는 蜀 臨邛縣(임공현)의 縣令(현령)과 친했는데, 임공의 부호인 卓王孫(탁왕손)이 두 사람을 초청했고 사마상여는 거기서 琴을 연주했다. 탁왕손의 딸 卓文君은 이혼하고 집에 와 있었는데, 사마상여가 琴을 연주하는 모습을 보고 홀딱 반하여 사마상여와 밤중에 사랑의 도피를 하였다. 위 시는 이런 이야기에 바탕을 두고 쓰였다. 金徽(금휘)는 蜀의 雷氏(뇌씨)가 만든 좋은 琴(거문고)을 지칭한다.

이상은은 두보만큼이나 典故를 즐겨 썼는데, 이상은의 전고는 두보가 쓴 전고보다 어렵고 이해하기도 더 힘들다. 이상은의 시는 아름답지만 떫은 맛이 많다. 이상은이 사용하는 전고는 그 전고가 갖는 일반적 뜻보다도 더 의미심장하며 더 고결한 경지를 추구하는 것 같다.

日日(일일)

日日春光鬪日光, 山城斜路杏花香.
幾時心緖渾無事, 得及遊絲百尺長.

날마다

날마다 봄날 풍경은 햇살과 다투나니,
山城에 가는 산길에 살구꽃 향기롭다.
언제쯤 나의 마음에 모든 걱정 사라져,
가벼운 아지랑이처럼 하늘 높이 날까?

| **詩意** | 結句의 遊絲(유사)는 아지랑이이다.

이상은은 걱정과 시름을 안고 살았다. 봄날에는 땅에서 피어오르는 아지랑이 기운을 볼 수 있는데, 아지랑이는 가볍게 흔들리며 날아오른다.

시인은 그렇게 날고 싶다. 그렇게 날려면 근심 걱정이 없어야 한다. 근심 걱정을 떨어버릴 수 없기에 마음이 무거워 날아오를 수가 없다. 하여튼 봄날 양지쪽 살구꽃 아래 앉아 있는 이상은이 그려진다.

花下醉(화하취)

尋芳不覺醉流霞，倚樹沉眠日已斜.
客散酒醒深夜後，更持紅燭賞殘花.

꽃에 취하다

꽃구경 하다가 나도 모르게 술 향기에 취해,
나무에 기대어 잠이 들었고 해는 벌써 기울었네.
손님은 떠났고 술이 깨어난 한밤중에야,
다시금 붉은 촛불 들고 지는 꽃을 감상하네.

| 詩意 | 우선 시가 부드럽고 유창하며 淸麗하다. 審美的 혜안이 아니더라도 매우 아름다운 정경이 떠오른다. 流霞(유하)는 꽃의 향기 아니면 좋은 술의 향기로 풀이할 수 있다.

나무에 기대어 잠든 모습도, 또 해가 기운 뒤에야 일어나 붉은 촛불을 켜든 모습도 매우 詩的이다.

촛불을 켜고 보는 꽃 – 밝은 햇살 아래 느낄 수 없는 새로운 아름다움이 있을 것이다. 月下美人과 밀회하듯 촛불 들고 꽃을 보는 남자 – 李商隱은 틀림없는 로맨티스트이다.

李商隱의 詩의 特長으로 상징과 은유의 표현기법이 우수하며 전고의 운용이 능숙하다는 점을 들 수 있다. 또한 字句가 精練(정련)되고 화려하다 할 수 있으니, 이상 3가지 특장이 하나로 어울려 함축적이고 완곡하며 우아한 詩境(시경)을 연출하고 있으나 난해하다는 평가를 면할 수는 없다.

博學强記한 이상은은 典故를 많이 사용하고 수사를 매우 중히 여겼다. 따라서 이상은의 詩句는 매우 精練되고 기이하지만 시가 난삽하고 이해하기가 쉽지 않다.

그는 詩題를 매우 모호하게 붙이기를 좋아하여 〈無題〉 시가 많다는 것도 하나의 특징이라 할 수 있다. 〈無題〉는 일부러 제목을 붙이지 않기에 시인의 의도를 드러내지 않는 효과가 있다.

代贈(대증) 二首 (其一)

樓上黃昏欲望休，玉梯橫絶月中鉤.
芭蕉不展丁香結，同向春風各自愁.

대신 보내다 (1 / 2)

황혼에 오른 누각서 이제 그만 내려가려는데,
멋진 사다리에 갈고리 같은 달이 가로 걸렸다.
파초는 잎을 펴지 않았고 丁香은 열매 맺고서,
모두 춘풍을 바라지만 걱정은 제각각입니다.

| 詩意 | 제목의 代贈이란 남에게 기증하는 것처럼 지었다는 뜻이다. 이 시에서는 여자가 남자에게 주는 것처럼 여인의 우수를 읊었다.

큰 잎을 가진 파초는 가뭄이 들면 잎을 펴지 않는다고 한다. 한약재로도 쓰는 丁香은 열매를 맺으면 꽃잎을 펴지 않는다 하니, 파초와 정향의 근심 걱정이 서로 다르다는 뜻이다.

그렇다면 사람마다 또 시인마다 그 감정이 서로 다를 것이다. 李商隱은 애정과 우수를 노래한, 곧 남녀의 애정을 주제로 읊은 시가 많다. 이상은 이전에는 애정시가 거의 없었으나 이상은에 의해 문학적 향기가 높은 작품이 나온 것은 특기할 만하다. 이상은의 애정시의 제목은 거의 〈無題〉이다. 또 형식상 絶句와 律詩에 모두 〈無題〉의 시가 있다.

無題(무제) (白道縈迴~)

白道縈迴入暮霞, 斑騅嘶斷七香車.
春風自共何人笑, 枉破陽城十萬家.

무제

굽이굽이 하얀 길, 저녁노을 속에 이어졌고,
七香車의 斑騅馬(만추마) 울음도 멈추었다.
봄바람 속에 웃음을 보내는 이 누구인가?
공연히 陽城 십만 호를 망칠만한 미모이다.

| 詩意 | 이 시의 다른 제목은 〈陽城〉이다. 七香車는 귀족 여인의 수레이고, 斑騅馬(반추마)는 명마의 이름이다. 陽城은 초나라 귀족의 封地이다.

해질녘 칠향거를 타고 지나가는 여인의 알 듯 모를 듯 묘한 웃음을 읊었는데 구체적으로 무슨 의미인지 알 수가 없다. 여하튼 나라를 기울게 할, 아니면 하나의 성을 파괴할 수도 있는 여인의 미소 – 시인은 혼자 적막하고 실의한 채 서있는 모습이다.

李商隱의 〈無題〉 시는 題材가 아주 다양하다. 정치상의 理想, 개인의 포부와 失意, 남녀애정과 인생의 애환 등 다방면에 걸쳤으며 그 표현 방법에서도 고도의 은유와 함축, 그리고 섬세한 묘사와 해박한 전고를 즐겨 사용하였다.

二. 五言·七言律詩

蟬(선)

本以高難飽，徒勞恨費聲.
五更疏欲斷，一樹碧無情.
薄宦梗猶泛，故園蕪已平.
煩君最相警，我亦擧家淸.

매미

본디 淸高하기에 배부를 수 없고,
괜히 수고롭게 울어댄 것이 한스럽다.
오경에 자지러들다 끊어지려는데,
나무는 푸르지만 정을 주지 않는다.
각박한 벼슬살이 토막처럼 떠돌고,
옛 땅은 이미 묵어 황폐해졌도다.
그대가 애써 나를 잘 깨우쳐 주지만,
우리도 역시 온 집안이 청결하다네.

| 註釋 | ○ 〈蟬〉 – 〈매미〉. 蟬은 매미 선. 매미의 고결함으로 자신을 비유한 詠物詩이다.

○ 本以高難飽 – 高는 淸高. 매미는 餐風飮露(찬풍음로)하며 淸明高潔(청명고결)하다는 뜻. 飽는 배부를 포.

○ 徒勞恨費聲 – 徒勞는 헛수고하다. 費聲(비성)은 소리를 내다.

○ 五更疏欲斷 – 疏欲斷(소욕단)은 매미소리가 점점 뜸해지다가 끊어지려 하다.

○ 一樹碧無情 – 無情은 나무는 매미에게 아무런 감정이 없다. 작자 자신이 사회로부터 아무런 주목을 못 받는 뜻이라고 풀이한다.

○ 薄宦梗猶泛 – 薄은 엷을 박. 薄宦(박환)은 각박한 벼슬살이(宦路). 낮은 벼슬. 小官. 梗은 느릅나무 경. 가시가 있는 나무. 곧다. 막히다. 나무토막. 人形. 泛은 뜰 범. 떠돌다. 나무토막처럼 떠돌아 어디로 갈지 모른다는 의미.

○ 故園蕪已平 – 故園은 옛 정원, 옛 농장. 蕪는 거칠어질 무. 황폐해지다.

○ 煩君最相警 – 煩君(번군)은 그대가 애를 써서. 最相警(최상경)은 가장 잘 일깨워 주었다. 매미가 작자에게 많은 것을 깨우쳐 주었다는 뜻.

○ 我亦擧家淸 – 擧는 들 거. 온, 전부.

| 詩意 | 前 4句는 매미를 묘사하였다. 매미는 공연히 우느라고 고생만 했지 나무는 무정해서 아무 반응도 없다. 高遠하고 청결한 품격이나 행동을 누구도 인정하지 않는 세태에 대한 비판의 뜻이

들어있다.

後 4句는 자신에 대한 묘사이나 낮은 관직으로 이리저리 떠도는 생활은 마치 물 위를 떠가는 나무토막과 하나도 다르지 않다. 그러는 동안 갖고 있던 본바탕마저 황폐해진다. 5, 6구의 이러한 정경은 이 시의 요체인 8句의 '淸'의 실질적 근거라 할 수 있다.

다음에 마지막 尾聯에서는 매미가 울어서 나에게 그런 세상 이치를 깨우쳐 주지만 나는 그 이전부터 다 알고 있었고, 我家는 그렇게 淸廉(청렴)하다는 의미이다.

李商隱은 옛 시인의 어떤 구절이나 표현을 차용하지 않고 자신의 뜻을 표현하였다. 매미에게 나무는 '碧無情'하다는 표현은 정말 참신하다.

《全唐詩》 539권 수록.

風雨(풍우)

淒涼寶劍篇，羈泊欲窮年.
黃葉仍風雨，靑樓自管絃.
新知遭薄俗，舊好隔良緣.
心斷新豐酒，銷愁斗幾千.

풍우

처량하게 寶劍篇을 읽었는데,
끌려 떠돌다가 평생이 끝나려 한다.
누런 잎 여전히 비바람에 날리지만,
부귀한 사람은 각자 풍악을 즐긴다.
새로 사귀려다 야박한 인심에 당하고,
예전 好友는 좋은 인연을 막으려 한다.
가슴 아파서 新豐酒를 마시지만,
근심 없애려면 한말에 몇천이려나?

| 註釋 | ○ 〈風雨〉 – 자연현상의 風雨가 이 시의 주제는 아니지만 風雨에 의탁하는 시인의 뜻은 깊기만 하다. 李商隱 만년의 작품으로 자신의 일생이 아마 풍우와 같다고 생각했을 것이다.

○ 淒涼寶劍篇 – 淒涼(처량)은 거칠고 쓸쓸하다. 寶劍篇(보검편)은 唐의 霍震(곽진)이 則天武后에게 지어올린 문장. 이 글을 올린 뒤 곽진은 武后에 의해 높이 등용되었다. 이상은은 자신에게

그런 기회가 오지 않음을 한탄한 것이다.

○ 羈泊欲窮年 – 羈는 굴레 기. 말 재갈. 통제 당하다. 羈旅. 泊은 배를 댈 박. 머무르다. 飄泊. 羈泊(기박)은 하급 관리로서 자신의 포부나 의지와는 상관없이 떠돌아다니는 자신을 말함. 窮은 다할 궁. 窮年(궁년)은 한평생을 다 보내다.

○ 黃葉仍風雨 – 仍은 인할 잉. 여전히.

○ 青樓自管絃 – 青樓(청루)는 富貴人의 집. 自管絃(자관현)은 각자 풍악을 즐기다.

○ 新知遭薄俗 – 新知(신지)는 새로 만난 사람들. 遭는 만날 조. 일을 당하다. 薄俗(박속)은 박정한 세속 인심. 야박한 인심.

○ 舊好隔良緣 – 舊好는 전부터 友好를 유지한 사람. 隔良緣(격인연)은 좋은 인연을 막고 있다.

○ 心斷新豐酒 – 心斷은 마음이 끊어지다, 마음이 단절되다. 新豐은 漢 高祖가 자신의 고향인 豊縣의 상인이나 점포 등을 옮겨와 생긴 마을. 여기서 만든 술이 新豊酒. 객점에서 신풍주를 혼자 마셨던 馬周(마주)는 나중에 太宗에게 발탁된다. 그런 가회가 자신에게 오지 않아 마음이 아프다는 뜻으로 새길 수 있다.

○ 銷愁斗幾千 – 銷愁(소수)는 근심을 녹이다. 걱정을 해소하다. 斗幾千은 한말에 몇천인가?

| 詩意 | 李商隱의 인생은 이상하게 배배 꼬였다.

이상은은 처음에 令狐楚(영호초, 영호는 복성)의 도움으로 벼슬에 나섰으나 영호초가 죽은 다음에 王茂元(왕무원)의 사위가 된다. 그러자 서로 반대당에 속하는 영호초의 아들 영호도와 왕무원 사이에 끼어있는 이상은은 양쪽에서 모두 신임을 잃어 미관말직으로 끝나야만 했다.

하여튼 자신의 재능, 자신의 의지와는 전혀 상관없는 현실이었다. 자신은 누린 가랑잎(黃葉)으로 여전히(仍) 비바람(風雨) 휩쓸려야만 했다.

〈보검편〉을 지어 올려 높이 등용된 사람처럼 그런 기회가 오지도 않는다. 그러니 술(新豊酒)을 마시며 자신의 근심을 녹여버리려(銷愁) 하지만 그런다고 시름이 없어지는가?

술로 근심을 잊으려 하지만 술이 깨면 근심은 더 깊어지는 것을 李商隱도 알고 있었을 것이다. 그러면서도 이상은은 술을 찾았을 것이다.

이상은의 마음은 風雨에 시달리고 있었다.

落花(낙화)

高閣客竟去，小園花亂飛.
參差連曲陌，迢遞送斜暉.
腸斷未忍掃，眼穿仍欲歸.
芳心向春盡，所得是沾衣.

낙화

높은 누각의 손님은 모두 돌아가자,
작은 뜰의 꽃이 어지러이 날고 있다.
들쑥날쑥 굽은 두렁길 따라 꽃은 지고,
멀리까지 지는 해를 따라가며 떨어진다.
애타는 마음이라 차마 쓸지 못하고,
지켜보아도 봄은 여전히 떠나려 한다.
꽃다운 마음도 봄을 따라 지려하는데,
얻은 것은 눈물 젖은 옷뿐이로다.

| 註釋 | ○ 〈落花〉 – 〈낙화〉.

흩날리는 꽃잎을 보며 시인은 가는 봄을 아쉬워한다. 아주 섬세하면서도 감상적인 李商隱의 시풍을 느낄 수 있는 시이다.

○ 高閣客竟去 – 竟은 다할 경. 마침내, 끝내.

○ 參差連曲陌 – 參差(참차)는 들쑥날쑥한 모양. 連은 위에서 아래로 이어지다. 曲陌(곡백)은 구부러진 길. 陌은 두렁 맥. 논두

렁 밭두렁. 논밭의 길.

○ 迢遞送斜暉 – 迢는 멀 초. 遞는 번갈아들 체. 迢遞(초체)는 돌아서 멀리 가다. 暉는 빛 휘. 斜暉(사휘)는 석양.

○ 腸斷未忍掃 – 腸斷(장단)은 애가 끊어지다.

○ 眼穿仍欲歸 – 眼穿(안천)은 뚫어질 듯 바라보다. 穿은 뚫을 천. 仍(잉)은 그래도, 여전히. 欲歸(욕귀)는 (봄이) 돌아가려한다. 봄이 지나려 한다. 이는 꽃을 향한 시인의 癡情(치정)일 것이다.

○ 芳心向春盡 – 芳心(방심)은 꽃의 마음, 또는 꽃을 아끼는 마음. 시인의 마음. 向春盡(향춘진)은 봄을 따라 없어지려 한다.

| 詩意 | 李商隱의 詠物詩의 하나이다.

이상은이 시로 그려낸 정경이 아름답고 함축된 뜻이 깊어 무언가 마음에 와닿는 것이 있지만 딱히 이것이라고 말이 잘 안 나온다. 여하튼 지는 꽃은 마음을 아프게 한다. 더군다나 마음에 맺힌 것이 있을 때 낙화는 더 많은 슬픔을 준다. 그런 슬픔이 추하진 않고, 그 情은 더 깊고 새롭다.

頸聯에서는 시인의 미련이 남아돈다. 쓸어버리지도 못하고, 남은 꽃 지지 말라고 뚫어져라 바라보아도 꽃도 봄도 지려고만 한다.

그러다 보면 시인도 낙심한다. 꽃을 아끼는 마음도 봄을 따라 떠나려 한다. 그리고 시인은 눈물을 훔치고 옷소매는 적었다. 그것이 落花가 주고 간 것이다.

이토록 섬세한 남자가, 이렇듯 어린 마음이 있었는가?

北禽(북금)

為戀巴江好, 無辭瘴霧蒸.
縱能朝杜宇, 可得值蒼鷹.
石小虛塡海, 蘆銛未破矰.
知來有乾鵲, 何不向雕陵.

북에서 날아온 새

巴江이 좋다고 그리워했기에,
瘴氣가 오르는 안개도 마다하지 않았다.
만약에 두견새에게 머리를 숙일 수 있다면,
검정색 송골매를 상대할 수도 있으리라.
자갈은 작아서 바다를 메운다면 헛고생일 뿐,
갈대가 뾰족해도 주살을 이기지는 못한다.
까치는 닥쳐올 일을 알 수 있다면서,
어이해 雕陵(조릉)을 찾아가지 않는가?

| 詩意 | 巴江은 온난한 지역이지만 열대의 풍토병인 瘴氣(장기)가 발생할 수도 있다. 두견새는 蜀地를 관할하는 이상은의 상관인 동천절도사를 뜻한다. 蒼鷹(창응)은 검은 사냥매인데 전한 景帝 때의 酷吏(혹리)인 郅都(질도)를 지칭한다.

그렇다면 북방의 난리를 피해 촉으로 이주해온 백성들을 생각할 수 있다.

새가 돌멩이를 물어다가 바다를 메우려 한다는 塡海(전해)는 《山海經》에 나오는 이야기이며, 蘆銛未破矰(노섬미파증)은 기러기는 갈대를 물고 높이 나르며 주살(矰)을 피한다는 이야기인데, 이는 《淮南子》에 나온다.

이를 통해 농민들이 애써 살아가려는 노력이 헛일이 될 수 있다는 사실을 생각할 수 있다.

까치(乾鵲, 건작)는 올 일은 예견하지만 지나간 일은 기억하지 못하고, 雕陵(조릉)은 밤나무 숲의 이름인데 《莊子 山木》에 긴 이야기가 실려 있다.

이 시에는 이렇듯 많은 典故가 사용되었고, 그 전고의 표면적 설명보다 더 깊은 뜻으로 이상은은 시를 지었다. 그러니 이 시가 난해하고 풀이가 쉽지 않다.

제목의 〈北禽〉은 외견으로는 기러기를 지칭할 수도 있지만, 이상은 자신을 뜻한다고 해도 모두 맞는 말이다.

아니면 기러기라는 실질적 존재가 아닌 가상의 존재를 염두에 두고 시를 지었다고 생각할 수도 있다.

하여튼 읽기도 풀이도 어려운 시이다.

卽日(즉일)

小苑試春衣，高樓倚暮暉.
夭桃惟是笑，舞蝶不空飛.
赤嶺久無耗，鴻門猶合圍.
幾家緣錦字，含淚坐鴛機.

그날

봄옷을 처음 입고 작은 동산에 올라,
높다란 누각에서 해질녘 경치를 본다.
요염한 도화는 곱게 미소를 짓고,
춤추는 나비는 그냥 날지 않는다.
서역 赤嶺에선 오래도록 소식이 없고,
鴻門縣은 적에게 아직도 포위되었다.
몇 집의 부녀자가 비단에 소식 전하려,
베틀에 앉아 눈물을 흘리고 있겠나?

| 詩意 | 이 시는 武宗 會昌 2년(842)에 지은 시라고 알려졌다. 당시 위구르족(回鶻, 흉노 계통 유목민)이, 今 山西省 朔州市 일대에 침입했었다. 이상은이 근무하는 蜀은 피해가 없었지만 봄날의 여유가 마음의 부담으로 남았을 것이다.

涼思(양사)

客去波平檻，蟬休露滿枝.
永懷當此節，倚立自移時.
北斗兼春遠，南陵寓使遲.
天涯占夢數，疑誤有新知.

처량한 마음

그대 떠날 때 물이 난간에 닿았었고,
매미 울음 그치자 이슬은 가지에 맺혔다.
계절이 바뀌어도 끝없는 그리움,
기대어 서서는 홀로 시간을 보낸다.
북두성은 봄철 내내 멀어졌고,
南陵에서 전해 오는 소식이 늦다.
하늘 끝에서 자주 꿈을 해몽하는데,
새 사람 있다고 잘못 생각한다오.

| 註釋 | ㅇ 〈涼思〉 – 〈처량한 마음〉.

지난 봄에 떠난 사람을 가을에 그린다는 뜻인데, 그리는 사람이 누구인가는 알 수 없다. 親友라고 생각되지만 '그리는 여인'을 代入해도 뜻이 통한다.

ㅇ 客去波平檻 – 客은 나그네, 그대. 시인이 그리는 임. 波는 물결 파. 水位. 檻은 (가둬두는) 우리 함. 난간.

○ 蟬休露滿枝 – 蟬休(선휴)는 매미가 울음을 그치다.

○ 永懷當此節 – 永懷(영회)는 영원히 그리다(懷念).

○ 倚立自移時 – 倚立(의립)은 기대서다. 自移時는 저절로 시간이 가다. 오랫동안 서있다.

○ 北斗兼春遠 – 北斗는 별 이름. 시인이 그리는 사람. 兼春遠(겸춘원)은 봄과 함께 멀어졌다. 봄부터 지금까지 헤어진 상태라는 것을 알 수 있다. 가을 석 달을 兼秋(겸추)라고 한다. 兼春은 '봄철 내내' 란 뜻으로 해석할 수 있다. '두 번의 봄' , 곧 2년으로 해석하면 전후 맥이 안 통하는 것 같다.

○ 南陵寓使遲 – 南陵은 지명, 지금의 安徽省 蕪湖縣. 그리는 사람이 있는 곳. 寓는 머무를 우. 살다, 보내다. 寓使遲(우사지)는 소식 보내오는 것이 늦다. '寓書' 는 '편지를 보내오다' 는 뜻. 寓使는 '소식을 전하는 인편' , 그렇다 하여 '우체부' 는 아니니다.

○ 天涯占夢數 – 天涯(천애)는 하늘 가. 시인이 있는 곳. 占夢(점몽)은 꿈을 가지고 점을 치다. 해몽하다. 數는 여러 번. 자주.

○ 疑誤有新知 – 疑誤(의오)는 의심하며 잘못 생각하다. 新知는 새로 알게 된 사람. 새로운 애인.

| 詩意 | 그리움이란 그럴 것이다. 누구라고 딱 말하면 내 비밀을 다 내보이는 것 같아서 싫은 것이다. 그래서 반쯤 가릴 필요가 있다지만 읽는 사람으로서는 이 뜻인가 저 뜻인가? 하면서 생각을 많이 해야 한다.

1, 2구를 보면 남자 친우로 생각되지만 7, 8句에서는 생각이 달라진다. 北斗에 대한 해석도 그냥 별 이름인지, 아니면 '그리는

임' 인지, 아니면 황제가 있는 곳, 곧 長安이라고 하는 해석까지 나온다. 兼春을 '봄과 함께' 로 새기면 되는가? 아니면 '두 번의 봄' 이면 2년인데, 그렇다면 '봄 3달' 과 '2년' 이라는 차이가 생긴다. 하여튼 어떻게 해석하느냐에 따라 의미가 다르지만 '시인 생각의 妙함' 은 인정해야 한다.

전반 4구는 그리움이 용솟음치듯 문장의 기세가 힘차지만 후반 4구는 '그리움의 苦' 를 묘사하였기에 造意가 매우 아름다우면서도 깊은 怨望이 깔려 있는 것 같다. 하여튼 이런 시는 생각에 생각을 거듭하며 읽어야 한다.

北青蘿(북청라)

殘陽西入崦，茅屋訪孤僧.
落葉人何在，寒雲路幾層.
獨敲初夜磬，閑倚一枝藤.
世界微塵裡，吾寧愛與憎.

북청라

석양이 서산에 지려 할 때,
초가로 홀로 계신 스님을 찾았다.
낙엽은 지는데 스님은 어디 있나?
가을 구름만 길에 겹겹이 쌓였다.
홀로 石磬을 치며 저녁 불경 외다가,
한가히 등나무 그루에 기대섰다.
인간 세상이 작은 티끌 속에 있거늘,
나는 어찌 愛憎에 매달리는가?

| 註釋 | ○ 〈北青蘿〉 – 의미가 좀 애매하다. 아주 좁은 지역을 지칭하는 지명이다. 우리나라 농촌 마을의 '안뜸', '모개울' 등 작은 자연마을을 지칭하는 이름과 같다. 蘿는 식물 이름, 깍두기를 담그는 무 나(라), 새삼 넝쿨. 덩굴식물.

○ 殘陽西入崦 – 殘陽(잔양)은 석양. 崦은 산 이름 임. 甘肅省 天水市 소재. 전설에 '엄자산의 虞淵(우연)으로 해가 들어간다.' 하

였으니, 일반적으로 '해가 지는 산'을 의미. 굳이 李商隱이 天水市 근처의 엄자산을 찾았다는 뜻은 아닌 것 같다.

○ 茅屋訪孤僧 – 茅屋(모옥)은 초가.

○ 落葉人何在 – 人은 李商隱이 찾아가는 高僧.

○ 寒雲路幾層 – 寒雲은 위의 落葉에 맞추어 '秋雲.' 落葉과 寒雲 속에 암자를 찾아가는 것이 마치 佛道에 精進하는 모습처럼 느껴진다.

○ 獨敲初夜磬 – 敲는 두드릴 고. 磬은 경쇠 경. 여기서는 磬을 치며 불경을 외운다는 뜻.

○ 閑倚一枝藤 – 藤은 등나무 등. 이 頸聯은 孤僧의 모습이지 시인이 그러했다는 뜻은 아니다.

○ 世界微塵裡 – 微塵(미진)은 작은 티끌. '大千世界가 具在微塵中이라.'는 말이 있다.

○ 吾寧愛與憎 – 寧은 편안할 녕. 어찌, 어떻게. 愛與憎(애여증)은 애증. 사랑과 미움. 《楞嚴經(능엄경)》에 '人在世間은 直在微塵耳라. 何必 拘於愛憎하여 而苦此心也라.'는 말이 있다.

| 詩意 | 어느 마을에서 보든 해가 뜨는 산이 있고, 해가 지는 산이 있다. 시인이 어디서 이 시를 썼는지 모르지만 글자만 보고 崦山으로 孤僧을 찾아갔다고 해석을 해야 하는가? 西山이라는 실제 地名도 있다. 그렇다 하여 童謠에 '서산 너머~'라면 그 지명의 그 산이라고 말할 것인가?

이 시에서 '殘陽'은 '初夜'로 '高僧'은 '獨孤'로 이어진다. 이러한 말 자체가 외로움이다. 그래서 이 시의 분위기는 한마디로

'寒雲의 寒' 과 '獨敲의 獨' 이다. '쓸쓸함과 외로움' 은 많은 것을 생각게 하면서, 무엇인가 '頓悟(돈오)' 를 유발케 한다.

인간세계란 것이 '하나의 티끌 속' 이다. 거기서 愛와 憎으로 번뇌하는 시인의 모습을 볼 수 있다. 시인의 '愛憎의 사슬을 끊어 버리고 싶은 간절한 소망' 을 느낄 수 있다. '愛憎의 사슬' 에서 초탈할 수 있다면, 그것이 바로 解脫일 것이다.

尾聯의 7, 8句는 李商隱 자신의 말이나 생각이라기보다는 孤僧이 들려준 말이나 詩人에게 준 가르침이라고 생각할 수 있다.

그렇다면 마지막 구절의 '吾' 는 당연히 君이 되어야 하며, '吾는 君의 訛字(와자)일 것이다.' 라는 주장이 있다.

晩晴(만청)

深居俯夾城，春去夏猶清.
天意憐幽草，人間重晩晴.
並添高閣迥，微注小窗明.
越鳥巢乾後，歸飛體更輕.

늦게 갠 날

외진 곳 살면서 마을 골목을 보니,
봄이 지나고 여름 되니 더 상쾌하다.
하늘은 이름 모를 풀을 더 아껴주고,
사람은 늦게 갠 날을 중히 여긴다.
높은 누각에선 더 먼 곳을 볼 수 있고,
작은 창문에는 밝은 빛이 조금 들어온다.
둥지가 건조해진 越 땅의 새는,
가벼운 몸으로 한껏 날아 돌아간다.

| 詩意 | 이상은 자신의 신변을 묘사한 시이다. 늦게 갠 날이란 당쟁이나 벼슬살이의 복잡다단한 여러 관계에서 벗어난 상황을 뜻한다. 장안에서 멀리 떨어져 있다 보니, 마치 높은 누각에서 더 먼 곳을 볼 수 있는 것처럼, 그간의 여러 상황을 나름대로 정리할 수 있었을 것이다.

尾聯의 越鳥~에서 둥지가 건조하다는 뜻은, 제목의 晴과 그리고 歸飛~는 제목의 晩을 의미하며 시인의 得意와 喜悅(희열)의 심경을 뜻할 것이다.

哭劉司户(곡유사호) 二首 (其一)

離居星歲易，失望死生分.
酒甕凝餘桂，書籤冷舊芸.
江風吹雁急，山木帶蟬曛.
一叫千迴首，天高不爲聞.

유 司戶의 죽음을 통곡하다 (1 / 2)

헤어져 오랜 세월이 지나고 보니,
생사의 갈림길에서 가슴이 아프다.
술독엔 아직 남겨진 桂酒가 있으며,
책갈피 사이 여전한 향기가 감돈다.
강바람 세게 불어와 기러기도 서둘며,
매미는 산속 나무에 붙어 우는 저녁이다.
한번 부르면 수없이 돌아보던 사람,
하늘 높다는 말을 듣고 싶지 않도다.

| 詩意 | 이상은의 지인으로, 柳州의 司戶로 폄직된 劉蕡(유분)이 임지에서 죽었다는 소식에 이상은의 비통한 심경을 서술한 시이다. 몹시 침울하고 좌절한 내용으로 그 格調가 매우 뛰어나다.

無題(무제) 四首 (其三) (含情春晼~)

含情春晼晚, 暫見夜闌幹.
樓響將登怯, 簾烘欲過難.
多羞釵上燕, 眞愧鏡中鸞.
歸去橫塘曉, 華星送寶鞍.

無題 (3 / 4)

봄날의 해가 질 무렵, 연정을 안고서,
어두운 난간 사이 그녀가 잠깐 보였다.
소란한 누각에 오르기도 겁이 나고,
주렴 사이로 불빛이 비쳐 지나기 어렵다.
비녀의 제비 장식 보기도 수줍고,
거울의 난새 조각 정말로 부끄럽다.
새벽에 橫塘 못을 지나 돌아올 때,
값지게 꾸민 안장 위에 샛별이 비친다.

| 詩意 | 晼晚(원만)은 해가 지다. 晼은 해가 질 원. 橫塘(횡당)은 蘇州의 연못 이름이고, 華星은 샛별(金星)이다.

시 속의 여인은 가정의 규수가 아니라 술집의 미인일 것이다.

마음에 그린 바 있어 여인의 거처(누각)을 찾아가 기웃거리다가 수줍고 용기가 없어 새벽녘에야 말을 타고 돌아온다는 스토리인데, 시인의 상상으로 그려진 미인일 것이다.

미인이 그리워 사모하는 정은 그런 감정을 어떻게 묘사하고 다듬느냐에 따라 귀천이 달라질 것이다. 진정이라면 참 사랑이겠지만, 한낱 욕망의 대상이라면 그저 천박한 肉身이 아니겠는가?

夜飮(야음)

卜夜容衰鬢，開筵屬異方.
燭分歌扇淚，雨送酒船香.
江海三年客，乾坤百戰場.
誰能辭酩酊，淹臥劇淸漳.

밤에 술을 마시다

늙은 사람도 밤의 술자리에 끼워주나,
술상 차려진 곳은 타향이로다.
노래와 부채춤에 촛불이 흔들리고,
빗속에 향기로운 큰 술잔이 오간다.
江湖를 3년이나 떠돌았던 나그네,
세상은 온갖 싸움이 벌어지는 곳.
누구가 술에 흠뻑 취하기 마다하고,
漳水의 강가에 병들어 누워있겠나?

| 詩意 | '雨送酒船香' 의 酒船은 큰 술잔이다. 하여튼 비오는 날은 술맛이 특별하기에 누구나 취토록 마시려 한다. 酩酊(명정)은 술에 완전 취한 모습이다. 酩은 술 취할 명. 酊은 술 취할 정. '淹臥劇淸漳' 은 劉禎(유정)이란 사람은 아주 맑은 漳水에 누워 있었다는데, 곧 臥病(와병)을 뜻한다.

少將(소장)

族亞齊安陸，風高漢武威.
煙波別墅醉，花月後門歸.
青海聞傳箭，天山報合圍.
一朝攜劍起，上馬卽如飛.

젊은 장수

가문은 齊의 安陸侯에 버금가고,
풍모는 漢의 武威將軍보다 뛰어났다.
안개가 자욱한 별장에서 술에 취하고,
꽃 피는 달밤에 후문으로 돌아왔다.
青海서 온 긴급 사태를 연락받았고,
天山에선 포위되었다는 보고가 있었다.
다음날이 밝자 칼을 차고 나와,
말에 올라 나는 듯이 출전했다.

| 詩意 | 齊의 安陸侯는 南朝 齊의 安陸侯 蕭緬(소면, 454 – 491)이란 사람이다. 漢의 武威는 후한 광무제 때 종실인 劉尙(유상)이다. 青海는 지금의 青海省, 天山은 今 甘肅省의 祁連山이다.

젊은 장군이 누구라는 언급이 없고, 젊은 장수의 氣槪(기개)와 人品, 그리고 風流와 勇氣가 이러해야 할 것이라는 희망사항을 노래한 것 같다.

幽居冬暮(유거동모)

羽翼摧殘日, 郊園寂寞時.
曉雞驚樹雪, 寒鶩守冰池.
急景忽雲暮, 頹年浸已衰.
如何匡國分, 不與夙心期.

은거하던 겨울밤

날개가 이미 꺾여 몰락한 나날에,
한적한 성 밖, 적막한 세월을 보낸다.
새벽녘 닭은 나무의 눈송이에 놀라고,
겨울날 오리는 얼어붙은 못가에 서있다.
빨리도 지는 해에 구름 낀 저녁 때,
흘러간 세월, 이미 늙기 시작했도다.
나라를 바로잡으려는 뜻은 어이하여,
평소에 마음 먹은 대로 되지 않는가?

| 詩意 | 시인은 지금 실의 속에 빠져 있다. 좋게 말하여 은거이지 사실은 밀려난 상황이고 뜻은 꺾였다.

나무에 쌓였다가 떨어지는 눈송이에 닭이 놀라고, 얼어붙은 연못가에 서있는 오리도 모두 처량하다. 짧은 겨울 해가 지고 어둠이 밀려왔으니 이제 불을 밝혀야 한다. 불을 밝히고 상념에 빠지다 보면 쇠잔한 자신이 두려울 것이다.

그러면서 평소의 큰 뜻을 이룰 수 없다는 생각에 이르면 더 처량할 것이다.

桂林(계림)

城窄山將壓，江寬地共浮.
東南通絶域，西北有高樓.
神護青楓岸，龍移白石湫.
殊鄕竟何禱，簫鼓不曾休.

계림

산에 눌린 듯 城은 작고 좁으며,
강은 땅과 함께 떠있는 듯 넓다.
동남쪽은 외진 지역으로 통하고,
서북으로는 높은 누각이 자리했다.
붉고 푸른 단풍산은 神이 지켜주고,
龍은 白石의 늪으로 거처를 옮겼다.
외진 산골에 무슨 기도를 올리는지,
퉁소와 북소리 그치지 않고 들린다.

| 詩意 | 지금은 관광지로 유명한 桂林(계림)이다.

계림의 풍경과 그 민속을 잘 그려내었다. 중국의 유명한 관광지에 관한 俗諺(속언)으로 아래와 같은 말이 있다.

계림의 산수는 천하의 으뜸이고(桂林山水甲天下), 양삭의 풍경은 계림에서 제일이다(陽朔山水甲桂林).

황석채에 오르지 않았다면(不到黃石寨), 장가계를 헛 구경한 것이다(枉到張家界).

(四川省에는) 머리 위에 맑은 날은 드물고(頭上晴天少), 눈앞에는 다관이 많다(眼前茶館多).

다관이 많기로는 사천이 제일이고(四川茶館甲天下), 成都의 다관은 사천에서 제일이다(成都茶館甲四川).

강남의 조경은 천하 제일이고(江南園林甲天下), 소주의 조경은 강남 제일이다(蘇州園林甲江南).

무이산의 경치는 천하의 제일이고(武夷山水天下奇), 인간의 신선세계는 무이산에 있다(人間仙境在武夷).

유리창에 가보지 않았다면(不到琉璃廠), 북경을 본 것이 아니다(不算到北京).

만리장성에 오르지 않으면 사내대장부가 아니다(不到長城非好漢). 毛澤東의 〈盤山詞〉.

錦瑟(금슬)

錦瑟無端五十絃, 一絃一柱思華年.
莊生曉夢迷蝴蝶, 望帝春心託杜鵑.
滄海月明珠有淚, 藍田日暖玉生煙.
此情可待成追憶, 只是當時已惘然.

무늬 놓은 瑟

금슬은 까닭도 없이 오십 줄이지만,
한 줄, 발 하나가 한창 때를 생각한다.
莊周는 새벽 나비 꿈에 긴가민가 했었고,
望帝는 봄날의 슬픔을 두견에 맡겼었다.
滄海에 달 밝으면 흐르는 눈물은 진주였고,
藍田에 날 따시면 아지랑이 피는 玉이었다.
이런 情念을 추억으로 묶을 수 있었지만,
다만 그때는 너무 망연한 생각뿐이었네.

| 註釋 | ㅇ 〈錦瑟〉 – 〈무늬 놓은 瑟〉. 글자 그대로 풀면 '비단 거문고' 인데, 비단으로 덮개를 만들었다고 생각할 수도 없으며, 그렇다고 거문고 몸통에 비단을 오려 붙였다 하여 '비단 거문고' 라고 할 수는 없을 것이다. '비단에 무늬를 놓듯 장식을 한 거문고' 란 뜻이다. 중국의 악기 瑟은 우리나라의 거문고와는 다르다.

이 시는 전체 내용을 포괄하는 뜻의 제목이 아니라 1구의 처음

2字를 제목으로 삼았다. 어찌 보면 〈無題〉와 같은 의미이다.

李商隱 詩集의 경우 대개 이 시가 첫머리에 실린다고 하는데, 그만큼 李商隱을 대표하는 시이다. 이 시는 李商隱 만년 47세 때의 작품으로 50을 바라보는 자신의 나이를 50줄 금슬에 비유하며 회상한 시이다.

○ 錦瑟無端五十絃 – 錦瑟(금슬)은 무늬 장식이 있는 瑟(슬, 거문고). 無端(무단)은 이유도 없이, 까닭도 없이. 絃은 악기 줄 현.

○ 一絃一柱思華年 – 柱는 絃을 받쳐주는 기둥. 기러기발(雁柱). 華年은 꽃다운 시절.

○ 莊生曉夢迷蝴蝶 – 莊生은 莊子. 莊周(約 前 369 – 286), 孟子와 거의 同時代人. 曉夢迷蝴蝶은 새벽꿈에 나비 꿈을 꾸고 긴가민가했다(眞幻難知). 蝴는 나비 호. 蝶은 나비 접. 보통 胡蝶으로 표기.

胡蝶夢(호접몽) –《莊子 齊物論》에 실려 있다. 이 구절은 이상은 자신의 인생에 훨훨 날았던 나비처럼 즐거운 시절이 있었다는 뜻이리니, 곧 인생은 꿈과 같이 덧없다는 뜻.

○ 望帝春心託杜鵑 – 望帝(망제)는 전설상의 蜀 땅의 임금. 나라를 잃은 슬픔으로 두견새가 되었다는 杜宇(두우). 鵑은 두견이 견. 본 구절의 뜻은 누구에게나 봄날 같은 호시절이 있으나 그런 봄날은 어김없이 지나가고 슬픔은 남는다.

○ 滄海月明珠有淚 – 月明은 달이 차면 진주도 알이 찬다고 하였다. 珠有淚는 진주에 눈물이 있다. 人面魚身의 鮫人(교인)이 흘리는 눈물이, 곧 진주라고 한다. 이는 교인의 눈물이 진주이듯, 자신의 주옥같은 시는 지난날 슬픔의 결정체라는 뜻이 있다.

滄海月明은 자신의 능력을 펴지 못한데 대한 담담한 哀傷이라고 풀이할 수도 있다.

○ 藍田日暖玉生煙 – 藍은 쪽 풀 남(람). 진한 청색. 藍田은 남전산. 陝西省 남부 西安市 관할 藍田縣 동남에 있는 산. 여기서 아주 질이 좋은 玉이 나온다. 日暖玉生煙은 날이 따뜻하면 옥에서 연기 같은 아지랑이가 피어오른다. 藍田日暖은 자신이 의기양양하던 시절에 옥 같은 광채를 냈었지만 지금은 아무 의미도 없다는 탄식의 의미가 들어있다.

○ 此情可待成追憶 – 此情은 위 3에서부터 6句의 여러 가지 감정.

○ 只是當時已惘然 – 惘은 멍할 망. 惘然(망연)은 뜻을 잃고 멍청한 모양.

| 詩意 | 이 시는 너무 함축적인 뜻을 가지고 있어 역대 文人들이 자기 나름대로 해석을 하였다.

우선 錦瑟은 令狐楚의 侍婢(시비)인데, 李商隱이 한때 연정을 품었고 그녀를 생각하며 지은 시라고 주장한 사람도 있다.

많은 사람들은 이를 죽은 사람을 애도하는 시(悼亡詩)라고 풀이한다.

또 어떤 사람은 소동파의 뜻을 빌려 詠物詩라면서 瑟의 소리를 인생에 비유하였다고 설명하였다.

또 다른 사람은 이상은의 삶을 되돌아보며 자신의 꿈과 來世와 지조와 정감을 비유하였다고 풀이하였다.

하여튼 이 시가 다양한 해석의 가능성을 열어주었다는 점에서는 매우 특별한 시이다. 그리고 시인 자신의 슬픔을 노래했다는 점에서는 모두 마찬가지이다.

슬픔이란 이루지 못한 꿈이다. 만년에 누구나 자신을 돌아본다.

자신의 의지와 상관없이 뜻이 꺾이거나 실패를 겪어야 할 때 슬픔은 더 영롱해진다. 그래서 혼자 진주와 같은 눈물을 흘리는 것이다.

이 시는 뜻이 완곡하면서도 辭藻(사조 - 시문의 문채 또는 수식)가 典雅하여 많은 사람들이 좋아한다.

杜工部(두공부), 蜀中離席(촉중이석)

人生何處不離群，世路干戈惜暫分.
雪嶺未歸天外使，松州猶駐殿前軍.
座中醉客延醒客，江上晴雲雜雨雲.
美酒成都堪送老，當壚仍是卓文君.

두보를 본 뜬, 蜀에서의 송별 자리

인생살이 어디든 이별의 자리 없으랴마는,
온세상이 전쟁 중이라 잠시 이별도 걱정이다.
雪嶺에선 토번에 간 사자가 돌아오지 않았고,
松州에선 관군의 군영이 아직 주둔하고 있다.
술자리의 취객은 술이 깬 객인을 불러들이고,
강 위에 뜬 하얀 구름은 비구름과 뒤섞인다.
成都의 좋은 술과 함께 노년을 보낼만하나니,
술집 목로엔 卓文君 같은 미인도 있다네.

| 詩意 | 이 시는 杜甫 詩의 風格을 본받으려 했다는 뜻에서 제목 앞에 '杜工部'를 첨가하였다.

이상은은 두보의 시를 잘 공부했고, 두보의 장점을 잘 습득했다고 평가 받고 있다. 거기다가 두보가 四川의 成都에서 嚴武의 막료로 근무했던 것처럼 이상은도 蜀땅에 와서 절도사의 막료로 재직 중이기에 더욱 친근감을 느꼈을 것이다.

이 시는 이상은 宣宗 大中 5년(851) 겨울에, 成都에 업무 차 왔다가 다음 해에 梓州(재주)로 돌아갈 때 이별의 술자리에서 지었을 것이라고 알려졌다.

雪嶺은 성도의 서쪽 岷山(민산)으로, 민산의 밖은 주로 吐藩族(토번족)의 거주지였다. 그리고 松州는 四川省의 지명이고 殿前軍은 당의 중앙군인 神策軍이다.

卓文君은 부호인 卓王孫의 딸로 司馬相如와 함께 사랑의 도피를 감행했고, 술장사도 마다하지 않았던 맹렬 여성이었다.

贈司勳杜十三員外(증사훈두십삼원외)

杜牧司勳字牧之，淸秋一首杜秋詩.
前身應是梁江總，名總還曾字總持.
心鐵已從干鏌利，鬢絲休歎雪霜垂.
漢江遠吊西江水，羊祜韋丹盡有碑.

司勳 杜牧 員外에게 주다

司勳인 杜牧의 字는 牧之이시니,
천추에 남을 詩 〈杜秋娘〉 一首를 지었다.
전생에는 틀림없이 梁 시인 江總이었으니,
이름인 總에 보태어 字는 總持였다.
품고 따랐던 뜻은 干將, 鏌邪보다 예리했었으니,
이제 머리와 수염이 희였다고 탄식하지 마시오.
漢江(杜預)의 물과 西江의 물(韋丹)이 조문하듯,
羊祜(양호)와 韋丹(위단)은 비문으로 남았습니다.

| 詩意 | 이상은은 杜牧을 존경하였다. 때문에 시를 지어 증정했는데, 이 시에는 전고가 많아 마치 사전 지식이 없으면 읽고 이해하기가 어렵다. 이렇게 난해한 시를 지었다는 사실 또한 이상은 시의 특징이니 우리말로 옮겨볼 만하다.

수련은 두목에 대한 설명과 두목의 長詩 〈杜秋娘(두추낭)〉을 언급하였다. 〈두추낭〉은 두목이 文宗 大和 7년(833)에 지었는데,

두추낭의 험난한 한평생을 서술하였다.

3, 4구에서는 두목의 문학적 재능이 南朝 梁나라의 江總(강총, 519 – 594)과 비슷하다고 칭송하였다.

5, 6句는 병서에 주석을 달고, 여러 건의를 상소하였던 두목이 雄志와 지략을 겸비한 '眞王佐之才' 라 하였다. 干總은 干將(간장)과 鏌邪(막야)로 모두 명검의 이름이다.

미련은 두목의 문장은 오래오래 남을 불후의 명문이라 하였다. '漢江遠弔西江水' 는 漢江(杜預)와 西江(韋丹)을 지칭한다. 東吳의 장군 두예와 西晉의 장군 羊祜(양호)는 대치하면서도 우호관계를 유지했다. 양호가 죽은 뒤 그의 선정을 기록한 비석을 세웠고, 그 비문을 읽은 사람은 모두 눈물을 흘렸다 하여 '墮淚碑(타루비)' 라 하였다. 두예는 두목의 먼 조상이었다.

西江水는 唐의 韋丹(위단, 753 – 810, 字는 文明)인데, 두목은 위단의 공적비 비문을 지었다.

無題(무제) (昨夜星辰~)

昨夜星辰昨夜風, 畫樓西畔桂堂東.
身無彩鳳雙飛翼, 心有靈犀一點通.
隔座送鉤春酒暖, 分曹射覆蠟燈紅.
嗟余聽鼓應官去, 走馬蘭臺類轉蓬.

무제

별이 많던 어젯밤, 바람 불던 어젯밤에,
채색 누각의 서쪽 계수나무 별당의 동편.
몸에 彩鳳처럼 함께 날 날개는 없었지만,
둘의 마음엔 신령한 무소처럼 하나로 통했다.
마주 앉아 내기하며 봄 술로 마음을 풀고,
편을 갈라 맞추기 놀이에 촛불 붉게 밝혔다.
아아, 나는 북소리 듣고 꼭 출근해야 하는데,
말을 달려 어사대로 가니 구르는 쑥대이더라.

| 註釋 | ㅇ 〈無題〉 – 博學强記한 李商隱은 典故를 많이 사용하고 修辭(수사)를 매우 중히 여겼다. 따라서 이상은의 詩句는 매우 精練(정련)되고 기이하지만 시가 난삽하고 이해하기가 쉽지 않다. 그는 詩題를 매우 모호하게 붙이기를 좋아하여 〈無題〉 시가 많다는 것도 하나의 특징이라 할 수 있다. 〈無題〉는 일부러 제목을 붙이지 않기에 시인의 의도를 드러나지 않는 효과가 있다. 이상은의

〈無題〉를 그 내용에 따라 적절한 제목으로 바꿔놓은 번역본도 있으나 본서는 채택하지 않았다. 〈無題〉는 그냥 無題이다.

○ 昨夜星辰昨夜風 – 星辰(성신)은 별. 昨夜를 두 번 써서 강조하였다.

○ 畫樓西畔桂堂東 – 畔은 두둑 반. 西畔 서쪽. 畫樓와 桂堂은 멋지고도 화려한 좋은 집.

○ 身無彩鳳雙飛翼 – 彩鳳(채봉)은 신령한 새(靈鳥也). 鶴과 비슷하나 날개에 오색 깃털이 있다고 한다. 雙飛翼은 짝을 지어 날아갈 수 있는 날개.

○ 心有靈犀一點通 – 犀는 무소 서. 물소. 靈犀(영서)는 신령한 무소(靈獸, 영수) 무소의 두 뿔에 하얀 줄이 있는데 양쪽 뿔에 이어졌다고 한다. 이를 통해 마음이나 신령스러운 기운이 통한다고 생각했다.

○ 隔座送鉤春酒暖 – 隔座(격좌)는 마주 보고 앉다. 送鉤(송구)는 술을 마실 때 사용하는 일종의 놀이기구. 맞거나 또는 못 맞추면 벌주를 마시게 하여 주흥을 돋우는 오락 도구.

○ 分曹射覆蠟燈紅 – 分曹(분조)는 편을 나누다(分組). 射는 쏠 사, 맞힐 석, 벼슬 이름 야. 覆은 뒤집힐 복. 덮어씌우다. 射覆(석복)은 술집에서 사용하는 놀이기구. 蠟燈紅은 밀납(랍)을 켜는 붉은 등.

○ 嗟余聽鼓應官去 – 嗟는 탄식할 차. 余聽鼓는 나는 북소리를 들었다. 應官去는 응당 관청에 출근해야 한다.

○ 走馬蘭臺類轉蓬 – 蘭臺(난대)는 御史臺. 類는 닮다, 비슷하다. 蓬은 쑥 봉. 떠돌아다니다. 轉蓬은 바람에 밀려다니는 쑥대.

| 詩意 | 요즈음 말로 설명하면, 고급 술집에서 밤새 게임하며 흥겹게 술을 마시다가 새벽에 서둘러 택시 타고 출근하는 7급 공무원 李商隱의 모습이다.

그러면서 7, 8句에서는 새벽 북소리에 '嗟' 하며 탄식을 하고 '출근해야 하는데!' 라고 말한 뒤, 자신의 신세가 뿌리에서 떨어져 나가 이리저리 굴러다니는 쑥대와 같다고 한탄하고 있다.

물론 하급 관리라는 신분이야 서럽지만, 또 어디로 발령이 나서 옮겨갈지 모르니 쑥대 같다고 비교한다면, 글쎄? 하여튼 無題이니 끝까지는 생각하지 말아야 할 것이다.

같이 술을 마시고 게임을 한 사람이 동료 같기도 하지만 酒樓의 여인일 수도 있다. 하여튼 숨겨진 意圖와 감춰진 抒情이 매우 은근하게 나타나는 詩이다.

수련에서는 某日某處로 그리고 누구와는 언급하지 않았다.

3, 4구에서는 술 마시는 酒友가 나란히 행동하지는 않지만 마음은 잘 통하는 관계임을 典故를 통해 밝혔다. 솔직히 말해 이 시를 읽기 전에는 무소가 그렇게 신령한 동물인지 생각도 못했었다.

5, 6구는 술을 마시며 酒興을 돋우는 내용이다. 주흥을 돋우기 위한 벌주 놀이를 酒令이라고 하고, 점잖게 觴令(상령)이라고도 한다. 물론 마신 잔의 숫자를 세기 위한 산가지도 있어야 하는데, 그것은 酒籌(주주)라고 한다. 오락 도구나 방법은 시대에 따라 바뀐다. 그러나 그런 오락을 하면서 즐기려는 본질은 바뀌지 않을 것이다.

隋宮(수궁)

紫泉宮殿鎖煙霞, 欲取蕪城作帝家.
玉璽不緣歸日角, 錦帆應是到天涯.
於今腐草無螢火, 終古垂楊有暮鴉.
地下若逢陳後主, 豈宜重問後庭花.

隋나라 별궁

紫泉의 궁전은 구름과 노을에 잠겼는데,
蕪城에 황제의 궁궐을 지으려 했었다.
옥새가 인연대로 高祖에 가지 않았으면,
비단 돛배는 분명 땅끝까지 갔으리라.
지금 풀더미엔 반딧불이 조차 없고,
옛날 수양버들에는 저녁 까마귀가 앉았다.
만약 황천에서 陳後主를 만난다 하여도,
어찌 後庭花로 놀았느냐 따질 수 있겠나?

| 註釋 | ○ 〈隋宮〉 - '隋나라 별궁'.

隋나라(581 - 619 존속)는 文帝〔楊堅(양견), 재위 581 - 604, 중국 통일 589〕의 건국 이후 煬帝(양제, 楊廣, 재위 604 - 618)에 이어 恭帝(618 - 619)까지 38년 존속. 통일왕조 秦과 같이 短命했다. 다만 唐제국 발전의 기초를 마련해 주었다. 隋의 국도는 大興城(長安), 이 시에서 말하는 隋宮은 대운하를 완성한 양제가 江都

(지금의 揚州)에 설치한 離宮이다. 李商隱의 시에 〈隋宮, 一名 隋堤〉라는 七言律詩도 있다.

○ 紫泉宮殿鎖煙霞 – 紫泉(자천)은 장안 북쪽의 연못 이름. 본래 紫淵이었는데, 당 高祖 李淵을 諱(휘)하여 '紫泉'으로 표기. 長安을 의미. 鎖는 쇠사슬 쇄. 잠그다. 煙霞(연하)는 노을.

○ 欲取蕪城作帝家 – 蕪는 우거질 무. 거칠어지다. 蕪城은 江都, 煬帝의 별궁. 양제는 이곳을 강도라 부르며 화려한 이궁을 짓고 隋末의 지방 세력의 봉기를 피해 이곳에 머물렀다가 근위대 장격인 우문화급에게 피살되었다. 帝家는 都城.

○ 玉璽不緣歸日角 – 璽는 도장 새. 玉璽(옥새)는 진시황 때 李斯가 만든 傳國之寶. 緣은 인연. 日角은 이마의 중앙 부분이 약간 볼록한 모양. 帝王之像. 여기서는 당 건국자 高祖 李淵(이연, 재위 618 – 626).

○ 錦帆應是到天涯 – 錦帆(금범)은 비단 돛. 수양제는 대운하에 크고 화려한 龍舟를 운행케 하였다. 應是(응시)는 틀림없이 ~일 것이다. 天涯(천애)는 땅끝. 隋 양제의 극단적인 사치와 향락을 묘사하였다.

○ 於今腐草無螢火 – 腐草(부초)는 썩은 풀. 시든 풀. 螢은 개똥벌레 형. 반딧불이. 개똥벌레는 썩은 풀이 있는 곳에서 산다고 생각했다. 수양제는 반딧불을 모아 비단 주머니에 넣어 밤을 밝혔다고 한다. 때문에 반딧불이 사라졌다는 이야기도 전해온다.

○ 終古垂楊有暮鴉 – 終古는 오래된. 垂楊(수양)은 버들. 수양제는 대운하 주변에 수양버들을 심게 했다. 鴉는 갈 까마귀 아.

○ 地下若逢陳後主 – 地下는 黃泉. 陳後主는 南朝의 마지막 왕조

陳의 亡國 君主. 황음무도했던 陳叔寶(진숙보, 553 출생 – 583 즉위 – 589 퇴위 – 604 사망).

○ 豈宜重問後庭花 – 豈宜(기의)는 어찌 ~하겠는가? 後庭花(후정화)는 〈玉樹後庭花〉의 간칭. 陳後主가 만들었다는 아주 퇴폐적인 악곡, 亡國之音. 소설 《金甁梅》에서는 섹스 體位의 한 가지. 杜牧의 칠언절구 〈泊秦淮〉 참고.

| 詩意 | 수양제의 사치와 昏淫(황음)을 풍자한 회고시로 역사적 感慨(감개)를 서술하였다. 양제는 수문제의 차남으로서 태자의 자리를 차지하는 과정에서부터 부친을 독살하고 즉위한 뒤에 대운하 개착과 고구려 원정과 사치와 방탕으로 국력을 완전히 소진하였다. 한마디로 무책임하고 추악한 탕아였다.

尾聯의 陳 後主 역시 군주의 도리를 망각했고, 그러기에 망국의 군주가 되었다. 陳 후주 또한 荒淫(황음)에 무소신, 무능력, 무책임하고 비겁한 사내의 전형이었다는 점에서 양제와 같은 부류의 인물이었다.

| 參考 | 煬帝(양제)의 죽음 – 목숨을 구걸하기

煬帝(양제)의 폭정은 크게 3가지로 나눌 수 있다. 우선 大興城을 건설하고 대운하를 굴착하는 등 엄청난 대규모의 토목공사를 벌려 국력을 탕진했고 백성들을 고통으로 내몰았다.

두 번째는 잦은 巡幸(순행)과 허영심, 그리고 사치와 향락에 따른 국고의 고갈이다. 외국 사절이 내조하러 왔을 때 한 달여씩 놀이판을 벌였는데, 이는 일종의 자기과시였다. 겨울에 가로수를 비단으로 싸 주는 낭비

는 도대체 누구를 위한 것이었나?

세 번째 폭정은 무모한 고구려 원정이다. 동원 병력 113만에 군량 및 물자 수송인원이 그것의 2배였다면 약 300만 명 이상이 동원되었다. 文帝 때 약 4600만 인구에 남자를 절반으로 잡는다면 2300만, 그중에서 300만이라면 청장년 남자의 절반은 다 동원되었다는 볼 수 있다.

마지막 순행으로 江都에 도착한 양제는 매일 술로 세월을 보냈다. 이미 전국 각지에서 봉기가 일어난 줄을 알고 있는 양제였기에 하루하루의 술자리는 가시방석이었다. 어느 날 그가 거울을 보면서 피식 웃으면서 말했다.

"잘 생긴 이 머리를 누가 감히 자를 수 있겠는가!"

양제는 毒酒를 한 항아리 준비해 놓고서 후궁들을 불러 놓고 말했다고 한다. "만약 적병이 여기까지 들어온다면 그대들이 우선 마셔라! 나는 나중에 마시겠노라!"

말은 이렇게 하면서도 양제는 자신의 제국은 결코 망하지 않을 것이라는 일말의 희망, 그리고 구차하더라도 목숨을 건지리라고 스스로 위안을 하고 있었다. 그는 蕭皇后(소황후)에게 술잔을 권하면서 "통쾌하게 한 잔 하시오! 나는 결코 長城公(장성공)이 되지는 않을 것이며, 그대 또한 沈皇后(심황후)가 되지는 않을 것이요!"

장성공은 589년에 멸망한 남조 陳의 後主인 陳叔寶이며, 심황후는 그의 부인이었다. 604년 양제가 즉위하는 해에 陳 後主는 52세를 일기로 죽는다. 文帝는 그에게 長城煬公(장성양공)이라는 치욕적인 시호를 내려주었다. '煬(불에 말릴 양)' 字에는 그 일생이 주색만을 탐하고 禮를 멀리하여 인심을 잃었다는 평가를 포함하고 있다. 그러나 그런 시호를 자신이 받게 될 줄은 꿈에도 생각하지 못한 양제였다.

바로 14년 뒤에 양제의 총애를 받던 후궁들이나 미인들은 아무도 독주 항아리를 찾지 않았다. 양제 자신도 독주를 마시지 않았다. 망국의 군주였지만 그래도 천수를 누린 장성공처럼 목숨을 구걸할 형편도 되지 않았다.

양제는 자신을 죽이러 들어온 금위군 장수에게 자신의 비단 허리띠를 풀러 내주었다. 칼로 내 목을 자르지 말라는 구걸의 표시였다. 당시 양제는 50세였다.

楚宮(초궁) 二首 (其二)

月姊曾逢下彩蟾, 傾城消息隔重簾.
已聞佩響知腰細, 更辨弦聲覺指纖.
暮雨自歸山悄悄, 秋河不動夜厭厭.
王昌且在牆東住, 未必金堂得免嫌.

초의 궁궐 (2 / 2)

그전에 항아가 달에서 내려왔을 때,
미인의 소식은 여러 주렴 사이에 알려졌다.
패옥의 소리로 허리 가는 미인을 알아보았고,
비파현 소리에 섬섬옥수 미인이라 생각했었다.
밤비를 맞으며 돌아온 고요한 산속에,
은하수 흐르지 않고 한밤은 깊어졌다.
王昌은 미인의 집 동쪽에 살고 있었기에,
울금당 미인은 의심에서 벗어나지 못했다.

| 詩意 | 月姊(월자)는 姮娥(항아, 嫦娥), 彩蟾(채섬)은 달에 산다는 두꺼비. 傾城消息의 경성은 傾國之色(경국지색)과 같다.

尾聯의 王昌이란 이름은 특정한 인물이 아닌 보통 사람의 이름으로 쓰였다.

이 시는 楚나라의 궁궐에 관한 일이 아니라 처녀 총각의 아름다운 로맨스나 사연을 궁궐을 배경으로 각색한 것 같다는 생각이 든다.

곧 여인을 그리워하나 마음대로 만나지 못하는 아쉬움을 묘사하였다.

無題(무제) 四首 (其一) (來是空言～)

來是空言去絶蹤, 月斜樓上五更鐘.
夢爲遠別啼難喚, 書被催成墨未濃.
蠟照半籠金翡翠, 麝熏微度繡芙蓉.
劉郎已恨蓬山遠, 更隔蓬山一萬重.

무제 (1 / 4)

온다는 빈말에다 가고선 자취를 끊었으니,
달도 기운 누각에 五更 종소리 들려온다.
꿈속 멀리 헤어지니 울며 부르지도 못했고,
편지 급히 쓰다 보니 먹물도 흐리도다.
촛불은 금박 비취 병풍을 반쯤 비추고,
사향은 수놓은 부용 휘장을 은은히 넘어온다.
劉郞은 봉래산이 멀다고 크게 한탄하지만,
그보다 봉래산 일만 겹겹이 가로막혔다.

| 註釋 | ㅇ 〈無題〉 – 李商隱의 〈無題〉 詩는 그 題材가 아주 다양하다. 정치상의 理想, 개인의 포부와 失意, 남녀 애정과 인생의 애환 등 다방면에 걸쳤으며, 그 표현 방법에서도 고도의 은유와 함축 그리고 섬세한 묘사와 해박한 전고를 즐겨 사용하였다.

때문에 당의 시인 중에서도 李賀(이하)와 함께 난해한 시를 쓴 시인으로 알려졌다.

이《無題》시는 다른 無題詩와는 달리 그 주제가 비교적 또렷하니, 여인의 안타까운 사랑과 그리움을 읊었다.

○ 來是空言去絶蹤 – 踵은 발꿈치 종. 자취. 絶蹤(절종)은 자취를 끊었다. 소식이 전혀 없다. 1구이면서 동시에 시 전체의 뜻이다. '사랑의 약속' 이란 말 자체가 허망한 것이리라!

○ 月斜樓上五更鐘 – 月斜는 달이 기울다. 五更(오경)은 날이 밝을 무렵.

○ 夢爲遠別啼難喚 – 啼는 울 제. 喚은 부를 환. 啼難喚(제난환)은 울기만 할 뿐 부르지 못하다.

○ 書被催成墨未濃 – 被催成(피최성)은 재촉하듯 급하게 써졌다. 墨은 먹 묵. 濃은 짙을 농.

○ 蠟照半籠金翡翠 – 蠟은 밀초. 촛불. 籠은 대그릇 농(롱). 덮어씌다. 金翡翠(금비취)는 비취새를 金箔(금박)한 병풍.

○ 麝熏微度繡芙蓉 – 麝는 사향노루 사. 熏은 연기 낄 훈. 度는 渡와 通. 繡芙蓉(수부용)은 부용을 수놓은 휘장.

○ 劉郎已恨蓬山遠 – 劉郎은 漢 武帝 劉徹(유철, 재위 前 141 – 87). 또는 劉晨(유신). 유신이라는 사람은 약초를 캐러 산에 들어갔다가 선녀들을 만나 반년을 살다 돌아왔는데, 지상에서는 7代가 지나갔다는 仙話 속의 인물. 蓬山은 봉래산. 신선의 거주지.

○ 更隔蓬山一萬重 – 更은 그보다도 더.

| 詩意 | 젊은 날에는 누구에게나 그립고 애절한 사랑 또는 그런 감정이 있었으나 결국 지나고 보면 '空言' 이라 하였다.

시인 역시 그러하면서도 절절한 사랑을 겪었으리라!

이 無題詩 역시 연모하는 사람에 대한 사랑과 이별, 그리움을 주제로 하였다. 그러나 함축적이고 암시적인 표현에 대해서는 '정치적 암시' 까지 담겨 있다고 해석되기도 한다.

이런 다양한 해석이나 평론은 李商隱이 열심히 사랑도 했지만 그만큼 복잡한 정치적 환경과 굴곡 많은 삶을 살았기 때문이다.

이 시는 달이 기우는 오경 무렵까지 전전반측하다가(首聯) 겨우 꿈속에서 불러보고 편지를 써보낸다는 몽환적인 묘사를 하고 있다(頷聯).

여인의 거처에 대한 섬세한 묘사는 여인의 심리에 대한 묘사라 아니할 수 없다(頸聯).

그리고 尾聯의 신선과 봉래산 같은 설정은 상상의 세계이며, 그런 상상 속으로의 도피를 염원하는 연인들의 심리를 묘사한 것이다.

때문에 이런 시는 젊은 연인들이 읽으면 한없이 슬프면서도 자신이 더더욱 가련해질 것이고, 失意한 선비가 읽으면 더욱 茫然自失(망연자실)할 것이며, 한창 공부해야 할 젊은이가 읽는다면 夢幻(몽환)에 빠져 책이나 글자가 보이지 않을 것이다.

하여튼 다른 시와는 달리 독특한 분위기를 연출하고 있는 것은 사실이다.

無題(무제) 四首 (其二) (颯颯東風～)

颯颯東風細雨來, 芙蓉塘外有輕雷.
金蟾齧鎖燒香入, 玉虎牽絲汲井迴.
賈氏窺簾韓掾少, 宓妃留枕魏王才.
春心莫共花爭發, 一寸相思一寸灰.

무제 (2 / 4)

가벼이 불어오는 동풍에 이슬비는 내리고,
연꽃 핀 연못 멀리 은은한 천둥소리 들린다.
사슬 문 쇠 두꺼비 향로에 태울 향이 뿌려지고,
두레박줄을 맨 옥호는 물을 길어 오르내린다.
賈氏는 젊은 韓壽를 주렴 사이로 엿보았고,
宓妃는 詩才 魏王에게 베개를 남겨 주었다.
춘심은 꽃과 함께 피어나지 말아야지,
한 치의 그리움은 한 치의 재로 남는다오.

| 註釋 | ○ 〈無題〉 – 唐詩에서 〈無題〉하면 으레 李商隱의 시를 떠올린다. 이상은의 상상과 聯想은 늘 아름답다.

역사적 사건과 신화와 전설을 응용한 典故의 운용은 자연스러우면서도 함축성이 뛰어나 읽고 나서도 머리에 남는다.

그의 이렇듯 풍부한 정감은 어디서 얻고 어떻게 나올 수 있었을까? 우선은 독서를 통한 해박한 지식을 꼽아야 하고, 그의 특별한 정치적 역경 그리고 아마도 타고한 천성 때문일 것이다. 모든 남성들이 전부 여성을 향한 로맨틱한 감성을 갖고 있는 것은 아니다. 이는 마치 누구나 시를 좋아하고 쓸 수 있지만 특별한 감성을 가진 사람만이 시인이 되는 것과 마찬가지일 것이다.

이 시는 봄철이 그 시간적 배경이다. 봄철이라 하여 모두가 똑같은 춘심을 느끼지는 않는다. 다만 이상은의 춘심은 특별하기에 많은 사람이 읽고 감상하는 것이다.

○ 颯颯東風細雨來 – 颯은 바람소리 삽. 細雨는 이슬비.

○ 芙蓉塘外有輕雷 – 塘은 못 당. 연못. 輕雷(경뢰)는 멀리서 들려오는 은은한 천둥소리. '가볍게 들리는 소리' 라는 표현은 괜찮지만 '가벼운 천둥소리' 는 아니다. 소리는 무게가 없다.

다만 무겁거나 가벼운 물체와 연관된 소리가 있을 뿐 소리가 어찌 가볍겠는가? 漢字로는 '輕雷' 라는 표현이 통하지만, 우리말로 옮길 때는 달라야 한다.

○ 金蟾齧鎖燒香入 – 蟾은 두꺼비 섬. 金蟾은 쇠로 만든 두꺼비 모양의 향로. 齧은 물 설. 입에 물다. 향로의 향기를 여인의 체취로 생각하고 읽어도 된다.

○ 玉虎牽絲汲井回 – 玉虎는 옥으로 만든 호랑이 모양. 여기서는 두레박줄을 매는 도구의 모양. 牽絲(견사)는 줄을 당기다. 汲은 물을 길을 급. 두레박이 우물을 들랑날랑하면서 물을 퍼내는 것을 사랑의 행위로 연상하는 사람도 있다.

○ 賈氏窺簾韓掾少 – 賈氏는 西晉의 개국공신이며, 권력자인 賈充(가충)의 막내딸. 서진 惠帝의 황후인 賈南風의 여동생. 窺는 엿볼 규. 簾은 발 렴. 주렴. 掾은 도울 연. 하급관리. 韓掾(한연)

은 하급 관리인 韓壽. 가충은 키가 크고 미남인 젊은 한수를 하급 관리로 임명했는데, 한수가 드나들 때마다 가씨가 주렴 사이로 엿보았고 나중에 서로 정을 통했고, 가충은 딸을 한수에게 주어야만 했다.(《世說新語 惑溺(혹익)》)

○ 宓妃留枕魏王才 – 宓은 성씨 복. 몰래. 洛水의 女神. 여기서는 魏 文帝 曹丕가 차지한 甄氏(견씨). 魏王은 曹操의 三男, 詩人인 曹植.

甄氏(견씨)는 처음 袁紹(원소)의 며느리였으나 원소가 조조에게 패망할 때, 조조의 장남 18세의 曹丕(조비, 뒷날 魏 文帝)는 견씨의 미모를 보고 단숨에 차지해 버렸다. 이는 조조도 인정한 사실이다. 조비의 동생 曹植(조식)도 견씨를 보고 무한한 애정을 품었으나 이룰 수 없었다. 견씨는 뒷날 자결했는데, 조비는 견씨의 베개를 조식에게 보여주었다. 조식은 견씨의 베개를 보고 하염없이 눈물을 흘렸다. 조비가 베개를 조식에게 주자, 조식은 그 베개를 가지고 낙수 옆을 지나는데 홀연히 견씨가 나타나 조식에 대한 연정을 말하면서 '이제는 같이 베고 누울 수 있다.' 고 말했다.

조식은 이에 감격하여 〈感甄賦(감견부)〉를 지었다. 후에 위의 明帝 曹叡(조예)는 이를 읽고 감격하여 〈洛神賦〉라고 고쳐 불렀다. 이는 才子와 미인의 비극적인 사랑을 언급한 것이다.

才 – 조식은 유명한 七步詩를 지은 시인이다. 이 세상의 재주가 한 섬(一石)이라면 그중의 8斗를 조식이 가졌다 하여 '八斗之才' 라 하였다.

○ 春心莫共花爭發 – 春心은 임을 그리는 마음. 相思의 정. 莫共

花爭發은 꽃이 피듯 같이 드러내지 말라. 꽃이 피면 모두가 다 볼 수 있다. 그러나 戀情은 그렇게 드러내는 것이 아니라는 시인의 메시지가 담겨져 있다.

○ 一寸相思一寸灰 – 灰는 재 회. 타고 남은 것. 이루지 못한 相思의 아픔을 가장 잘 표현한 絶唱이다. 相思의 고통을 재(灰)로 형상화시킨 시인의 情이 얼마나 애달팠는지 알 수 있다.

| 詩意 | 수련의 1, 2구는 봄철의 이슬비와 멀리서 들리는 은은한 천둥소리로 사랑의 계절과 임을 그리는 분위기를 연출하고 있다.

3, 4句는 은밀한 사랑의 감정과 연애의 공식을 언급하였다. 相思의 情念은 남이 보지 못하게 전달하고 또 느끼는 것이며, 두레박으로 물을 푸듯 노력해야만 성과를 얻을 수 있다는 뜻이다.

5구는 사랑을 성취한 남자의 기쁨을, 6구는 이루지 못한 남자의 相思之情을 구체적으로 열거하였다.

그리고 7, 8구는 서로 그리는 상대에 대한 위로와 함께 마음고생의 끝을 묘사하였는데, 마치 詩人의 아픈 사랑이 한 치의 타버린 재처럼 남아있다. '春心은 莫共花爭發 하나니 一寸相思는 一寸灰라.' – 정말 千古의 絶唱이다.

이 〈무제〉시 두 수를, 李商隱을 거들떠보지도 않는 당시 정계의 실권자 令狐綯(영호도)에 대해 陳情을 한 詩라고 자못 정치적 해석을 한 사람의 견해에는 동의할 수 없다. 그들은 모든 것을 主君과 충성의 잣대로만 보려는 병폐가 있다.

籌筆驛(주필역)

猿鳥猶疑畏簡書，風雲常爲護儲胥.
徒令上將揮神筆，終見降王走傳車.
管樂有才原不忝，關張無命欲何如.
他年錦里經祠廟，梁父吟成恨有餘.

주필역에서

원숭이와 새들도 軍令을 두려워하는 듯,
風雲도 언제나 여러 설비를 지켜주었다.
上將의 신필을 휘둘러 만든 작전도 헛되이,
끝내 항복한 後主의 수레를 보아야만 했었다.
管仲과 樂毅의 재능에 뒤지지 않았어도,
관우 장비도 없는데 무엇을 어찌하리오.
옛날 금관성의 사당을 지나갔었는데,
그가 즐긴 양보음만 여한 되어 남았네.

| 註釋 | ㅇ 〈籌筆驛〉 – '주필역에서' 제갈량의 북벌 중에 이곳에서 駐軍하고 작전계획을 짰다(籌畫)하여 籌筆이라고 했다. 지금의 四川省 廣元市 북쪽의 廢 朝天驛.

李商隱은 宣宗 大中 10년(856), 東川節度使의 막료로 근무하다가 이곳을 지나 長安으로 돌아온다. 李商隱은 이 시에서 제갈량에 대한 흠모의 정을 시에 담았다.

○ 猿鳥猶疑畏簡書 – 猿鳥는 원숭이와 새. 猶疑(유의)는 의심하다. 망설이다. 닮다. 簡書(간서)는 軍令 文書. 軍中 동원령이나 계엄령.

○ 風雲常爲護儲胥 – 儲는 쌓을 저. 버금. 울타리. 진영. 胥는 서로 서. 모두. 儲胥(저서)는 여러 가지 시설, 방책.

○ 徒令上將揮神筆 – 徒는 무리 도. 헛되이. 上將은 여기서는 제갈량.

○ 終見降王走傳車 – 終見은 결국은 보게 되다. 降王은 촉한의 後主, 劉禪. 傳車는 역참의 수레. 유선의 일가족을 태우고 가는 수레.

○ 管樂有才原不忝 – 管樂(관악)은 춘추시대 齊의 정치가 管仲과 전국시대 燕나라의 대장군 樂毅. 제갈량은 와룡강에서 독서할 때 스스로를 관중과 악의에 비교했다. 忝은 더럽힐 첨. 제갈량이 자신을 관중과 악의에 비교했다는 것이 원래 두 사람에게 욕이 되지 않았다. 그 두 사람의 능력보다 뒤지지 않았다.

○ 關張無命欲何如 – 關張은 관우와 장비. 關羽는 219년 12월(220년 1월)에, 장비는 221년에 각각 죽었다. 無命(무명)은 죽고 없다.

關羽의 죽음은 곧바로 劉備의 조급증을 불렀고, 유비의 섣부른 결정은 張飛의 죽음을 자초했으며, 분노에 찬 유비의 東吳親征은, 곧 자신의 죽음을 초래했다.

물론 유비가 죽은 뒤 제갈량은 고군분투했고 제갈량이 죽은 뒤에도 蜀漢은 29년간 존속했지만, 그것은 後主가 정치를 잘해서가 아니라 제갈량의 코치를 받은 蔣琬(장완), 費禕(비의), 董允

(동윤) 등이 있었기 때문이었다.

○ 他年錦里經祠廟 – 他年은 그전에. 錦里(錦官城)은 유비와 諸葛武侯의 사당이 있는 곳.

○ 梁父吟成恨有餘 – 梁父吟(양보음)은 제갈량이 즐겼던 노래 이름. 梁甫吟이라고도 표기한다. 恨有餘는 제갈량의 한이 남아 있다. 아마 이는 李商隱 자신의 恨일 수도 있다.

| 詩意 | 首聯은 제갈량의 능력에 대한 찬사이다.

그러나 경련에서는 그러한 능력에도 불구하고 그의 노력은 수포로 돌아갔다고 아쉬워했다.

5, 6구에서는 옛 관중과 악의에게도 손색이 없는 능력자였지만 관우 장비도 없었으니 어찌할 수 없었다는 운명론적 아쉬움을 토로했다. 그리고 마지막으로 전에도 다녀간 적이 있지만 그의 큰 뜻은 恨으로 남았다면서 자신의 회포를 서술하였다.

荊門西下(형문서하)

一夕南風一葉危，荊雲迴望夏雲時.
人生豈得輕離別，天意何曾忌嶮巇.
骨肉書題安絶徼，蕙蘭蹊徑失佳期.
洞庭湖闊蛟龍惡，卻羡楊朱泣路岐.

형주의 서쪽에서 내려가다

어느날 저녁, 작은 배는 남풍에 크게 흔들렸고,
荊州의 구름을 돌아보니 여름철 구름 같았다.
사람이 살면서 이별을 어찌 가벼이 보겠는가?
하늘이 언제는 인생의 험한 모습을 꺼리었던가?
家內의 서찰은 타향서 편안하기를 빌고 있지만,
향초가 뒤덮은 좁다란 길에 좋던 시절은 지났다.
탁트여 광활한 동정호의 교룡은 사납기만 하니,
갈림길 앞에서 통곡한 楊朱가 오히려 부럽도다.

| 詩意 | 荊州는《禹貢》九州의 하나이고, 漢代에는 荊州刺史府로 四川省과 湖北省, 湖南省, 貴州省 일대의 광활한 지역을 지칭했다. 漢代 형주자사부의 치소는 여러 번 이동했다. 도시 이름으로 형주는 형주자사부의 치소로 전한시대엔, 今 湖南省 常德市였고 후한시대엔 襄陽縣(今 湖北省 襄陽市)를 지칭하며, 삼국시대엔 魏蜀吳 삼국의 분쟁 지역, 곧 用武之地였다.

荊門은 '荊楚의 門戶' 라는 뜻으로 荊州市와 다른 荊門市가 있으나 형주시를 형문이라 지칭했다.

3, 4구의 '天意何曾忌嶮巇' 는 하늘은 인간의 험난한 운명이나 세상살이를 불쌍히 여기지 않는다는 뜻이다. 嶮은 산이 험할 험. 巇는 험준할 희. 楊朱(양주)는 戰國時代 道家의 사상가. 자기 중심적이고, 남을 위해서는 '一毛不拔(일모불발)' 하는 自愛主義者였다.

'卻羨楊朱泣路岐' 는 牛黨과 李黨의 이쪽저쪽에서 어쩌지도 못하는 이상은 자신의 처지를 한탄한 구절이다.

無題(무제) (相見時難~)

相見時難別亦難，東風無力百花殘.
春蠶到死絲方盡，蠟炬成灰淚始乾.
曉鏡但愁雲鬢改，夜吟應覺月光寒.
蓬山此去無多路，靑鳥殷勤爲探看.

무제

서로 보기도 어렵지만 헤어져도 역시 괴로우니,
춘풍은 힘이 없기에 온갖 꽃이 진답니다.
봄누에 죽어야만 실뽑기를 겨우 끝내고,
촛불은 타버려야만 촛농도 그때 그칩니다.
아침에 거울 보며 올림머리 모양을 걱정하고,
밤에도 노래하며 달빛 지는 것을 느낍니다.
여기서 봉래산 가기가 먼 길 아니라지만,
파랑새 은근히 나를 위해 찾아주기 바란다오.

| 註釋 | ○ 〈無題〉 – 아주 깊은 뜻을 가진 戀情(연정)의 詩이다.

이 시를 읽다보면 육체적 욕망을 느낄 수 있다. 정신적 사랑이 진실하다면, 그만큼 육체적 욕망도 강한 것이다.

이 시의 3, 4구는 '남녀의 사랑이 이러한 것이다.' 라는 名句이다. 이렇듯 완곡한 묘사는 그만큼 강력한 肉身의 욕구에 바탕을 두고 있다는 생각이 든다. 그러기의 젊은 남녀의 사랑은 불꽃이

뒨다.

○ 相見時難別亦難 – 몰래 만나기도, 또 이별한 다음에 몰래 그리는 것도 다 같이 힘들다.

○ 東風無力百花殘 – 東風은 春風. 殘은 해칠 잔. (꽃이) 지다.

○ 春蠶到死絲方盡 – 春蠶(춘잠)은 봄철의 누에. 絲는 누에가 토해나는 고치 실. 絲와 思는 諧音(해음). '絲' 는 '思' 로 통하는데, 이런 표현을 雙關語(쌍관어)라고 한다. 方盡(방진)은 겨우 끝이 난다. '이 몸이 죽어야만 당신에 대한 사랑이 끝날 것' 이라는 이 표현은 얼마나 절실한가?

○ 蠟炬成灰淚始乾 – 炬는 횃불 거. 蠟炬(납거)는 촛불. 淚는 눈물 누(루), 여기서는 촛농(燭膿, drops of wax). 이별의 눈물을 상징. 촛불이 꺼지면 촛농도 흐르지 않는다. 그렇다면 이 몸은 이별의 아픔 때문에 죽을 수도 있다는 뜻이다.

○ 曉鏡但愁雲鬢改 – 曉鏡(효경)은 아침에 거울을 보다. 但은 다만 단. 雲鬢(운빈)은 검은 구름과 같은 머리(頭髮). 올림머리.

○ 夜吟應覺月光寒 – 夜吟(야음)은 밤에 시를 읊다. 月光寒(월광한)은 달빛이 희미하다.

○ 蓬山此去無多路 – 蓬山(봉산)은 봉래산. 無多路(무다로)는 길이 많지 않다. 외길이다. 단숨에 달려오라는 염원이 들어있다.

○ 青鳥殷勤爲探看 – 青鳥(청조)는 신화 속의 三足鳥. 파랑새. 西王母의 전령. 사랑의 중매자. 殷勤(은근)은 정성을 다하여, 정성껏.

| 詩意 | 이 시의 주체는 남자가 아니라 여인이다. 여인의 절절한 사

랑 노래이다. 마치 李商隱의 女人이 들려준 것 같은 하소연이다. 남자는 그냥 듣기만 한다.

만나기도 어렵지만, 그리고 잠시의 이별이지만 이별은 사랑이 멈춘 것인가?

꽃을 피운 것은 春風이다. 그렇다면 꽃이 지는 것은 춘풍의 힘이 다했기 때문인가?

시인이 던지는 首聯의 이렇게 멋진 질문에 대한 대답은 어떻게 이어지는가?

3, 4句는 사랑과 욕망에 대한 본질의 문제이다. '이 몸이 죽으면 이별의 아픔도 없습니다.' 라고 말할 때, 그 답변은 무엇인가? 실을 토하고, 또 토하고 죽는 누에(春蠶), 임을 그리고 또 그리다가 몸을 다 태우고 꺼지는 촛불(蠟炬) – 純情이 아닌가?

잠시 헤어져 있으면서 그리는 것이 頸聯이다. 5, 6구는 냉철한 반성과 다짐의 시간이다. 曉鏡(효경)을 보는 것은 '나의 미모를 가꾸는 것이 아니라 임에 대한 봉사' 라고 외치고, 밤에도 사랑의 노래를 읊조리니(夜吟) 달빛이 죽으며 날이 밝는다고 하였다.

사랑의 이상향(蓬山, 봉래산)은 어디인지 모르지만 사랑의 전령(青鳥)을 보내 알려주기 바란다는 간절한 염원으로 시를 끝맺는다.

義山 李商隱은 틀림없이 愛山 李商隱일 것이다.

春雨(춘우)

悵臥新春白袷衣，白門寥落意多違.
紅樓隔雨相望冷，珠箔飄燈獨自歸.
遠路應悲春晼晚，殘宵猶得夢依稀.
玉璫緘札何由達，萬里雲羅一雁飛.

봄비

새봄 하얀 겹옷을 입고 슬퍼 누웠다가,
쓸쓸히 白門에 나가보니 생각이 달라지네.
빗속에서 차갑게 건너다보는 佳人의 집,
주렴 안에 흔들리는 등불 보며 홀로 돌아왔네.
먼 길 슬픔에 겨워 봄밤은 깊어 가는데,
새벽녘 꿈에서 겨우 보는 희미한 모습이여.
옥 귀고리 넣은 서찰을 어떻게 보낼까?
일만 리 비단 구름에 외기러기 날아간다.

| 註釋 | ○ 〈春雨〉 – 〈봄비〉. 봄비를 읊은 시가 아니라 '봄비의 감회' 를 읊었다. 詠物이 아니라 詠懷詩(영회시)이다.

○ 悵臥新春白袷衣 – 悵은 슬퍼할 창. 袷은 겹옷 겹. 袷衣는 겹옷. 夾衣(협의).

○ 白門寥落意多違 – 白門은 지명. 建康(建業, 南京)의 宣陽門. 연인을 만나는 곳. 寥落(요락)은 零落. 意多違(의다위)는 예상이 많

이 틀리다.

○ 紅樓隔雨相望冷 – 紅樓는 부자의 저택. 여기서는 백문 부근 연인의 집. 冷은 약간의 寒氣를 느끼다. 이미 떠나버린 佳人에 대한 사랑이 식었다. 雙關語(一語雙關)로 쓰였다.

○ 珠箔飄燈獨自歸 – 珠箔(주박)은 구슬을 꿰어 만든 수레의 발. 飄는 회오리바람 표. 飄燈(표등)은 흔들리는 등불.

○ 遠路應悲春晼晚 – 晼은 해가 질 원. 晼晚(원만)은 해가 진 다음에 어둡다.

○ 殘宵猶得夢依稀 – 殘宵(잔소)는 남은 밤. 새벽녘. 依稀(의희)는 희미하다. 彷彿(방불)은 어렴풋이.

○ 玉璫緘札何由達 – 璫은 귀고리 옥 당. 玉璫(옥당)은 옥으로 만든 귀고리. 緘은 봉할 함. 札은 패 찰. 편지. 銙은 고각. 緘札(함찰)은 밀봉한 서찰. 何由達은 어떻게 보내나?

○ 萬里雲羅一雁飛 – 雲羅(운라)는 구름 비단. 비단과 같은 구름. 구름.

| 詩意 | 首聯은 '春'에서 본시에 나타날 여러 감회를 연상케 해준다. 봄날에 비까지 내린다면 더더욱 여러 생각이 날 것이다. 시인은 누워서 佳人을 생각하다가 白門까지 찾아갔다.

뿌연 빗속에서 바라보는 佳人의 집. 약간의 寒氣 속에서 열정도 식었다고 느껴질 때, 이미 날은 저물었고 혼자 외롭게 발길을 돌렸다.

頷聯의 요점은 '冷'하기에 '獨自로 歸'하였다. 이 함련에서 슬픔은 많이 차올랐다.

먼 길 다녀온 뒤 날은 어둡다. 밤새 그리워하다가 새벽 꿈속에서 어렴풋이 佳人이 보이는 듯했다. 아마 佳人의 오독한 콧날도 보였을는지 모른다. 경련에서는 '冷' 이 '依稀(의희, 희미한 모습)'으로 전환이 된다.

그리고 7, 8구에서는 사랑의 징표(玉璫)를 보낼 것을 걱정하며, 또 비단 겹처럼 층층이 쌓인 구름을 보며, 새로운 그리움을 만들어간다. 그 그리움 속에 날아가는 기러기를 삽입하였으니 詩人의 마음이 이미 佳人에게 가 있음을 알 수 있다.

기승전결에 따라 시인의 마음이 어떻게 바뀌는가를 알 수 있다. 佳人에 대한 戀情은 이런 것이고, 또 연정의 본질을 그려냈기에 이 詩는 아름답다.

無題(무제) 二首 (其一) (鳳尾香羅~)

鳳尾香羅薄幾重, 碧文圓頂夜深縫.
扇裁月魄羞難掩, 車走雷聲語未通.
曾是寂寥金燼暗, 斷無消息石榴紅.
斑騅只繫垂楊岸, 何處西南待好風.

무제 (1 / 2)

봉황 꼬리 향내 휘장은 얇은 비단이 몇 겹인가?
푸른 무늬 둥근 꼭대기를 밤 깊도록 수놓습니다.
반달 모양 부채로 수줍어 다 가리지도 못하고,
덜컹대며 가는 수레 때문에 말도 못 들었습니다.
이렇듯 적막하고 촛불 심지 타버렸는데,
자른 듯 소식 없고 석류꽃만 붉었습니다.
얼룩 털 말은 버들 늘어진 언덕에 매여 있고,
어디서 서남의 좋은 바람 기다려야 하는가요?

| 註釋 | ○ 〈無題〉 – 이 시 또한 연정을 읊은 시이다. 李商隱의 愛情詩는 풍부한 서정과 탁월한 상상, 세밀한 내면세계의 묘사 등으로 애정시의 탁월한 경지를 개척했다.

○ 鳳尾香羅薄幾重 – 鳳尾香羅(봉미향라)는 봉황 꼬리를 수놓고 향내가 밴 비단. 薄은 엷을 박. 幾重(기중)은 몇 겹?

○ 碧文圓頂夜深縫 – 碧은 푸를 벽. 파란색의 옥돌. 文은 무늬. 紋

과 通. 圓頂(원정)은 둥근 정수리. 縫은 꿰맬 봉.

- 扇裁月魄羞難掩 – 扇은 부채 선. 月魄(월백)은 달의 검게 보이는 부분. 도가에서 부르는 달(月). 扇裁月魄(선재월백)은 달 모양으로 만든 부채. 合歡扇(합환선). 羞는 바칠 수, 부끄러울 수. 掩은 가릴 엄. 難掩(난엄)은 수줍어서 얼굴을 잘 가리지 못하다.
- 車走雷聲語未通 – 車走雷聲(거주뇌성)은 수레가 시끄러운 소리를 내며 지나가다. 語未通은 말을 잘 알아듣지 못했다.
- 曾是寂寥金燼暗 – 寥는 쓸쓸할 요(료). 寂寥(적료)는 적막하다. 燼은 깜부기 불 신. 꺼지기 직전의 불. 타다 남은 심지. 金燼(금신)은 촛대(金)의 타다 남은 촛불 심지.
- 斷無消息石榴紅 – 斷無(단무)는 잘라낸 듯 아무것도 없다. 石榴(석류)는 음력 5, 6월에 석류는 붉은 꽃을 피운다.
- 斑騅只繫垂楊岸 – 斑은 얼룩 반. 얼룩무늬. 斑騅(반추)는 얼룩무늬가 있는 말(馬). 繫는 맬 계. 매어놓다.
- 何處西南待好風 – 何處(하처)는 어디서. 西南待好風은 待西南好風의 도치. 서남이 꼭 어느 방향이나 어느 지점을 의미하지는 않는다. 曹植의 〈七哀詩〉에 있는 '서남풍이 되어 길이 임의 품에 안기고 싶다.(願爲西南風, 長逝入君懷.)' 의 뜻을 활용하여 이룰 수 없는 재회를 간절히 염원하고 있다.

| 詩意 | 이 시는 失意 속에서도 사랑을 기다리는 여인의 이야기이다. 기다리는 일은 서럽다. 기다림이 이루어지지 않을 것이라 서럽게 생각하면서도 만남이 이루어지기를 기대한다.

이 시는 여인의 독백이라고 할 수 있다. 반대로 남자의 심정을 묘사한 시라고 생각하고 읽으면 또 그렇게 생각된다. 이처럼 艶情(염정)의 시는 추측이나 사리에 의한 분별이 어렵다.

수련에서는 여인의 針線, 繡(수)를 놓는 장면을 묘사하여 자신의 아름다운 행위를 드러내려 했다.

함련에서는 부끄럽다는 고백이다. 그러면서도 자신의 수줍어하는 아름다움을 드러내려 했다.

경련에서는 관계가 매우 소원해졌는데도 숙명처럼 기다리겠다는 심리를 표출하고 있다.

尾聯은 임과의 만남을 고대하는 뜻이다.

이런 시에 대하여 굳이 정치적 의미로 牽强附會(견강부회)하듯 뜻을 새길 필요는 없다. 남녀의 애정을 읊었고 그대로 해석하면 자연스럽고 아름다울 것이다.

無題(무제) 二首 (其二) (重帷深下～)

重帷深下莫愁堂，臥後清宵細細長.
神女生涯原是夢，小姑居處本無郎.
風波不信菱枝弱，月露誰教桂葉香.
直道相思了無益，未妨惆悵是清狂.

무제 (2 / 2)

겹겹 휘장 느린 莫愁(막수)의 집에,
누워 지새는 가을의 긴긴 밤이다.
神女의 사랑이란 원래 꿈속의 사랑이고,
小姑의 거처에는 본래 낭군이 없었단다.
풍파는 마름의 연약한 줄기를 때리고,
밤이슬 내려도 계화는 향기를 풍긴다.
相思의 아픔이 전혀 무익하다 말하지만,
사랑에 미쳤다 해도 슬퍼하지 않으리라.

| 註釋 | ○ 〈無題〉 – 이 시는 相思의 고통을 노래했다.

○ 重帷深下莫愁堂 – 莫愁堂(막수당)은 막수의 집. 막수는 南朝 梁武帝(蕭衍, 소연)의 〈河中之水歌〉에 나오는 여인의 이름이다. 이후 莫愁는 불특정 여인의 이름으로 통용된다. 또 다른 설명에 의하면, 막수는 湖北省 石城에 사는 노래를 잘하는 여인으로 '莫愁樂'이 있다 하였다. 어느 설명을 취하든 莫愁는 여인

의 이름이다. 莫愁는 '근심이 없다' 는 뜻과 달리 이 여인의 사랑에 빠져 근심으로 지새고 있다. 그러다 보니 그 이름이 더 사랑스럽다고 느껴진다.

○ 臥後淸宵細細長 – 淸宵(청소)는 고요한 밤. 細細는 매우 가늘다. 細細長은 혼자서 잠을 못 이루는 밤이라서 길기만 하다.

○ 神女生涯原是夢 – 神女는 巫山의 神女. 楚王과 꿈속에서 사랑을 나누는 파트너. 生涯(생애)는 삶.

○ 小姑居處本無郞 – 小姑(소고)는 젊은 아가씨. 淸溪에 사는 젊은 여인으로, 六朝시대 吳地의 사람들이 신처럼 제사했다고 하는데 남편이 없이 혼자 살았다고 한다. 혼자 쓸쓸히 사는 여인.

○ 風波不信菱枝弱 – 風波는 큰 파도. 世波. 菱은 마름 능. 여인은 마름의 줄기처럼 연약한데 센 풍랑에 상처를 받았다. 곧 자신은 사람의 상처를 입었다는 뜻.

○ 月露誰敎桂葉香 – 月露(월로)는 달밤에 내리는 이슬. 誰敎(수교)는 누가 ~하게 하는가? 아무도 ~하게 하지 않는다는 강한 부정. 桂葉은 桂花.

○ 直道相思了無益 – 直道(직도)는 바로 말하다. 相思는 그냥 相思가 아닌 푹 빠진 相思. 了는 마칠 료(요). 了無는 전혀 없다. 全無. 益은 이로움.

○ 未妨惆悵是淸狂 – 未妨(미방)은 不妨. 상관없다. 惆는 실망할 추. 惆悵(추창)은 비통함. 슬픔. 淸狂(청광)은 度를 넘었지만 志操를 잃지 않다(放逸離俗). 일부러 취하는 미친 짓. 癡情(치정)에 빠지다. 마음대로 즐기다.

▍詩意▍ 이 시 역시 일방적 사랑에 푹 빠진 여인의 슬픔을 노래하였다. 수련에서는 자신의 은밀한 거처에서 혼자 긴긴 밤을 보낸다고 하였다.

다음 연에서 巫山 神女의 사람은 꿈속의 사랑이며, 淸溪 小姑는 본래 혼자 살았다면서 자신을 위로한다.

경련에서는 자신은 사랑의 상처를 받았지만 자신의 사랑을 말할 수도 없다는 슬픔을 노래했다.

그리고 마지막 연에서는 자신의 상사병이 아무 도움이 안 된다지만, 그래도 자신은 이 '미친 사랑'을 계속 간직하겠다는 뜻을 말하고 있다.

전체적으로 意境이 深遠하며 언사가 아름다우면서도 침통하다. 오직 '一片丹心'의 癡情(치정)이 느껴진다.

이상 二首의 〈無題〉 시는 참된 애정을 읊었다고 보아야 한다. 이 시가 '무슨 뜻이 있고, 무슨 뜻을 假託(가탁)하였다.' 고 억지 해설을 할 필요는 없다. 愛情詩로서 가치가 있고 훌륭한 성취를 이룩했을 뿐이다.

野菊(야국)

苦竹園南椒塢邊, 微香冉冉淚涓涓.
已悲節物同寒雁, 忍委芳心與暮蟬.
細路獨來當此夕, 清尊相伴省他年.
紫雲新苑移花處, 不敢霜栽近禦筵.

들국화

참대의 대밭 남쪽의 산초나무 언덕에,
희미한 향기 피지며 연이어 흐르는 눈물.
계절에 따라 슬픔은 겨울날의 기러기 같지만,
꽃다운 마음 해질녘 매미처럼 차마 버리지 못한다.
좁다란 길을 혼자서 걸어온 오늘 이 저녁에,
좋은 술 함께 권하며 지나온 날을 이야기한다.
보라색 구름 피는 새 정원에 꽃을 옮겨 심으며,
서리를 이길 꽃을 감히 어좌 곁에 두지 않았다.

| 詩意 | 들국화는 많은 隱者들이 사랑한 꽃이다. 이상은은 懷才不遇(회재불우)의 뜻으로 자신과 同一視하였다.

首聯에서는 참대 죽순의 쓴맛(苦)과 산초나무의 매운(辛) 맛을 이기며 피어난 국화의 줄줄 흐르는 눈물(淚涓涓)을 먼저 말했다.

頷聯(함련) 3, 4구는 역경을 이겨내는 의지를 버릴 수 없다는 각오를 서술했다.

頸聯(경련)에서는 술과 함께 국화를 벗처럼 여긴다는 시인의 뜻을 피력했다.

마지막 尾聯에서는 새로 만든 궁궐 정원에서도 국화가 외면당한다는 말로 국화의 高節과 지조를 강조하였다.

流鶯(유앵)

流鶯漂蕩複參差, 渡陌臨流不自持.
巧囀豈能無本意, 良辰未必有佳期.
風朝露夜陰晴裏, 萬户千門開閉時.
曾苦傷春不忍聽, 鳳城何處有花枝.

꾀꼬리

높게 낮게, 길게 짧게 나르는 꾀꼬리,
들 지나 물 건너, 그 길 데를 모르더라.
아름답게 지저귀는데 어찌 본뜻이 없겠나?
좋은 때를 만나면 기쁜 나날이 있지 않겠나!
아침 바람 저녁 이슬, 맑고 흐린 나날에,
長安 집집마다 때 되면 대문을 열고 닫는다.
봄날 서글픈 마음에 차마 들을 수 없지만,
長安 어디라도 꽃은 피어 있으리라.

| 詩意 | 봄날의 꾀꼬리를 묘사하면서 시인의 소회를 말했다. 마음이 즐거우면 꾀꼬리 소리도 즐겁지만, 가슴이 아프다면 꾀꼬리 울음도 서글프다. 인간의 감정 따라 달리게 들리고, 보이는 정경도 달라진다. 장안성 어디에도 마음을 둘 수 없는 시인에게 꾀꼬리 울음 역시 서러울 뿐이다.

二月二日(이월이일)

二月二日江上行，東風日暖聞吹笙.
花須柳眼各無賴，紫蝶黃蜂俱有情.
萬里憶歸元亮井，三年從事亞夫營.
新灘莫悟遊人意，更作風簷夜雨聲.

2월 2일

踏青(답청)하는 2월 2일에 강가를 건나니,
동풍 불고 따스한 볕에 생황의 가락 들린다.
꽃술과 버들잎 모두 내 마음을 흔들고,
보라색 나비와 노란 벌도 각각 흥을 돋운다.
만리 먼 곳 도연명 마을에 가고픈 마음으로,
삼 년간 周亞夫의 군영에서 일했다.
새봄 여울물은 나그네 마음을 헤아리지 못하고,
처마 끝에 부는 바람 따라 밤비 소리 들린다.

| 詩意 | 음력 2월 2일은 새로 돋은 풀을 밟으며 논다는 踏青(답청)하는 날이다. 답청하는 날의 낮과 밤의 경물과 시인의 마음을 읊었다. 元亮(원량)은 도연명의 字이다. 그가 살고 마시던 우물, 곧 그 마을에 가고 싶은 마음은 귀향하고픈 마음이다. 亞夫營은 前漢 文帝 때 周亞夫의 군영으로 군기가 엄정했다. 여기서는 이상은이 속한 동천절도사의 군영이다.

九日(구일)

曾共山翁把酒時, 霜天白菊繞堦墀.
十年泉下無人問, 九日樽前有所思.
不學漢臣栽苜蓿, 空敎楚客詠江蘺.
郎君官貴施行馬, 東閣無因再得窺.

중양절

그전에 산골 노인네와 술을 같이할 때,
기을날 하얀 국화꽃은 섬돌 아래에 피었다.
황천에 가신 옛사람은 십 년간 소식이 없으니,
중양절 맞아 술잔을 두고 옛 생각이 난다.
漢臣인 張騫이 목숙을 심은 뜻을 본받지 않고,
楚客인 나에게 부질없이 楚辭을 읊게 시켰다.
벼슬이 높아진 그대는 외인 출입도 금하니,
사랑채 東閣을 다시 들여다볼 수도 없다오.

| 詩意 | 중양절을 맞아 옛사람과 지금 사람을 떠올리며 읊었다. 首聯의 山翁(산옹)은 죽림칠현의 山濤(산도)이다. 이 시에서는 이상은의 능력을 인정하고 키워준 令狐楚(영호초)를 지칭한다. 그가 죽은 지 십여 년이 지났다는 뜻이다.

漢臣은 전한 무제 때, 서역에 파견되었던 張騫(장건)인데, 장건은 돌아오면서 말의 飼料(사료)인 苜蓿(목숙)을 가져와 보급시켰다. 이는 영호초가 이상은을 등용했다는 의미이다. 楚客은 屈原인데, 이상은은 자신이 영호초의 빈객이었다는 뜻일 것이고, 江蘺(강리)는 《離騷》에 보이는 香草이다. 곧 영호초는 이상은의 실질적 능력을 발휘할 기회를 주지 않았다는 뜻이다.

尾聯의 郎君은 영호초의 아들 令狐綯(영호도)인데, 벼슬도 높아져 내방객의 말을 매어두는 行馬를 설치했다. 행마는 또 잡인의 출입을 금하는 차단시설이었다. 東閣은 전한 公孫弘이 인재를 초빙하기 위한 접견실과 같은 것인데, 여기서는 영호도의 저택을 의미한다.

사실 이런저런 전고를 다 알아야 하고, 그런 전고를 알고 읽다 보면 詩의 興趣(흥취)보다는 論述 문장을 읽는 것 같은 생각이 든다. 하기야 이런 특징이 바로 이상은 시의 매력인지도 모른다. 하여튼 시 평론가들에게는 환영받을만한 시인이다.

無題(무제) (萬里風波~)

萬里風波一葉舟, 憶歸初罷更夷猶.
碧江地沒元相引, 黃鶴沙邊亦少留.
益德冤魂終報主, 阿童高義鎮橫秋.
人生豈得長無謂, 懷古思鄉共白頭.

무제

만 리에 걸친 풍파에 조각배 하나,
돌아갈 마음을 애당초 버렸다가 다시 망설인다.
푸른 강과 낮은 땅은 본래 서로를 끌어당기고,
黃鶴은 물가 모래밭서 잠시 머무른다.
益德의 원혼은 끝까지 先主에 보답했고,
阿童의 높은 의기는 가을 하늘에 가득했다.
사람이 어찌 늙도록 아무런 성취도 없으랴?
옛날 생각과 고향만 그리다가 늙어야 하겠는가?

| 詩意 | 夷猶(이유)는 망설인다는 뜻. 益德은 촉한의 張飛. 先主는 劉備. 阿童(아동)은 東吳를 멸망시킨 西晉의 장군인 王濬(왕준)의 字이다. 題目 그대로 떠오르는 이런저런 생각을 그냥 적어놓은 것 같다.

昨日(작일)

昨日紫姑神去也，今朝青鳥使來賒.
未容言語還分散，少得團圓足怨嗟.
二八月輪蟾影破，十三弦柱雁行斜.
平明鐘後更何事，笑倚牆邊梅樹花.

어제

어제는 厠神(측신) 紫姑(자고)가 떠나갔고,
오늘 아침 使者인 靑鳥는 느릿느릿 찾아온다.
서로 말을 나누지도 못하고 다시 헤어지니,
잠깐 만남이 정말 원망스러울 뿐이다.
열 엿샛날 달에서는 두꺼비 그림자가 이지러지고,
열세 줄 받침기둥은 기러기 날듯 비스듬히 섰다.
내일 아침 종이 울린 뒤 무슨 일이 있을까?
웃으며 담에 기대어 매화나무 꽃을 보겠지.

| 詩意 | 제목의 〈昨日(작일)〉은 내용상 정월 보름〔原宵節(원소절)〕이다. 여성인 紫姑(자고)는 厠神(측신), 곧 화장실의 神이다.

靑鳥는 三足烏로 西王母의 사자이며, 남녀 연인의 메신저 역할을 한다.

使來賒의 賒는 세낼 사, '외상으로 사다' 의 뜻인데, 여기서는 '천천히 온다' 로 해석했다.

二八은 열여섯, 곧 16일(旣望)인데 달이 이지러지기 시작한다.

전체적으로 남녀 이별의 아쉬움을 그려내었다. 이별에 가슴 아파하는 쪽은 남자이고, 여자는 별 생각 없이 내일 또 꽃나무 아래 웃음 지을 것이라고 예상했다.

卽日(즉일)

一歲林花卽日休, 江間亭下悵淹留.
重吟細把眞無奈, 已落猶開未放愁.
山色正來銜小苑, 春陰只欲傍高樓.
金鞍忽散銀壺漏, 更醉誰家白玉鉤.

오늘

한해살이 숲속 꽃은 이제는 지려 하는데,
강변의 정자 아래서 슬픔으로 머뭇거린다.
다시금 읊고 자세히 본들 정녕 어쩔 수 없으며,
떨어진 꽃도 아직 안 핀 꽃도 모두 수심이어라.
山色은 이제 작은 정원에도 무르익었고,
봄날의 녹음 높은 누각 곁에 내리려 한다.
귀인은 홀연 흩어졌고, 銀壺에선 물이 떨어지는데,
또다시 누구 집에 가서 白玉鉤 놀이를 할까?

| 詩意 | 봄놀이를 마친 오늘이다. 봄은 주변에 가까이 무르익었다. 지는 꽃을 상세히 보아도 또 거듭 읊어도 지는 꽃은 어쩔 수 없고, 그렇다고 피려는 꽃이라도 어차피 질 것이니 슬픔은 마찬가지이다. 白玉鉤(백옥구)는 백옥으로 만든 고리를 돌리며 감추고, 또 술래가 찾아내는 놀이이다.

淚(루)

永巷長年怨綺羅, 離情終日思風波.
湘江竹上痕無限, 峴首碑前灑幾多.
人去紫臺秋入塞, 兵殘楚帳夜聞歌.
朝來灞水橋邊問, 未抵青袍送玉珂.

눈물

궁궐 永巷에선 비단옷에 오랜 세월 눈물짓고,
임을 보내고선 종일 풍파를 걱정하게 된다.
湘江 班竹에는 눈물자국이 끝없이 생겨나고,
峴山 타루비에 얼마나 많은 눈물이 뿌려졌던가?
사람 떠나버린 궁궐엔 가을 추위가 닥쳐왔다.
남은 패잔병은 장막서 밤에 楚歌를 들어야만 했다.
날이 밝으면서 파수교의 근처에서 물어보라,
고관 전송하는 하급관리 아픔에는 못 미치리라.

| 詩意 | 눈물은 서러움이고, 설움은 失意에서 시작한다.

은총을 받지 못한 宮人이 겪은 눈물, 임 떠나보낸 사람의 근심 걱정, 舜의 죽음에 두 딸의 눈물이 대나무에 묻어 검은 班竹으로 자라나는 슬픔, 그리고 선정을 베풀고 떠난 羊祜(양호)를 생각하여 뿌린 백성의 눈물, 가을 추위가 닥친 스산한 궁궐, 四面楚歌를 들어야 했던 항우의 패잔병 등 여러 형태의 눈물을 열거한 뒤에

결론을 말했다.

이런 모든 슬픔은 榮達하여 떠나가는 고관(玉珂, 옥가)을 전송해야만 하는 하급관리(青袍)의 슬픔에는 미치지 못할 것이다.

이 시는 율시의 일반적 형태인 起承轉結(기승전결)의 규칙을 따르지 않고 6구까지 눈물을 열거한 뒤, 미련에서 대의를 요약했기에 미련에 묘사한 슬픔과 눈물이 돋보인다.

青袍(청포)는 8, 9품 하급관리의 관복을 지칭한다.

寫意(사의)

燕雁迢迢隔上林，高秋望斷正長吟.
人間路有潼江險，天外山惟玉壘深.
日向花間留返照，雲從城上結層陰.
三年已制思鄕淚，更入新年恐不禁.

여러 생각을 적다

燕의 기러기는 上林苑과 멀리 떨어진 곳이라서,
높은 가을 하늘 가로지르며 한창 길게 울어댄다.
힘한 세상살이 潼江 같은 험한 길을 가야 하고,
하늘 끝이라도 오로지 玉壘山의 深谷이 있다.
해는 꽃밭에 석양빛을 뿌려 주고,
검은 구름은 마을 위를 여러 겹 덮었다.
그간 삼 년이나 고향 그린 눈물을 참았지만,
다시 새해 들어 더욱 못 견디게 심해졌다.

| 詩意 | 上林苑은 漢의 별궁 겸 사냥터이며, 상림도위는 황실의 자산을 관리하거나 오수전을 주조하는 등 임무와 권한이 막강했다. 그래서 주살로 잡힐 걱정이 없는 燕 땅의 기러기는 높이 길게 울면서 하늘을 가로지른다고 했다.

이는 속박이 없는 자유이다. 시인 이상은은 하급관리가 겪어야 하는 여러 제약에서 벗어나고 싶었다. 그러나 인간 세상살이 -

어디를 가든 험한 길이 없겠는가?

어느 정도 체념이 필요하고, 마음을 달래려고 해 지는 꽃밭과 성읍 마을을 덮은 구름을 바라본다. 그래도 새해 들어 부쩍 많아진 고향 생각을 떨칠 수 없다.

曲江(곡강)

望斷平時翠輦過，空聞子夜鬼悲歌.
金輿不返傾城色，玉殿猶分下苑波.
死憶華亭聞唳鶴，老憂王室泣銅駝.
天荒地變心雖折，若比傷春意未多!

곡강

평소에 오가는 귀인의 수레 찾아볼 수 없고,
공연히 한밤에 귀신의 처량한 노래 들려온다.
나라를 기울인 미인의 금수레는 돌아오지 않고,
궁궐엔 여전히 곡강의 물길을 끌어다 쓴다.
죽기 전 華亭의 백학 울음을 듣고 싶었던 사람,
늙어도 왕실을 걱정해 銅駝를 보고 울었던 사람.
하늘과 땅이 모두 바뀌고 마음이 변한다 하여도,
이처럼 마음 아픈 봄날의 수심은 많지 않으리라!

| 詩意 | 명승지도 시대에 따라 바뀐다.

漢나라 시절에 장안의 명소였던 曲江은 안사의 난 이후 황폐해졌다. 다시 重修하려 했지만 甘露事變(감로사변, 文宗 大和 9년, 835년. 환관에 의한 조정 文臣의 대학살)으로 중단되었다. 이상은은 황폐한 곡강을 바라보며 감회를 서술했다.

죽기 전 고향 華亭(화정)의 백학 울음을 듣고 싶었던 사람은 서진 八王의 亂에 희생당한 陸機(육기, 261 – 303, 字 士衡)였다.

그리고 서진의 멸망을 예상하고 銅駝(구리로 주조한 낙타)가 황무지에 방치될 것이라며 눈물을 흘린 사람은 서진의 索靖(색정)이란 사람이었나.

곡강에 대해서는 杜甫의 시 〈哀江頭〉 참고.

三. 古詩

無題(무제) (八歲偸照~)

八歲偸照鏡, 長眉已能畫.
十歲去踏青, 芙蓉作裙衩.
十二學彈箏, 銀甲不曾卸.
十四藏六親, 懸知猶未嫁.
十五泣春風, 背面鞦韆下.

무제

여덟 살에 거울을 몰래 보면서,
이미 눈썹을 길게 그릴 줄 알았어요.
열 살에 답청 놀이를 나가서,
연꽃으로 치마를 만들었지요.
열두 살에 쟁 연주를 배웠는데,
銀甲을 풀어본 적 없었습니다.
열네 살에 친척을 피해 숨었는데,
결혼이 어려우리라 짐작했었지요.

열다섯 살 봄바람에 울면서,

그네 타면서 얼굴을 돌렸습니다.

| 詩意 | 이 시는 文宗 大和 元年(827), 이상은이 16세에 지은, 이상은 초기의 시이며, 〈無題〉 시 중 가장 빠른 작품으로 알려졌다.

아름답고 총명한 여인의 성장과정을 나이에 맞춰 묘사하였다. 여인의 성장과정처럼 시인 자신도 나이에 따라 재능에 따른 포부를 키웠을 것이다.

無題(무제) (近知名阿~)

近知名阿侯, 住處小江流.
腰細不勝舞, 眉長惟是愁.
黃金堪作屋, 何不作重樓.

무제

阿侯란 이름을 최근에야 알았고,
머무는 곳에 작은 강이 흐른다네.
춤추기 힘들 정도의 가는 허리에,
눈썹이 길어도 오직 근심만 서렸다.
황금의 옥당에 살아야 하겠지만,
이층 누각도 어찌 지어주지 못하나!

| 詩意 | 阿侯(아후)는 노랫말에 나오는 莫愁(막수)의 딸이라고 한다. 곧 시인이 실제로 마음속에 찍어둔 사랑하는 여인의 실명이 아니고 가상으로 붙인 이름이다.

그 아후는 연약하여 남자의 측은지심을 유발할 수 있는 외모이다.

그리고 시인이 사랑하고 그리는 정도를 따지자면 황금의 저택을 지어줘야 하지만, 지금은 아무것도 줄 수 없다는 탄식으로 끝을 맺었다.

房中曲(방중곡)

薔薇泣幽素，翠帶花錢小.
嬌郎癡若雲，抱日西簾曉.
枕是龍宮石，割得秋波色.
玉簟失柔膚，但見蒙羅碧.
憶得前年春，未語含悲辛.
歸來已不見，錦瑟長於人.
今日澗底松，明日山頭檗.
愁到天地翻，相看不相識.

방중곡

薔薇는 어두운 고요 속에 울고,
푸른 허리띠에 작은 꽃과 동전 무늬.
재롱떠는 아이는 구름인 양 멍청하고,
서쪽 창 아래서 해를 보고 잠을 깬다.
베개는 龍宮의 돌처럼,
가을 물처럼 파란색으로 빛난다.
고운 살결은 이부자리서 떠났고,
다만 푸른 치마로 덮어버렸다.
생각하니 지난해 봄에,
말없이 쓰디쓴 슬픔만 안고 있었다.

돌아와 보니 이미 보이지 않고,
비단 거문고만 사람보다 오래 남았네.
오늘은 골짜기의 소나무이지만,
내일은 꼭대기의 黃柏이 되겠네.
수심이 깊어 천지가 뒤집히면,
서로 보아도 알아보지 못하겠네.

| 詩意 | 이 시는 宣宗 大中 5년(851)에, 죽은 이상은의 부인 王氏를 추모하는 悼亡詩(도망시)이다. 〈방중곡〉은 古 樂府曲의 하나라고 한다.

시에 나오는 黃柏나무(檗, 벽)는 쓴맛의 약재로도 쓰인다는데, 여기서는 아내를 잃은 쓰라린 마음을 대변한다.

이승과 저승에 오래 떨어져 있으면서 서로 수심으로 그리다 보면 수척하여 서로 못 알아볼 것이라는 결구는 슬픔과 함께 생전의 모습을 잊지 않으려는 시인의 간절한 속마음을 그대로 그려내었다.

武侯廟古柏(무후묘고백)

蜀相階前柏，龍蛇捧閟宮.
陰成外江畔，老向惠陵東.
大樹思馮異，甘棠憶召公.
葉凋湘燕雨，枝折海鵬風.
玉壘經綸遠，金刀歷數終.
誰將出師表，一爲問昭融.

제갈 무후 묘당의 오래된 측백

蜀相의 사당 섬돌 앞 측백나무는,
龍蛇와 같이 깊은 궁궐을 지킨다.
나무 그늘은 강 건너 언덕에 닿고,
여전히 동쪽 惠陵을 향해 서 있다.
거대한 나무는 馮異를 생각게 하고,
甘棠(감당) 너무는 召公을 기억케 한다.
나뭇잎 지는데, 상수의 제비는 빗속을 날고,
가지가 꺾이고, 붕새는 해풍을 타고서 오른다.
玉壘山의 경륜은 원대했었지만,
金刀(劉氏)의 歷數는 종말을 겪었다.
이후로 누가 또 출사표를 지어서,
한 번쯤 하늘의 뜻을 물어보겠는가?

| 詩意 | 惠陵(혜릉)은 劉備의 능묘이고, 馮異(풍이)는 후한 光武帝를 도운 개국공신으로, 자신의 戰果를 자랑하지 않고 큰 나무에 기대앉아 있었다.

甘棠(감당)은 백성의 어려운 하소연을 다 들어준 周 召公이 잠깐 쉬던 나무이다.

玉壘(옥루)는 蜀의 산 이름이고, 金刀는 卯金刀(刂), 곧 劉의 破字이다. 昭融(소융)은 하늘이란 뜻이다.

이 시의 1, 2聯은 제목의 무후 묘와 측백나무를 설명했고, 3, 4련은 잣나무와 연관된 시인의 상념을 서술했다. 그리고 마지만 5, 6련은 원대한 뜻을 품었어도 이루지 못한 제갈량을 추모한 내용이다.

큰 대들보 하나만으로는 집을 지을 수 없는 것처럼, 제갈량의 뜻을 받들어 함께 국사를 추진할 인재가 너무 부족했던 촉한이었다. 모든 것을 제갈량에게 의지했지만, 그래도 제갈량이 죽은 뒤(234년) 30년을 더 버틴 것은 촉의 지리적 이점이었다는 평가도 있다.

이 시는 詩語의 風格이 莊重, 근엄하며 사실과 내용이 합일하여 五言排律의 정형으로 꼽을만한 시이다.

韓碑(한비)

※ 본 詩는 52句의 長篇 七言古詩로 詠史詩이다. 주석에 설명할 사항이 많아 讀解의 편의를 위해 (一), (二) 단으로 나누어 譯註하였다.

(一)

元和天子神武姿，彼何人哉軒與義.
誓將上雪列聖恥，坐法宮中朝四夷.
淮西有賊五十載，封狼生貙貙生羆.
不據山河據平地，長戈利矛日可麾.
帝得聖相相曰度，賊斫不死神扶持.
腰懸相印作都統，陰風慘澹天王旗.
愬武古通作牙爪，儀曹外郎載筆隨.
行軍司馬智且勇，十四萬衆猶虎貔.
入蔡縛賊獻太廟，功無與讓恩不訾.
帝曰汝度功第一，汝從事愈宜爲辭.
愈拜稽首蹈且舞，金石刻畫臣能爲，
古者世稱大手筆，此事不繫于職司，
當仁自古有不讓. 言訖屢頷天子頤.

韓愈의 비문

(一)

元和 天子(憲宗)의 聖明하시고 당당하신 모습,
그분은 누구신가? 헌원씨와 복희씨로다.
맹서하시길 앞선 황제의 치욕을 씻으시고,
정궁에 바로 앉아 四夷의 조공을 받을 것이라.
회수의 서쪽에 반역자 있기 50년에,
이리를 놔두니 큰 삵으로, 삵은 큰 곰이 되었다.
산과 내가 아닌 평지를 차지하고서는,
길고 날선 창을 휘두르며 날마다 횡행했다.
성상께선 현신을 얻으시니 이름이 裴度인데,
도적이 찔러도 죽지 않았으니 신이 도왔도다.
허리에 재상의 인수 차고 도통사가 되니,
陰風이 참담한 곳에 天王의 깃발 휘날리다.
이소, 한공무, 이도고, 이문통 4명의 부장이 있었고,
의조랑과 원외랑은 큰 붓 들고 수행했다.
행군사마인 韓愈도 智勇을 다 갖추니,
십사만 군사들은 호랑이처럼 용맹했다.
蔡州에 들어가 적장을 생포해서 종묘에 바치니,
큰 功은 양보할 수도 없고 성은은 끝이 없어라.
황제 말하시길 "그대 배도의 공이 제일이니,

그대의 종사관인 한유가 의당 글을 지을 지어라."
한유는 머리 숙여 절하고 뛸 듯이 기뻐하며,
"金石에 새기는 글은 臣이 지을 수 있사오니,
옛날에도 세상에는 大手筆도 있었지만,
이 일은 직책을 따라 맡기는 일이 아니오며,
어진 일은 예부터 남에게 넘길 수 없다 했습니다."
말을 다하자 천자께선 여러 번 턱을 끄덕이셨네.

| 註釋 | ○ 〈韓碑〉 - 〈한유의 비문〉. 韓愈(한유)가 지은 〈平淮西碑〉. 〈평회서비〉는 《古文眞寶》에도 실려 우리나라에서도 잘 알려진 名文이다.

○ 元和天子神武姿 - 元和天子은 唐 憲宗(재위 805 - 820). 神武는 제왕을 칭송하는 뜻. 姿는 맵시 자. 資質.

○ 彼何人哉軒與羲 - 彼何人哉 ; 그는 어떠한 사람인가? 軒은 黃帝 軒轅氏(헌원씨). 羲는 내쉬는 숨 희. 伏羲氏(복희씨) 둘 다 古代 전설 속의 聖王.

○ 誓將上雪列聖恥 - 雪은 눈 설. 씻다. 雪恥하다. 列聖은 唐의 肅宗, 代宗, 德宗, 順宗을 지칭. 숙종 재위 중에 안록산의 반란을 겨우 진압한다. 그 이후 절도사의 藩鎭(번진) 세력은 중앙 정부에 대하여 계속 반기를 들었다. 예를 들어 李希烈, 朱滔(주도), 田悅(전열), 李納(이납), 吳少陽과 그 아들 吳元制(오원제) 같은 절도사들이었다.

안록산의 난에 가담하여 唐에 반기를 들었던 이들 절도사들이 전향하며 안록산을 공격한다는 명분을 내세웠을 때 중앙정부에서는 그들이 현지 사정을 잘 알며 군사력의 보유자라는 이유로 절도사의 지위를 그대로 인정해 주었다. 이런 이후로 당의 중앙정부는 절도사들에 대한 통제력을 완전히 상실했고, 절도사들은 일정 지역을 점거한 채 독립적 정권을 유지하며 중앙정부의 통제에서 완전히 벗어났고 가끔은 조정에 반기를 들었다. 이런 반란을 제때에 진압하지 못하고 절도사들에게 끌려다닌 것이 바로 치욕이었다.

○ 坐法宮中朝四夷 – 法宮은 황궁의 正殿. 황제가 政事를 행하는 곳. 朝는 조공을 바치다. 四夷(사이)는 중국 주변의 이민족.

○ 淮西有賊五十載 – 淮西는 淮河의 서쪽 지역. 唐 則天武后 때 공식적으로 年을 '載'로 표기하였다. 載는 年과 같다. 有賊五十載 – 淮西節度使는 蔡州, 申州, 光州 등 3개 주를 독자적으로 지배하였는데, 肅宗 寶應 초(762)부터 이희열이 절도사 자리를 탈취한 이후, 吳元濟(오원제)까지 자신들 마음대로 절도사에 오르고 중앙정부는 이를 인정해 주었다. 이들이 국토의 한가운데를 차지하고 중앙정부에 항거한 것이 50년이었다. 元和 10년(815) 정월 오원제가 정식으로 반란을 일으키자, 정부에서는 817년에야 御使中丞(어사중승) 裴度(배도)를 보내어 오원제를 생포하고 반란을 평정케 하였다. 이때 韓愈도 종군했으며 그 평정 사실을 기록한 〈平淮西碑〉의 비문을 지었다.

○ 封狼生貙貙生羆 – 狼은 이리 낭. 封狼은 大狼. 貙는 맹수 이름 추. 삵과 비슷하다고 한다. 羆는 큰 곰 비. 모두가 맹수이다. 스스로 절도사에 올라 항거한 이들을 맹수에 비유하였다.

○ 不據山河據平地 – 據는 의거할 거. 점거하다. 平地는 반군이 점거한 지역은, 지금의 河南省 남부에 해당한다.

○ 長戈利矛日可麾 – 戈는 창 과.(긴 자루에 직선의 날 부분과 가지가 있어 찌르기와 찍어 당기기를 할 수 있다.) 矛는 창 모.(긴 자루가 있고 찌르기 전용). 麾는 대장기 휘. 큰 깃발. 日可麾는 (반도들이) 날마다 날뛰었다.

○ 帝得聖相相曰度 – 聖相은 賢相. 度는 裴度(배도, 765 – 839), 공식 직함은 '門下侍郞, 同中書門下平章事.' 文臣이지만 여러 절도사를 역임하며 번진세력을 타파하여 '元和中興' 에 크게 기여하였다. '배탁' 이라 읽지 않는다.

○ 賊斫不死神扶持 – 斫은 벨 작. 賊斫(적작)은 번진세력이 몰래 파견한 흉도가 武元衡(무원형)과 배도를 암살하려 했으나 무원형은 피살당했지만 배도는 죽지 않았다. 이 사건에 白居易는 그 배후세력을 철저히 색출해야 한다고 건의했지만 오히려 폄직되어 '江州司馬' 로 쫓겨났다.

○ 腰懸相印作都統 – 腰는 허리 요. 印은 매달 인. 相印은 재상 직인. 同平章事는 재상 직위에 해당한다. 唐의 제도에 여러 직위가 '宰相' 에 해당하는 직위였다. 都統(도통) – 兵馬元帥都統의 줄임. 지역에 주둔한 군사를 감독하고 지휘하는 직위. 배도는 이런 직무를 자원했었다.

○ 陰風慘澹天王旗 – 慘은 참혹할 감. 澹은 담박할 담.

○ 愬武古通作牙爪 – 愬는 하소연할 소. 愬는 李愬(이소). 武는 韓公武. 古는 李道古. 通은 李文通. 이 4人은 裴度의 部將으로 출전했다. 牙는 어금니 아. 爪는 손톱 조. 牙爪(아조)는 部將. 爪牙

와 同, 짐승의 발톱과 이빨. 용맹한 신하, (惡人의) 앞잡이.

○ 儀曹外郎載筆隨 – 儀曹外郎은 儀曹郎과 員外郎 관직. 여기서는 부대의 기록관(隨軍書記). 載筆隨는 붓을 들고 따라가다.

○ 行軍司馬智且勇 – 行軍司馬는 韓愈의 직함. 彰義軍行軍司馬. 智且勇(지차용)은 지혜롭고도 또 용감했다.

○ 十四萬衆猶虎貔 – 十四萬衆은 배도가 거느린 군사. 貔는 비휴비. 虎貔(호비)는 아군의 용맹을 말할 때 비유하는 맹수.

○ 入蔡縛賊獻太廟 – 入蔡는 蔡州의 本城에 들어가다. 縛은 묶을 박. 반군 오원제를 생포한 사람은 部將 李愬(이소)였다. 賊은 반군의 우두머리인 회서절도사 吳元制. 太廟는 宗廟. 적장을 잡아 종묘에 고한 후 처형했다.

○ 功無與讓恩不訾 – 功無與讓은 (배도가 쌓은) 공적은 남에게 주거나 양보할 수 없다. 恩不訾는 (위로부터 내려온) 聖恩은 끝이 없다. 訾는 헐뜯을 자. 흉보다. 생각하다. 헤아리다.

○ 帝曰汝度功第一 – 汝度는 그대 배도. 曰은 다음 句의 ~辭까지.

○ 汝從事愈宜爲辭 – 從事는 從事官. 愈宜爲辭 ; 한유가 당연히 글을 지어야 한다.

○ 愈拜稽首蹈且舞 – 稽는 머무를 계. 조아리다. 稽首(계수)는 절을 하다. 蹈는 밟을 도. 좋아서 뛰다.

○ 金石刻畫臣能爲 – 여기서부터는 한유가 황제에게 아뢴 말이다. '金石刻畫 ~ 不讓' 까지.

○ 古者世稱大手筆 – 大手筆(대수필)은 문장을 잘 짓는 사람.

○ 此事不繫于職司 – 繫는 맬 계. 職司는 직책. 한유의 직책은 조

서를 작성하는 직책은 아니지만, 꼭 직분에 맞춰 지어야 하는 것은 아니다. 곧 한유는 황제의 그 말을 기뻐하며 짓고 싶었다는 뜻.

○ 當仁自古有不讓 – 인을 행하는 일을 남에게 양보할 수 없다. 《論語 衛靈公》'子曰, 當仁, 不讓於師.' 사실을 기록하고 또 상관의 업적을 찬양하는 좋은 일은 남에게 양보할 수 없다는 뜻.

○ 言訖屢頷天子頤 – 訖은 마칠 흘. 屢는 여러 누(루). 頷은 턱 함. 아래 턱. 머리를 끄덕이다. 頤는 턱 이. 뺨. 끄덕이며 동의했다는 뜻.

(二)

公退齋戒坐小閣，濡染大筆何淋漓.
點竄堯典舜典字，塗改清廟生民詩.
文成破體書在紙，清晨再拜鋪丹墀.
表曰臣愈昧死上，詠神聖功書之碑.
碑高三丈字如斗，負以靈鼇蟠以螭.
句奇語重喻者少，讒之天子言其私.
長繩百尺拽碑倒，麤沙大石相磨治.
公之斯文若元氣，先時已入人肝脾.
湯盤孔鼎有述作，今無其器存其辭.
嗚呼聖皇及聖相，相與烜赫流淳熙.

公之斯文不示後, 曷與三五相攀追.
願書萬本誦萬遍, 口角流沫右手胝.
傳之七十有三代, 以爲封禪玉檢明堂基.

(二)

한유는 물러나 재계하고 작은 방에 들어가,
大筆에 먹물을 듬뿍 적시니 어찌 그리 유창하던가?
堯典과 舜典 書經의 내용을 바꾸어야 하고,
淸廟와 生民 詩經의 글도 다시 써야 되었다.
碑文은 문체가 파격이고 다른 종이에 옮겨 써서,
새벽에 황제께 재배하고 단지 위에 펴 보였다.
아뢰길, 臣 한유는 어리석어 죽을 수도 있지만,
신성한 공덕을 노래하여 비문으로 지었습니다.
비석의 높이는 세 길이며 글자는 큼직한데,
신령한 거북등에 용이 서린 이수를 얹었다.
신기한 구절과 깊은 뜻을 아는 이 적어서,
天子에 참소하며 그 私情을 말하였다.
百尺의 긴 줄로 비석을 당겨 넘어트리고,
자갈과 큰 돌로 문질러 갈아 없앴도다.
公의 이 글은 元氣와도 같으니,
이미 사람들 마음속에 새겨졌었다.

湯王 盤銘(반명)과 孔鼎에 새겨진 글도,
옛날 실물이야 없지만 글은 보존되었도다.
嗚呼라! 聖皇과 함께 한 賢臣이,
더불어 같이 빛나며 후세까지 밝게 했었다.
韓公의 문장이 뒤에 전해지지 않는다면,
어떻게 삼황오제를 따라갈 수 있겠는가?
바라니 일만 번 필사하고 일만 번 외우면,
입가에 침이 흐르고 오른손 굳은살 박히리다.
이 글이 칠십이 대 이후까지 오래 전해지어,
봉선한 제문처럼 밝은 정치의 바탕이 되리다.

| 註釋 | ○ 公退齋戒坐小閣 – 公은 한유. 退는 퇴근하다. 齋戒(재계)는 부정한 일을 멀리하고 心身을 깨끗이 하다.

○ 濡染大筆何淋漓 – 濡는 젖을 유. 染은 물들 염. 濡染(유렴)은 먹물을 듬뿍 적시다. 淋은 물에 잠길 임(림). 漓는 물 스며들 이(리). 淋漓(임리)는 문장이 막힘이 없고 상세하다.

○ 點竄堯典舜典字 – 點은 문장을 지워 없애는 것. 竄은 숨을 찬. 여기서는 문장을 바꾸는 것. 堯典과 舜典은 모두 《書經》의 편명.

○ 塗改淸廟生民詩 – 塗는 진흙 도, 바를 도. 塗改(도개)는 윤색하고 고치다. 앞 句 點竄의 대구. 淸廟와 生民은 《詩經》의 편명. 이 두 句는 憲宗의 업적이 찬란하므로 《書經》 《詩經》의 내용을 바꿔야 한다는 뜻.

○ 文成破體書在紙 – 文成破體(문성파체)는 문장에 별도의 특별한 체제를 갖추었다. 독특한 문장으로 썼다. 書在紙는 다른 종이에 베껴 쓰다.

○ 淸晨再拜鋪丹墀 – 淸晨(청신)은 이른 새벽. 再拜는 황제에게 재배하다. 황제를 알현하다. 鋪는 펼 포. 墀는 계단 위의 공터지. 丹墀(단지)는 궁궐 섬돌 위.

○ 表曰臣愈昧死上 – 昧는 어두울 매. 어리석다. 愚昧(우매)하다. 한유 자신이 글을 잘못지어 죽을죄에 해당할 수도 있다는 謙辭(겸사).

○ 詠神聖功書之碑 – 詠은 읊을 영. 노래하다. 書는 여기서는 글씨를 쓰다, 글씨를 새기다.

○ 碑高三丈字如斗 – 碑高는 비석의 높이. 三丈 30尺. 如斗는 됫박만하다. 다른 비문에 비해 글자를 크게 새겼다는 의미.

○ 負以靈鼇蟠以螭 – 負는 짐질 부. 비석을 거북 등 위에 세우다. 鼇는 자라 오. 거북. 비석의 받침인 귀부를 龜趺(귀부)라 한다. 蟠은 서릴 반. 螭는 교룡 리(이). 碑身 위에 부분을 螭首(이수)라 하는데, 용이 서려 있는 모양을 조각한다. 비석은 龜趺(귀부, 받침) – 碑身(몸체) – 螭首(이수, 윗부분 장식)의 3부분으로 되어 있다.

○ 句奇語重喩者少 – 喩는 깨우칠 유, 한유가 쓴 비문의 文句는 奇異하고 語義가 깊어 그 참뜻을 아는 자가 적었다.

○ 讒之天子言其私 – 讒은 참소할 참. 之는 비문의 내용. 私는 私情.

○ 長繩百尺拽碑倒 – 繩은 줄 승. 拽는 끌 예. 倒는 넘어질 도. 비문의 내용이 일방적으로 裴度의 공적만 과장되었다 하여 부장이었던 李愬(이소)의 누이가 헌종에게 참소하고 그 결과 헌종이

비를 부수라 했다. 그리고 段文昌(단문창)에게 비문을 다시 지으라고 명령했다.

○ 麤沙大石相磨治 – 麤는 거칠 추. 麤沙(추사)는 거친 모래. 자갈. 相磨治는 서로 문질러 글자를 뭉개 버리다.

○ 公之斯文若元氣 – 公은 韓愈. 斯文은 이 문장. 元氣는 天地自然의 精氣.

○ 先時已入人肝脾 – 肝은 간 간. 脾는 지라 비. 肝脾(간비)는 사람의 마음속.

○ 湯盤孔鼎有述作 – 湯盤(탕반)은 湯王의 큰 세숫대야. 여기에는 '湯之盤銘曰 苟日新 日日新 又日新' 라는 글이 새겨져 있었다. 《禮記 大學》. 孔鼎(공정)은 공자의 조상인 孔正考父(공정고보)의 鼎에 새겨진 銘文(명문).

○ 今無其器存其辭 – 器는 여기서는 湯盤과 孔鼎. 탕왕의 盤이나 孔鼎의 實物은 없지만 그 글이 전해오는 것처럼 비석을 넘어트렸다 하여 그 글이 없어지지 않는다는 뜻.

○ 嗚呼聖皇及聖相 – 嗚呼(오호)는 감탄사. 聖皇은 헌종. 聖相은 裴度(배도).

○ 相與烜赫流淳熙 – 烜은 마를 훤. 赫은 붉을 혁. 烜赫(훤혁)은 불꽃이 환한 모양. 밝게 빛나다. 流는 흘러가다. 후세에 전해지다. 淳은 순박할 순. 熙는 빛날 희. 淳熙(순희)는 크게 밝은 모양.

○ 公之斯文不示後 – 公은 韓愈.

○ 曷與三五相攀追 – 曷은 어찌 갈. 三五는 三皇五帝. 攀은 매달릴 반. 움켜쥐다. 攀追(반추)는 매달리며 드높이다.

○ 願書萬本誦萬過 – 願은 바라건대. 書萬本은 한유의 〈平淮西碑〉

를 1만 번 필사하다. 誦萬過 – 1만 번을 외우다. 계속 반복해서 외우다.

○ 口角流沫右手胝 – 口角은 입가. 沫은 거품 말. 胝는 굳은살 지.

○ 傳之七十有二代 – 傳之는 비문의 글이 전해지기를. 七十有二代는 72代. 오랜 세월.

○ 以爲封禪玉檢明堂基 – 以爲 ~삼다. 封禪은 태산에서 봉선하다. 玉檢(옥검)은 옥으로 만든 문서 보관함. 그 안에 봉선한 글을 보관한다. 여기서는 '기도하는 글' 明堂 황제가 정사를 펴는 곳. 明堂基는 명당의 토대가 되다. 밝은 정치를 펼 수 있는 기초 자료가 되기를 바란다는 뜻.

| 詩意 | 이 시는 이상은이 젊은 날 한유의 시문을 숭상하던 때에 지어진 것이라 알려졌다.

역사적 사건으로서 裴度(배도)의 淮西 吳元濟 반군 평정은, 곧 다른 절도사 번진들에게 큰 영향을 끼쳐 절도사들이 형식적이고 일시적이지만 唐 중앙정부의 지시에 따르게 되었다. 이어 잠시 헌종의 정치적 안정을 '元和中興' 이라 부른다.

憲宗이 부처의 사리를 장안으로 모셔 오려고 할 때 한유가 극력 반대하였고, 헌종이 한유를 사형에 처하려 할 때 배도는 적극적으로 한유를 변호한다. 배도는 헌종 원화 14년에 재상에서 물러났고, 헌종은 원화 15년에 갑자기 붕어한다.

이 시는 내용으로 보아 6단으로 구분할 수 있는데, 1단은 헌종이 영명한 황제라는 칭송에 이어, 2단에서는 회서지역 번진의 발호에 대하여 배도를 보내 평정하게 했다는 사실, 그리고 3단에서는 헌종이 한유에게 회서를 평정한 공적을 글로 쓰라고 하였다.

제 4단에서는 한유가 그 공적을 상세히 명문장으로 기록하였으나, 5단에서는 황제가 일방적인 참소를 믿고 비문을 쓰러트리고 뭉개었다는 내용이 서술되었다.

이어 6단에서는 비석은 없지만 그 비문은 이미 사람들이 알고 있어 영원히 기억될 것이라 하였다.

시는 전체적으로 한유에 대한 칭송으로 일관하고 있는데, 한유의 원칙과 개혁 주장, 그리고 한유가 潮州자사로 폄직 당한 일이 젊은 李商隱의 포부와 뜻에 어느 정도 감동을 주었기 때문이라 생각할 수 있다.

002
崔珏(최각)

崔珏〔최각, 생졸년 미상, 字는 薊之(계지), 또는 夢之〕는 한때 荊州(형주)에 거주했던 적이 있었다. 宣宗 大中 연간에 진사에 급제한 뒤, 나중에 秘書郎과 縣令을 역임했고, 선정을 베풀었으며 시어사가 되었다. 李商隱과 교우가 매우 돈독했다.

哭李商隱(곡이상은) (其二)

虛負凌雲萬丈才，一生襟抱未曾開.
鳥啼花落人何在，竹死桐枯鳳不來.
良馬足因無主踠，舊交心爲絶弦哀.
九泉莫歎三光隔，又送文星入夜臺.

이상은을 애도하다 (2)

구름 위로 만장을 치솟는 재능을 헛되이 타고나,
평생 동안 크나큰 아량과 포부를 펴지도 못했소.
새가 울고 꽃도 지는데 그 사람은 어디에 있나?
대와 오동도 죽고 시드는데 봉황은 오지 않았다.
良馬는 主君이 없어 달리지 못하여 무릎 꿇었고,
예전에 사귀던 知人까지 슬프게도 絶弦하였다.
九泉에 三光조차 막혀버렸다고 탄식치 마오,
冥府를 밝게 비출 文星으로 다시 보낸 것이요.

| 詩意 | 특별하고 걸출한 재능을 타고 났지만 때와 주군을 만나지 못해 襟度(금도)와 능력을 펴보지도 못한 채 생을 마친 이상은을 크게 슬퍼하였다.

이생의 재능을 칭송하고(譽才), 펴보지도 못한 재능을 아쉬워하고(惜才) 그 재능의 죽음을 통곡(哭才)하였으니, 칭송에 따른 안타까움, 애석에 따른 통곡, 통곡에 이은 울분을 토로하였다.

칭송이 많을수록 슬픔은 더 깊어지고, 슬픔이 쌓일수록 통곡은 더 애절하다.

《全唐詩》 591권 수록.

003
韓琮(한종)

韓琮(한종, 생졸년 미상, 字는 成封)은 穆宗 長慶 4년(824)에 진사과 급제. 宣宗 大中 연간에(847 – 859) 湖南觀察使를 역임했다. 그의 시는 비단보다도 더 곱고 청신하다는 평을 들었다.
《全唐詩》565권에 그의 시가 수록되었다.

暮春滻水送別(모춘산수송별)

綠暗紅稀出鳳城, 暮雲樓閣古今情.
行人莫聽宮前水, 流盡年光是此聲.

늦봄에 滻水(산수)에서 송별하다

짙은 녹음 붉은 꽃 드문데 장안성을 떠나니,
저녁 안갯속 누각엔 고금의 정념이 남았다.
길손은 궁궐 앞의 물소리에 마음 쓰지 마오,
해마다 같은 풍경 이 소리로 흐르고 흐릅니다.

| 詩意 | 또 다른 제목은 〈暮春送客〉이다. 鳳城은 長安城이다. 滻水(산수)는 陝西省 藍田縣을 흘러 渭水에 합류하는 지류로 옛날 關中八川의 하나이다.

駱谷晩望(낙곡만망)

秦川如畫渭如絲, 去國還家一望時.
公子王孫莫來好, 嶺花多是斷腸枝.

해질녘 駱谷(낙곡)에서 바라보다

그림같은 關中 땅에 실처럼 흐르는 渭水(위수),
임지를 떠나 집에 돌아오며 고향을 바라본다.
公子와 王孫은 잘 돌아왔다고 말하지 마오,
고갯마루 많이 핀 꽃은 斷腸의 사연이 있답니다.

| 詩意 | 駱谷(낙곡)은 關中에서 蜀에 들어가는 계곡으로 陜西省 西安市 관할 周至縣에 있다. 많은 사람들에게 널리 알려진 시라는 설명이 붙어있다.《唐才子傳》

004
馬戴(마대)

馬戴(마대, ? – 869, 字는 虞臣)는 武宗 會昌 4년(844)에 進士科 급제. 여러 관직을 거쳐 懿宗 咸通 연간에 太學士로 관직을 마감했다.

그 후 華山에 은거하며 賈島(가도)와 許棠(허당) 등과 시를 唱和했다. 마대의 시풍은 성당의 왕유와 비슷하다는 평을 들었다. 그의 시는 壯麗(장려)하며, 침착하되 통쾌하다고 하였다.

秋思(추사) 二首 (其一)

萬木秋霖後，孤山夕照餘.
田園無歲計，寒近憶樵漁.

가을의 상념

가을 장마를 겪은 많은 나무들,
지는 석양이 외진 산을 비춘다.
전원에 한해 보낼 방책도 없지만,
추워지며 땔감과 고기잡이 걱정한다.

| 詩意 | 가을 장마를 지나 초겨울에 접어들면서 겨울을 지낼 땔나무와 고기잡이를 걱정하는 은자의 생활을 그려내었다.

過亡友墓(과망우묘)

憶昨送君葬，今看墳樹高.
尋思後期者，只是益生勞.

죽은 친우의 묘에 들르다

지나간 그대의 장례를 회상하나니,
지금은 봉분의 나무도 높이 자랐다.
다음에 뒤따라 죽을 자를 생각하면,
살아서 고생만 더욱 많이 했으리라.

| 詩意 | 죽은 친우를 통해 과거와 현재를 비교하고, 또 앞으로의 미래를 생각게 한다.

易水懷古(역수회고)

荊卿西去不復返, 易水東流無盡期.
落日蕭條薊城北, 黃沙白草任風吹.

역수의 회고

荊軻는 서쪽으로 가서 돌아오지 못했지만,
동으로 흘러가는 易水는 그칠 날이 없다.
계성의 북쪽으로 쓸쓸히 지는 저녁 해,
누우런 흙먼지와 白草만 바람 따라 날린다.

| 詩意 | 진시황을 암살할 임무를 받은 荊卿(형경, 형가)는 암살에 실패했기에 돌아오지 못했지만, 형가가 떠났던 易水(역수)는 쉬지 않고 흐른다. 그 역수의 풍경을 묘사하여 壯士의 큰 뜻을 기렸다.

3구의 薊城(계성)은 燕의 도성이다.

山中興作(산중흥작)

高高丹桂枝，嫋嫋女蘿衣.
密葉浮雲過，幽陰暮鳥歸.
月和風翠動，花落瀑泉飛.
欲剪蘭爲佩，中林露未晞.

산중에서 흥이 나서 짓다

높디높은 목단과 계수나무 가지,
하늘거리는 새삼 덩굴의 잎사귀.
빽빽한 숲 사이로 구름이 지나가고,
조용한 그늘로 새는 자려 돌아온다.
부드런 달빛과 바람에 파란색이 흔들리고,
져버린 꽃잎에 물줄기가 날려 떨어진다.
난초잎을 잘라 엮어서 지니고 싶지만,
숲속이라 아직 이슬이 마르지 않았다.

| 詩意 | 숲속에서 볼 수 있는 여러 풍경을 자세히 묘사하였다.

落日悵望(낙일창망)

孤雲與歸鳥，千里片時間.
念我一何滯，辭家久未還.
微陽下喬木，遠色隱秋山.
臨水不敢照，恐驚平昔顔.

지는 해를 슬피 바라보다

한가히 떠가는 구름에 날아오는 새,
천 리 밖 먼 길을 금방 날아온다.
생각하면 나는 어떤 곳에 막혀서,
고향 떠나 오랫동안 돌아가지 못했다.
키가 큰 나무는 희미한 햇볕을 받고,
가을 산에는 먼 곳의 기운이 깃들었다.
물에 모습을 감히 비춰보지 못하기는,
옛날 얼굴과 다를까 두렵기 때문이다.

| 詩意 | 시인은 해질녘에 산을 바라보고 서있다. 떠다니는 구름이 보이고, 산속 둥지를 찾아오는 새들은 금방 날아 들어온다. 거기서 시인은 자신의 떠도는 객지생활을 떠올리며 슬픔에 젖는다.

그림자가 길어진 키가 큰 나무, 그리고 가을 산에는 은은한 기운이 감춰져 있다.

오랜 객지 생활이다. 그러다 보니 물에 비친 자신의 얼굴을 보기가 두렵다. 왜냐면 예전의 내 얼굴 모습과 확실하게 달라져 버렸다.

시인은 여기서 또 슬픔에 젖는다.

情景 – 시인의 정취와 경치. 경치를 바라보면서 느끼는 정서 – 서로가 하나로 융합되면서 서정시가 써진다.

이 시에서 그려지는 풍경이 독특하고 시인이 느끼는 정서의 품격이 뛰어나니 서정시의 가작이라 할 수 있다.

005

崔櫓(최로)

崔櫓(최로, 一作 崔魯. 생졸년 미상)는 僖宗 廣明 年間(880)에 進士科에 급제했고 출사하여 棣州(체주) 司馬가 되었다. 술을 좋아했고, 술에 취하면 남에게 함부로 욕을 하였다. 시를 잘 지었는데 시풍은 두목을 닮았다고 하였다.

《全唐詩》 567권에 그의 시 16수가 수록되었다.

華清宮(화청궁) 三首 (其一)

草遮回磴絶鳴鑾, 雲樹深深碧殿寒.
明月自來還自去, 更無人倚玉闌干.

화청궁 (1 / 3)

잡초는 돌계단을 덮었고 방울소리도 끊어졌으며,
나무는 구름에 닿을 듯, 푸른 전각은 쓸쓸하다.
明月은 혼자 떠올랐다가 저절로 사라지는데,
멋진 난간에 기대어 설 사람은 더더욱 없다.

華清宮(화청궁) 三首 (其三)

門橫金鎖悄無人, 落日秋聲渭水濱.
紅葉下山寒寂寂, 濕雲如夢雨如塵.

화청궁 (3 / 3)

궁궐문 쇠빗장, 사람도 없이 쓸쓸하고,
해질녘 渭水에 기러기 울음만 들린다.
붉은 단풍은 산 밑까지 내려와 적막한 추위에,
검은 구름은 꿈처럼 깔렸고 흙먼지는 비에 젖는다.

| 詩意 | 위 시는 안록산의 난 이후 청화궁의 황량한 모습을 묘사하였다. 청화궁을 빙 돌아 설치한 돌로 포장했던 길은(磴, 돌길 등) 잡초로 덮였고, 황제가 타고 온 수레는 난새 방울 소리(鳴鑾)도 사라졌다. 그런 화청궁의 멋진 난간에 기대어 설 사람이 누구겠는가? 三首는 화청궁 주변 만추의 풍경을 묘사했다.

006

曹鄴(조업)

曹鄴(조업, 816 – 875?)의 字는 業之인데, 長安에서 10년 동안 9번이나 과거에 불합격했으나 宣宗 大中 4년(850)에 급제하였고, 뒤에 太常博士, 洋州刺史 등을 역임하였다. 五言古詩로 명성을 누렸고 강직하고 耿介(경개)하여 시폐를 잘 지적하였으며 聶夷中(섭이중)과 나란한 명성을 누렸다고 한다.

庭草(정초)

庭草根自淺，造化無遺功.

低回一寸心，不敢怨春風.

뜰의 풀

뜰의 잡초는 본디 뿌리가 얕아,
조화를 부려도 자랑할 것이 없다.
조그만 미련이 남아 맴돌지만,
춘풍을 감히 원망하지 않는다.

| 詩意 | 이 시의 잡초는 民草 – 질긴 생명력을 가진 백성을 지칭한다. 백성 한 사람 한 사람은 아무런 힘도 없고, 부당한 대우에 말도 못하고 참는다. 특별히 공을 세울 일도 없으니 내세울 것도 없다. '不敢怨春風' 은 정말 많은 뜻을 담고 있다.

《全唐詩》593권 수록.

樂府體(악부체)

蓮子房房嫩，菖蒲葉葉齊.
共結池中根，不厭池中泥.

악부체

연밥은 알맹이마다 알차게 맺혔고,
창포는 이파리마다 가지런하구나.
둘이 같이 연못에 뿌리를 내렸는데,
연못 속의 진흙을 싫어하지 않네.

| 詩意 | 이 시에 굳이 무슨 의미를 부여하거나 찾지 않아도 될 것이다. 시인이 가장 단순하게 잡초와 연꽃과 창포를 읊었으니 시인의 뜻을 새기는 것은 읽는 사람마다 다를 것이다.

하여튼 시인의 뜻은 위 〈庭草〉에서는 '不敢怨' 과 본 시에서는 '不厭' 에 있을 것이다.

《全唐詩》 593권 수록.

官倉鼠(관창서)

官倉老鼠大如斗, 見人開倉亦不走.
健兒無糧百姓飢, 誰遣朝朝入君口.

나라 창고의 쥐

나라 창고의 쥐는 말(斗)만큼 커다란데,
사람이 창고 문을 열어도 도망가지 않는다.
젊은이 먹일 곡식 없고 백성도 굶주리는데,
날마다 누가 너의 입에 곡식을 보내주는가?

| 詩意 | 老鼠(노서)나 老虎라 하여 늙은 쥐와 늙은 호랑이가 아니라 그냥 쥐이고 호랑이이다. 새파랗게 젊은 선생님도 老師이니, 老는 '늙었다' 는 뜻이 없는 접두어이다.

중국어의 老頭兒는 늙은이 또는 아버지를 지칭하고, 老大는 장남이나 장녀를 지칭한다.

老賊은 영감탱이라는 뜻이고, 老兒子는 막내아들이니 하여튼 재미있게 쓰이는 글자이다.

창고에 사는 쥐와 변소에 사는 쥐는 사는 처지가 달라 그 크기와 여유에 큰 차이가 있기에 이런 현실을 확인한 楚의 창고지기 李斯(이사)는 秦에 가서 벼슬을 구해 승상에 올랐고 戰國을 통일하였다. 이 시에 나오는 쥐는 이사가 본 쥐와 같으나, 시인이 볼 때에는 貪官(탐관)이 아니겠는가?《全唐詩》592권에 수록.

其四怨(기사원)

手推嘔啞車，朝朝暮暮耕.
未曾分得穀，空得老農名.

그중 네 번째 원한

손으로 삐걱대는 수레를 밀어가며,
아침마다 저녁마다 농사를 짓는다.
곡식을 나눠 받을 것이 없는데도,
공연히 늙은 농부라는 이름만 남았다.

| 詩意 | 이 시의 본 제목은 〈四怨三愁五情詩 十二首〉이다. 그중에 이는 원망에 관한 4수 중 4번째 시이다.

본래 사람의 마음에 막힌 것이 원한이다(怨也). 하고자 하는 일을 남에게 저지당한다면 근심이 생긴다(愁也). 본성을 어긴, 곧 사리에 어긋날 수도 있지만 쏠리는 감정이 곧 정이다(情也).

위에서 늙은 농부는 평생 동안 농사를 지었지만 자기 몫으로 가질 수 있는 것이 없다. 그러니 원한이 맺힐 것이다.

其五情(기오정)

野雀空城飢，交交復飛飛.
勿怪官倉粟，官倉無空時.

다섯 번째 마음

들판의 참새조차 성 안에서 굶주리며,
이리저리 날고 또 날아다닌다.
이상타 생각말지니 나라 창고의 곡식은,
나라 창고가 빌 날이 없기 때문이란다.

| 詩意 | 나라 창고가 빌 날이 없는 이유야 간단하다. 백성에 대한 착취이다. 착취당한 쪽의 감정은 관청에서 생각도 안 한다. 억울해도 하소연할 곳이 없는 것이 더 큰 실망과 미움이 아니겠는가?

詩의 交交는 새가 이리저리 날아다니는 모양.

《全唐詩》 592권에 수록.

戰城南(전성남)

千金畫陣圖，自爲弓劍苦.
殺盡田野人，將軍猶愛武.
性命換他恩，功成誰作主.
鳳皇樓上人，夜夜長歌舞.

城의 남쪽에서 싸우다

千金과 같은 陣圖를 꾸몄고,
자신도 활과 칼로 힘껏 싸웠다.
들판의 사람 모두 다 죽였어도,
장군은 그래도 전투를 좋아한다.
타인의 목숨으로 은총을 받나니,
전공을 세우면 누구에게 영광인가?
봉황루 위에선 장졸들이,
밤마다 날 새워 노래하고 춤춘다.

| 詩意 | 잘난 사나이는 지난날의 용기를 자랑하지 않고(好漢不提當年勇), 패장은 그때 자신은 용감했었다고 말할 수 없다(敗將不談當年勇). 장수가 무능하면 삼군이 지쳐 죽을 지경이 되나니(將帥無才 累死三軍), 곧 무능한 장수는 적을 도와주는 셈이다.

장군 한 사람의 성공 뒤에는 수많은 죽음이 있다(一將功成萬骨枯).

결론적으로 전쟁에서 싸워 이기는 장수는 꼭 있지만(有必勝之將), 싸워 이기는 백성은 없다(無必勝之民) 하였으니, 전쟁에서 일반 백성은 누구나 피해자이다.

讀李斯傳(독리사전)

一車致三轂，本圖行地速.
不知駕馭難，擧足成顚覆.
欺暗尙不然，欺明當自戮.
難將一人手，掩得天下目.
不見三尺墳，雲陽草空綠.

이사의 열전을 읽고

수레 하나에 바퀴 셋을 달았는데,
본래 빠르게 굴러가란 의도였다.
이는 수레 몰기 어려움을 모른 것이니,
굴러 가자마자 뒤엎어진다.
우매한 사람을 속여도 뜻대로 안 되거늘,
현인을 속이면 응당 죽음을 자초하리라.
어렵나니, 손바닥 하나로는,
세상 사람의 눈길을 가릴 수 없다.
보이지 않는가! 석 자 높이 무덤에,
구름 끼고 햇빛 나며 파란 풀만 자랐다.

| 詩意 | 요즈음 시대나 세상에 견주어 보아도, 李斯(이사, 前 284 – 208년, 字는 通古)는 출세 지향적이고 능력이 뛰어난 인재였으며, 전국

시대의 혼란 수습과 천하통일이라는 실제로 큰 업적을 남겼다.

司馬遷은《史記》에서 李斯와 趙高(조고)의 행적을 〈李斯列傳〉으로 엮었다.

이사의 패망은 결국 목적을 달성하기 위한 방법으로 正道가 아닌 僞計(위계)를 선택했기 때문이었다.

007
司馬扎(사마찰)

司馬扎(사마찰, 생몰년 미상, 扎은 뺄 찰)은 宣宗 大中(847 – 859) 연간의 시인으로 알려졌다. 과거에 급제하지 못해 일생을 떠돌아다녔다.

《全唐詩》 596권에 그의 시 36수가 수록되었다.

彈琴(탄금)

泠泠七絲上，靜聽松風寒.
古調雖自愛，今人多不彈.

탄금

낭랑하게 일곱 줄을 연주하는데,
조용히 들으니 솔바람이 서늘하다.
옛 가락이 비록 즐길 만하지만,
요즈음 연주하는 사람 많지 않다.

| 詩意 | 泠泠七絲上의 泠泠(영령)은 물이 맑고 시원한 모양. 소리가 맑고 낭랑함. 七絲는 七絃(7현).

宮怨(궁원)

柳色參差掩畫樓, 曉鶯啼送滿宮愁.
年年花落無人見, 空逐春泉出御溝.

궁궐의 설움

늘어진 버들 들쑥날쑥하나 멋진 누각을 가리고,
꾀꼬리 새벽 울음에 궁 안 온갖 수심을 날려본다.
해마다 꽃이 지지만 보는 사람도 없고,
공연히 봄날 샘물은 궁궐 도랑을 따라 흘러간다.

| 詩意 | 궁 안에 사는 궁인은 끼니 걱정이야 안 하겠지만, 평생을 갇혀 살아야 하니 그 맺힌 설움이 특별하다. 그래서 많은 시인들이 궁인의 원망과 한을 소재로 시를 지었다.

궁 안의 봄날 – 버들로 이어지는 春情을 어찌 외면으로 일관할 수 있겠는가? 꾀꼬리 울음이 궁인의 한을 담아 밖에 전할 것이라고 궁인은 스스로 자신을 달랠 것이다.

隱者(은자)

松間開一徑, 秋草自相依.
終日不冠帶, 空山無是非.
投綸溪鳥伴, 曝藥谷雲飛.
時向鄰家去, 狂歌夜醉歸.

은거하는 사람

솔밭 사이로 좁은 길이 났고,
가을 풀들은 절로 함께 자랐다.
하루 내내 관과 허리띠를 풀어도,
인적 없는 산에 누가 시비하랴?
낚싯줄 매놓고 물새와 어울려 놀고,
약초를 말리니 골짜기 구름이 난다.
가끔은 이웃의 인가를 찾아가서는,
마음껏 노래하고 밤에 취해 돌아온다.

| 詩意 | 은자의 자유란, 세속의 禮敎에 구애받지 않고 자신의 뜻에 따라 마음껏 放任하며 즐길 수 있다. 낚시도 또 약재와 나물을 채취하고! 가끔은 순박한 이웃과 술을 함께 나누며 放歌하는 자유!

자유는 정말 소중한 가치이다.

008

于武陵(우무릉)

于武陵〔우무릉, 생졸년 미상, 名은 鄴(업), 武陵은 字〕은 武宗 會昌 연간 사람으로 알려졌다. 宣宗 연간에 과거에 실해한 뒤로 각지를 떠돌며 占을 쳐주며 먹고 살았다.

《全唐詩》 595권에 그의 시 49首가 수록되었다.

勸酒(권주)

勸君金屈卮, 滿酌不須辭.
花發多風雨, 人生足別離.

술을 권하다

그대 金屈(금굴) 술잔을 권하오니,
가득 채운 잔을 사양치 마십시오.
꽃이 피면 비바람이 많아지고,
사람 살다 보면 이별도 많답니다.

| 詩意 | 金屈卮(금굴치)는 술그릇. 金曲卮와 同. 꽃이나 사람에게나 好事多魔(호사다마)가 바로 定理가 아니겠는가?

贈賣松人(증매송인)

入市雖求利，憐君意獨眞.
劚將寒澗樹，賣與翠樓人.
瘦葉幾經雪，淡花應少春.
長安重桃李，徒染六街塵.

소나무를 파는 사람에게

시장에 와서는 이득을 챙겨야겠지만,
그 혼자만의 진실한 뜻이 가련하다.
차가운 시냇가 소나무를 베어다가,
부유한 좋은 집에 팔려고 한다.
뾰족한 솔잎 눈보라를 몇 번 겪었고,
평범한 松花도 응당 봄을 몇 번 겪었다.
長安의 사람들 복사꽃을 좋아하지만,
모두가 거리의 먼지에 더럽혀졌다.

| 詩意 | 소나무는 눈보라 속 추위를 견뎌내었고, 이를 베어다가 파는 사람이나 소나무를 사는 부잣집이나 그런 뜻을 알고서 팔고 사지는 않을 것이다. 화려하지만, 거리의 먼지를 덮어 쓴 복사꽃을 더 좋아하는 장안 사람들의 세속을 그저 비교하여 생각할 뿐이다.

009
劉駕(유가)

劉駕(유가, 812 – ?, 字는 司南)는 과거에 여러 번 낙방하고 장안에 客居하다가, 宣宗 大中 6년(852)에 진사과에 급제했다. 國子博士를 역임했고, 曹鄴(조업)과 친하여 당시에 '曹劉'라 일컬었다.
《全唐詩》 585권에 그의 시 68수가 수록되었다.

牧童(목동)

牧童見客拜, 山果懷中落.
晝日驅牛歸, 前溪風雨惡.

목동

牧童이 나그네한테 인사를 하자,
품 안의 산중 열매가 떨어졌다.
한낮에 소를 몰고 돌아오는데,
마을앞 하천에 비바람이 사납다.

| 詩意 | 어린 牧童의 日記와 같다. 목동은 나이 많은 사람에게 인사를 했고, 산에서 주워 온 밤은 저절로 굴렀다.

앞내에 풍우가 사납다는 것은 착한 목동이지만 그가 살 날은 고난의 연속이라는 불길한 예언과 같다.

曉登迎春閣(효등영춘각)

未櫛凭欄眺錦城, 煙籠萬井二江明.
香風滿閣花滿樹. 樹樹樹梢啼曉鶯.

새벽에 迎春閣에 오르다

머리도 안 빗고 난간에 기대 錦城을 바라보니,
일만 호 성읍은 안개에 묻혔고 양편 강물은 밝다.
나무에 만발한 꽃향이 바람 따라 누각을 채웠다.
나무, 또 나뭇가지마다 새벽 꾀꼬리가 운다.

| 詩意 | 錦城은, 今 四川省 成都市. 성도는 大邑이고, 산과 두 강, 꽃나무와 꾀꼬리가 어울려 봄의 원경과 근경을 만들어냈다.

010
高騈(고병)

高騈(고병, 821 – 887, 字는 千里, 騈은 나란히 할 변, 이름으로 쓰일 때는 병)은 발해 유민의 후손으로 渤海 高氏이며 당 말기의 명장으로 이름이 높았다. 변경의 장수로 많은 공을 세웠고, 秦州刺史와 시어사를 역임하였다 특히 활을 잘 쏘아 화살 하나로 매(독수리) 두 마리를 쏘아 맞추어 '落雕侍御(낙조시어)' 라 불리었다.

黃巢(황소)의 난이 일어난 뒤(875), 僖宗(희종) 乾符 6년(879)에, 황소의 군사가 長江 남안을 따라 서진하자 조정에서는 고병을 鎭海軍節度使에 임명했고, 고병은 신라에서 온 崔致遠(최치원)을 시켜 〈討黃巢書〉를 짓게 하였다. 고병은 詩才도 뛰어났으나 唐末의 무능한 조정의 명을 잘 따르지 않다가 887년에 피살되었다.

山亭夏日(산정하일)

綠樹陰濃夏日長, 樓臺倒影入池塘.
水晶簾動微風起, 滿架薔薇一院香.

여름날의 산속 정자

길고 긴 여름날 나무는 푸르고 그늘은 시원한데,
누각의 그림자는 연못에 거꾸로 섰다.
수정의 발을 건드리자 살가운 바람이 일고,
시렁을 가득 메운 장미는 정자에 향기를 채운다.

| 詩意 | 이 시는 여름날의 풍광을 그리면서 주요한 몇 장면을 하나로 그려 넣었다.

푸른 나무와 한낮의 나무그늘(綠樹陰濃), 거꾸로 선 누각 그림자(樓臺倒影), 연못의 잔물결(池塘水波), 넝쿨장미를 올리기 위한 나무 시렁에 가득한 장미(滿架薔薇) 등 운치 있는 화폭을 만들었다.

이 시를 읽으면 정자와 사람에 대한 언급이 없어도 나 자신이 그 정자에 오른 것 같다.

《全唐詩》 598권 수록.

011

鄭畋(정전)

鄭畋(정전, 825 - 883, 字는 臺文, 畋은 밭갈 전)은 武宗 會昌 연간에 진사과에 급제한 뒤 여러 관직을 거쳐 僖宗 乾符(건부) 연간에(874 - 879년) 兵部侍郎同平章事가 되었고 鳳翔節度使로 황소의 공격을 잘 막아내었다.

《全唐詩》 557권에 그의 시 16수가 전한다.

馬嵬坡(마외파)

玄宗回馬楊妃死, 雲雨難忘日月新.
終是聖明天子事, 景陽宮井又何人?

마외파

玄宗은 장안에 돌아왔고 귀비는 죽었으니,
옛날 운우의 정은 없지만 세월을 흘러갔다.
모든 일이 聖明하신 천자의 행적이었으니,
景陽宮의 우물에 숨었던 사람은 또 누구인가?

| 詩意 | 이는 안록산과 사사명의 난 이후 현종의 사적을 소재로 한 7언절구이다. 여기에는 신랄한 풍자의 뜻이 담겨졌다. 마외파에서 죽은 양귀비, 그 후 현종은 살아 돌아왔는데 이 모두가 聖明한 天子의 행적이라고 기록했다. 그러면서 南朝 陳의 마지막 황제의 꼴불견을 언급하였으니 과연 그도 聖明한 천자인가?

陳(557－589 존속, 개국자의 성씨가 國名)의 마지막 황제 陳叔寶(재위 582－589)는 隋軍이 쳐들어오자 황후와 함께 경양궁의 마른 우물 속에 들어가 숨어 있다가 포로로 잡혔다. 참 어리석은 사람이었다.

역사적 사실을 읊으며 사실만을 기록하고 자신의 감정을 말하지 않으면, 이는 '史' 이다. 그러나 史實에 자신의 감회를 보태면 이는 詠史詩이다. 정전의 이 시는 영사시의 가작이라 할 수 있다.

012

于濆(우분)

于濆〔우분, 생졸년 미상, 字는 子漪(자의), 濆은 물 뿜을 분〕은 한때 변새 지역에서 생활하였고, 懿宗(의종) 咸通 2년(861)에 과거에 급제하였고, 泗州 判官을 역임한 뒤, 은거하여 그 행적을 알 수 없다. 《全唐詩》 599권에 그의 시 45수가 수록되었다.

對花(대화)

花開蝶滿枝, 花落蝶還稀.
惟有舊巢燕, 主人貧亦歸.

꽃을 마주하다

꽃 피자 가지에 나비가 가득했지만,
꽃 지자 나비를 이제는 볼 수 없다.
그래도 옛 둥지를 남긴 제비는,
주인이 가난해도 그대로 돌아왔다.

| 詩意 | 나비는 꽃을 따라 모여든다. 꽃이 진 다음에 나비가 모여들기를 바랄 수 없지만 그래도 마음이 허전하다. 마치 돈을 보고 모여든 친구라는 사람들과 같다.

옛날에 왔던 제비는 주인이 가난해도 변함없이 찾아온다. 걔는 주인이 부자인지 가난뱅이인지 알지 못한다.

辛苦吟(시고음)

隴上扶犁兒，手種腹長飢.
窗下拋梭女，手織身無衣.
我願燕趙姝，化爲嫫母姿.
一笑不値錢，自然家國肥.

쓰라린 고생

밭에서 쟁기질하는 사내는,
손수 농사지으나 배는 늘 굶주린다.
창문 아래서 베를 짜는 여인은,
옷감을 짜지만 몸에 걸칠 옷이 없다.
내가 원하기는 燕과 趙의 미인들이,
모습이 추녀로 바뀌는 것이다.
웃음이 한 푼의 가치도 없다면,
자연히 나라를 부유하게 한 것이다.

| 詩意 | '窗下拋梭女'의 拋는 던질 포. 버리다. 여기서는 베를 짜는 북을 양손으로 던지고 받는 동작. 梭는 북 사, 치는 북(鼓)이 아니다. 嫫는 醜女(추녀) 모. 嫫母는 전설상 黃帝의 넷째 后妃. 추녀였으나 賢德을 갖추었다고 한다.

이 시의 전반과 후반은 주제가 다르다. 전반 4句는 빈천한 백성의 모습을 묘사하였다. 농사를 지으면 배불리 먹어야 하지만 늘 굶주린다. 베를 짜더라도 입을 옷이 없는 여인은 왜 그러한가?

후반 4句는 轉化對比의 수법으로 시인의 뜻을 서술하였다.

桑田(상전)이 碧海(벽해)로 바뀌는 변화이다.

燕과 趙에는 미인이 많은 지역이다. 그곳 一笑千金 미인들의 웃음이 한 푼어치도 안 된다면, 또 그 모습이 모두 추녀로 바뀐다면 나라에 도움이 될 것이라는 뜻이다. 이는 시인의 공상이 아니겠는가? 현실은 언제나 쓰라린 고생과 고통이 존재한다.

里中女(이중녀)

吾聞池中魚，不識海水深.
吾聞桑下女，不識華堂陰.
貧窗苦機杼，富家鳴杵砧.
天與雙明眸，只教識蒿簪.
徒惜越娃貌，亦蘊韓娥音.
珠玉不到眼，遂無奢侈心.
豈知趙飛燕，滿髻釵黃金.

시골의 여인

내가 알기론, 연못의 물고기는,
깊은 바다를 알 수가 없다.
내가 알기론, 뽕을 따는 여인은,
화려 저택의 모습을 모른다.
가난한 집은 힘들여 베틀서 일하지만,
부잣집은 절구와 다듬이소리만 들린다.
하늘은 밝은 두 눈동자를 주었지만,
오로지 쑥대 비녀만 꽂도록 만들었다.
그러나 西施의 자태를 애석히 여겼고,
역시나 韓娥의 妙音을 남겨주었다.
珠玉을 보지도 못하였으니,

끝까지 사치할 마음이 없었다.
어찌 알 수 있겠나? 趙飛燕의
머리 전부에 황금 비녀 꼽힌 줄을!

‖ 詩意 ‖ '徒惜越娃貌'의 越娃(월왜)는 월땅의 西施(서시)를 지칭한다. 娃는 예쁠 왜. 미인. 韓娥(한아)는 《列子 湯問》에 나오는 아름다운 목소리를 가진 여인이다.

趙飛燕(조비연, 前 45 – 前 1년). 前漢 成帝의 두 번째 황후, 哀帝 때, 皇太后. 能歌善舞하였으니 掌中舞(장중무)의 주인공. '環肥燕瘦(양옥환은 살쪘고, 조비연은 말랐다.)' 는 成語의 주인공.

타고난 팔자란 것이 있다. 시골 여인에게 밝은 눈을 주어 길쌈을 하게 했지만 평생을 가난 속에 살아야 한다면, 바로 그것이 운명이고 팔자이다.

013
張孜(장자)

張孜(장자, 생졸년 미상, 孜는 힘쓸 자)는 京兆 출신으로 狂飮(광음)과 文才로 그 시절 이름이 있었다. 비슷한 성향의 李山甫와 친했다는 기록이 있고《全唐詩》607권에 이 一首만 수록되었다.

雪詩(설시)

長安大雪天，烏雀難相覓．
其中豪貴家，擣椒泥四壁．
到處爇紅爐，周回下羅冪．
暖手調金絲，蘸甲斟瓊液．
醉唱玉塵飛，困融香汗滴．
豈知飢寒人，手脚生皴劈．

눈

長安에 큰 눈이 오던 날,
새들도 서로를 찾을 수 없었다.
그런 속에서 부호의 집에서는,
후추를 찧어 사방의 벽에 바른다.
곳곳에 뜨거운 화롯불을 피우고,
빙 둘러 비단의 휘장을 쳐놓았다.
따뜻한 손발에 비파의 현을 조절하고,
손톱 감싼 시녀가 따르는 음료를 마신다.
취하여 노래할 때도 눈은 휘날리고,
지치고 곤하면 향내 땀방울이 떨어진다.
그러니 어찌 알리오? 춥고 배고픈 사람이,
얼어서 터지고 갈라진 손발을!

| 詩意 | 覓은 찾을 멱. 눈보라 속에 같은 무리를 찾을 수 없다는 뜻. 擣는 찧을 도. 椒는 산초나무. 후춧가루를 벽에 바르면 그 방안의 온기를 유지한다 하여 궁궐 여인의 거처 벽에 후춧가루를 발랐다. 爇은 불사를 열(설), 熱의 譌字(와자). 紅爐(홍로)는 붉은 숯불의 화로. 羅冪(라멱)은 비단 덮개. 冪은 덮을 멱. 醮은 담글 잠. 여기서는 감추다. 甲은 시녀의 손톱. 비단으로 손톱을 감싸고 그 손으로 음료를 따르게 하다. 斟은 따를 짐. 瓊液(경액)은 보약의 귀한 음료. '醉唱玉塵飛' 의 玉塵(옥진)은 눈(雪). 手脚生皴劈의 皴은 주름 준. 피부가 얼어서 터지다. 劈은 쪼갤 벽.

사실 부자가 가난한 사람의 실상을 모르는 것처럼, 가난뱅이도 귀족이나 부호의 실상을, 정말로 얼마나 호화롭게 사는지 짐작도 못한다. 서로 모르는 것은 마찬가지이나, 가난한 자가 부자가 되면 고통이 없지만, 부자가 가난해지면 그 고통을 견디기 어렵다.

014
曹松(조송)

曹松〔조송, ? - 903, 字는 夢徵(몽징)〕은 昭宗 天復 元年(901)에 진사과에 급제했는데, 그때 70세 이상의 노인 5명이 합격하여 이들을 '五老榜' 이라 불렀다. 秘書省正字를 역임했다. 시를 잘 지었는데, 그 風格이 賈島(가도)와 비슷하였다. 그의 〈己亥歲二首〉에 「憑君莫話封侯事, 一將功成萬骨枯」는 絶唱으로 알려졌다.
《全唐詩》 716, 717권에 그의 시 140여 수가 수록되었다.

金谷園(금곡원)

當年歌舞時，不說草離離.
今日歌舞盡，滿園秋露垂.

금곡원

그때 노래하고 춤출 때,
풀이 무성하다 말하지 않았다.
오늘, 노래와 춤이 사라진 뒤,
뜨락 가득히 가을 이슬이 내렸다.

| 詩意 | 榮枯盛衰(영고성쇠)는 萬古不變의 진리이다.

한창 전성기에 춤추고 노래할 때 누가 금곡원의 무성한 풀밭을 보았겠는가? 지금 이미 쇠락했기에 그 옛터에 가을 이슬에 젖은 풀이 보인다.

己亥歲(기해세) 二首 (其一)

澤國江山入戰圖, 生民何計樂樵漁.
憑君莫話封侯事. 一將功成萬骨枯.

기해년 (1 / 2)

호수가 많은 이 강산도 전쟁에 말려들어가니,
백성이 어찌 나무하고 고기를 잡을 수 있겠나?
당신께 부탁하니, 제후가 된다는 말하지 마오.
장군이 공을 세웠다면 일만 명 해골이 남았다오.

| 詩意 | 이 시는 황소의 난이 한창이던 僖宗 廣明 원년(880)에 지은 작품으로 알려졌다. 본래 강남 지역은 전쟁과 무관했으나 黃巢(황소)의 난(875 – 884)에 휩싸이며 백성은 나무하고 고기를 잡는 가장 단순한 일도 할 수 없었다.

商山(상산)

垂白商於原下住，兒孫共死一身忙.
木弓未得長離手，猶與官家射麝香.

상산

머리가 쇠도록 商於의 산기슭 아래 살았는데,
아들과 손자가 함께 죽었으니 혼자 허둥댄다.
木弓을 아직도 오래 손에서 놓지 못하나니,
그래도 관리를 따라 사향노루를 쏘아야 한다.

| 詩意 | 商山은, 陝西省 동남부 商洛市에 있는 산이다. 商於(상어)는 그곳의 지명이다. 상산에 사는 노인이 아직도 관가의 부역에 동원된다는 내용이다.

《全唐詩》 717권 수록.

015

貫休(관휴)

貫休(관휴) 또는 貫休法師(832 – 912, 字는 德隱, 俗姓 姜氏)는 唐末에서 五代 초기의 和尙. 7세에 출가, 僖宗 中和 元年(881) 이후, 각지를 유랑했다. 관휴는 詩畫에 정통했는데 특히 羅漢圖를 잘 그렸다.

月夕(월석)

霜月夜裴回，樓中羌笛催.
曉風吹不盡，江上落殘梅.

달밤

서리 맺히는 달밤에 여기저길 걷는데,
누각에서 羌笛(강적)소리 들려온다.
새벽까지 쉬지 않고 부는 바람에,
지는 매화가 강물에 떨어진다.

| 詩意 | 관휴는 당 말기의 유명한 詩僧으로, 시가의 造語가 참신하고 특이하다는 평이 있다. 이 시는 우선 淸冷 상쾌한 기분이 든다. 서리가 맺히는 달밤에 잠 못 들고 배회하는 사람과, 역시 잠 못 들어 강적을 부는 사람의 심경이 서로 이어진 것 같다.

그러면서 부는 바람에 남아 있던 몇 송이 매화 꽃잎마저 떨어진다.

詩情이 느껴진다.

常思李白(상사이백)

常思李太白，仙筆驅造化.
玄宗致之七寶牀，虎殿龍樓無不可.
一朝力士脫靴後，玉上青蠅生一箇.
紫皇案前五色麟，忽然掣斷黃金鎖.
五湖大浪如銀山，滿船載酒槌鼓過.
賀老成異物，顚狂誰敢和?
寧知江邊墳，不是猶醉臥.

늘 생각하는 이백

언제나 이태백을 생각하나니,
신선의 筆力은 조화를 부린다.
玄宗이 七寶의 평상에 앉으라 권했고,
궁궐의 어떤 곳에서든 못할 일이 없었다.
어느날 高力士가 이백 신발을 벗겨준 뒤,
백옥 위에 검은 파리 하나 생겨났다.
옥황 書案 앞에 있던 오색의 기린이,
홀연 황금 사슬을 끊고 나와 버렸다.
五湖 큰 파도가 마치 銀山과 같았어도,
한배 가득 술을 싣고 북 치며 지나갔다.
賀知章도 이제는 죽고 없으니,

태백의 광기를 누가 감히 알겠는가?
누가 알겠나? 강가 그의 무덤은,
아직 취해서 누운 것은 아니라오.

| 詩意 | '玉上靑蠅生一箇' 의 靑蠅(청승)은 파란 파리가 아님, 그냥 검은 파리, 곧 소인배를 지칭한다. '忽然掣斷黃金鎖' 는 이백의 궁내의 벼슬을 버린 사실을 뜻한다. 掣斷(체단)은 끌어당겨서 끊어 버리다. 鎖는 쇠사슬 쇄. '賀老成異物' 은 이백을 謫仙(적선)이라 알아주고 교우했던 賀知章(하지장)이 죽었다는 뜻.

이 시를 읽으면 詩僧인 貫休(관유)도 이백의 자유분방과 그의 감성과 시재를 흠모했음을 알 수 있다.

016
羅隱(나은)

羅隱(나은, 833－909)은 奇才(기재)를 가지고도 불우한 인생을 살았다. 여기에는 그가 선천적으로 대단한 추남이었다는 것도 한몫을 했다고 볼 수 있다. 나은의 자는 昭諫(소간)이고, 본명은 羅橫(나횡)이었다.

나은은 浙江省(절강성) 餘杭(여항) 사람으로, 20세에 과거에 처음 불합격한 이후 10여 차례 낙방을 하자 이름을 羅隱으로 바꾸고 江東生이라 自號했다. 어떤 사람은 나은의 시문이 세상과 사람들을 늘 삐딱하게 바라보고 비꼬았기 때문에 낙방할 수밖에 없었다고 말했다.

55세에 절도사 錢鏐(전류)의 막료가 되었다가 나중에 錢塘令, 鎭海軍掌書記, 節度判官, 鹽鐵發運副使, 著作佐郎 등을 지냈으나 그 못생긴 외모와 괴팍한 행동은 여전했다고 한다. 그의 시 500여 수가 전해오고 있으며, 저서로 《江東甲乙集》이 남아 있다.

《唐才子傳》에서는 나은의 '詩文은 거의 원망과 풍자의 뜻이 많다'고 하였는데, 아마도 이는 그 자신의 외모와 晩唐의 정치문란과 사회 병폐에 대한 비판의식 때문에 그러했을 것이다.

雪(설)

盡道豐年瑞, 豐年事若何?
長安有貧者, 爲瑞不宜多!

눈

모두가 풍년들 길조라고 말하지만,
풍년 들면 형편은 어떠해야 하나?
장안에 가난한 사람이 많은데,
길조 그대로면 많지 않아야 한다.

| 詩意 | 겨울에 눈이 많이 내리면 풍년이 들 것이라는 경험에 의한 희망사항이지만 나은의 시 속에서는 약간 삐딱한 시선이 느껴진다. 시인의 느끼는 추위와 빈곤은 남다를 것이다.

蜂(봉)

不論平地與山尖，無限風光盡被占.
採得百花成蜜後，爲誰辛苦爲誰甛.

벌

평지나 산꼭대기를 따지지 않고,
끝없는 바람과 땡볕에 어디든 갔었다.
온갖 꽃을 찾아 꿀을 모았는데,
누굴 위해 고생 했고 누굴 위한 꿀인가?

| 詩意 | 시인은 당 말기 黃巢(황소)의 난을 경험했고, 당 말기에 말기적 현상을 직접 겪었다. 사회적 모순의 근본은 무엇인가를 생각해 보았을 것이다. 죽어라 일하며 착취당하는 농민과 꿀벌은 무엇이 다르겠는가?

이런 시를 잘 읽으면 점진적 개선이나 是正(시정)을 생각하게 되지만, 어설피 읽고 짧게 생각하면 타파나 타도를 부르짖게 된다. 그러나 이것은 자연계에서 생존의 방식이거나 그 한 단면일 것이다.

西施(서시)

家國興亡自有時, 吳人何苦怨西施?
西施若解傾吳國, 越國亡來又是誰?

서시

나라의 흥망은 그럴 만한 때가 있는데,
吳國은 왜 굳이 서시를 원망하는가?
서시가 만약 吳나라를 기울게 했다면,
越國의 멸망은 또 누구 때문이겠는가?

| 詩意 | 西施(서시)는 본래 완화계에서 비단 빨래를 하던 시골 처녀였는데, 越王 句踐(구천)에 의해 吳王 夫差(부차)에게 보내졌고 결국 서시에 빠진 부차는 구천에게 복수를 당해 멸망했다.

羅隱은 나라가 망하는 것은 다 그럴 만한 여러 가지 요인 때문에 망할 때가 되어 망했다는 뜻이다. 오나라 사람들이 서시를 '멸망의 원인' 으로 보아서는 안 된다는 뜻이다.

感弄猴人賜朱紱(감농후인사주불)

十二三年就試期，五湖煙月奈相違？
何如買取胡孫弄？一笑君王便著緋.

원숭이 주인에게 붉은 관복을 하사한 것을 보고

십이삼 년간 과거시험을 보았으니,
온 나라 좋은 경치를 어찌 볼 수 있겠나?
어찌하면 孫供奉의 재주를 배우겠는가?
황제를 한번 웃기고 바로 붉은 관복을 입었네.

| 詩意 | 나은은 12, 13년 계속 과거에 낙방하였으니 언제 명승지를 구경할 수 있겠는가?

1, 2구는 당연한 신세타령이다.

孫氏 성을 가진 사람(胡人)은 원숭이(猴) 재주를 부려 황제를 한번 웃기자, 곧 5품에 해당하는 供奉이 되어 자주색 관복을 입었다니(緋는 붉은 비단 비) 그런 재주를 어떻게 하면 배우겠느냐는 탄식이면서 신랄한 풍자이다.

贈妓雲英(증기운영)

鐘陵醉別十餘年, 重見雲英掌上身.
我未成名君未嫁, 可能俱是不如人.

기녀 雲英에게 주다

鐘陵에서 취해 헤어진 지 십여 년인데,
다시 만난 雲英은 여전히 날씬하네.
나는 성공을 못했고 그대는 출가 못했으니,
아마 그대와 나는 남만 못한 사람이리라.

| 詩意 | 제목 一作 〈偶題〉. 나은이 낙방한 뒤 만난 운영이 '羅 秀才께서는 아직 布衣를 벗지 못하셨네요?' 라고 말하자, 나은이 이 시를 지어 주었다는 이야기가 있다.

이 시를 지은 나은은 歌妓 雲英이 10여 년 전에 이미 취업했고(妓女 그 자체가 직업이니까!) 지금도 취업상태라는 사실을 착각하고 있었다.

이 시에서도 '투덜대는 羅隱' 의 삐딱한 감정의 일단을 느낄 수 있다.

《全唐詩》 662권 수록.

나은의 시 중에 口語를 그대로 쓰면서 인생을 달관한 다음과 같이 멋진 절구가 있다.

自遣(자견)

得即高歌失即休, 多愁多恨亦悠悠.
今朝有酒今朝醉, 明日愁來明日愁.

자견

얻었다면 큰 소리치고 잃으면 그만두며,
많고 많은 근심 걱정 역시나 끝이 없도다.
오늘 술이 있으면 오늘 마셔 취하고,
내일 걱정 생기면 내일 걱정하리라.

| 詩意 | 自遣은 스스로 마음을 위로하는 것이다.

나은은 세상 살면서 걱정도 많았고, 설움도 많이 이겨냈기에 이 정도 달관의 경지에 도달했으리라!

매일 술 먹는 사람에게는 그만한 기쁨과 슬픔이 있기에 또 듣고 싶은 말, 하고 싶은 말이 그만큼 많이 있기 때문일 것이다.

그래서 오늘 술이 있으면 오늘 마셔야 하는 것이다. 술로 근심을 푼다고 근심이 없어지는 것은 아니다. 그렇다고 술도 아니 마시며 걱정한다고 해결되지도 않는다.

내일 걱정거리는 내일 걱정해야 한다.

鸚鵡(앵무)

莫恨雕籠翠羽殘, 江南地暖隴西寒.
勸君不用分明語, 語得分明出轉難.

앵무새

새장에 갇히고 잘린 날개도 원망치 말지니,
강남은 따뜻하고 농서 일대는 춥단다.
너에게 부탁하니 딱 부러지게 말하지 말거라,
분명히 말했다면 나중에 모면하기 어려우리라.

| 詩意 | 시인은 강남 지역에서 멋지게 꾸민 새장에 갇힌 앵무새를 보았다. 앵무새는 隴西(농서, 今 陝西省과 甘肅省의 접경 지역) 일대가 원산지라고 알려졌다. 비록 갇혔고, 또 날개도 잘린 상태지만, 강남은 네 고향보다 따뜻하다고 위로의 말을 먼저 건넸다.

그리고 부탁하면서 말을 딱 부러지게, 단호하게, 명백하게 하지 말라고 충고한다.

사실 앵무새에게 하는 부탁은 자신에게 하는 말이며, 그 말은 자신의 속내를 보여준다. 詠物詩이지만 素材가 매우 특이하다.

金錢花(금전화)

占得佳名繞樹芳，依依相伴向秋光.
若教此物堪收貯，應被豪門盡劚將.

금전화

멋진 이름을 얻었고, 나무에 붙어 꽃내음 뿜고,
서로 의지하며 가을 햇빛을 따라 꽃을 피운다.
만약 이 금전화를 모아 저장할 수 있다면,
응당 부호들이 모두 다 파내어 차지하리라.

| 詩意 | 이 시는 사물을 읊어 뜻을 표현한 시이다.

金錢花는 旋覆花(선복화)라고도 하는데, 여름에서 가을 사이에 피며 모양이 동전과 같다는 설명이 있다.

그러나 이 시는 금전화의 묘사에 뜻이 있지 않고 결구에 있다. 부호들의 욕심에 이런 꽃조차 아마 몽땅 다 캐어갈 것이라는 신랄한 풍자가 본뜻이리라.

柳(유)

灞岸晴來送別頻, 相偎相倚不勝春.
自家飛絮猶無定, 爭解垂絲絆路人.

버들

灞水(파수)의 갠 날에 송별하는 사람이 많으니,
버들가지 서로가 의지하나 봄을 즐기지 못한다.
버들에서 날리는 버들 솜은 정처가 없나니,
서로 다투는 듯 실끈으로 행인을 잡아두려 한다.

| 詩意 | 부모와 자식, 형제나 붕우의 이별도 있지만 남녀 情人의 이별도 있을 것이다.

버들 자신의 情이 정해진 것이 아니라면 어느 누군들 사랑하지 않을 수 있겠는가?

黃河(황하)

莫把阿膠向此傾, 此中天意固難明.
解通銀漢應須曲, 才出昆侖便不淸.
高祖誓功衣帶小, 仙人占斗客槎輕.
三千年後知誰在, 何必勞君報太平.

황하

阿膠(아교)를 끓여 황하에 쏟을 필요가 없나니,
황하를 보아도 天意는 정말 명백하지 않도다.
은하를 알아도 황하는 으레 굽어 흐르며,
곤륜산에서 발원할 때부터 맑지 않았다.
高祖는 공신에게 작은 衣帶라고 서약했었지만,
權貴가 조정을 장악하니 객인의 권한은 약하다.
삼천 년 뒤에 그 누가 있을 줄을 알아,
하필 그대에게 태평을 이루라고 고생을 시키는가?

| 詩意 | 黃河는 고대에는 河水, 또는 大河(簡稱 河)로 불렸으며 長江보다 약간 짧은 중국 제2의 강이며, 길이로는 세계 6번째의 강이다. 황하는 靑海, 四川, 甘肅, 寧夏, 內蒙古, 陝西, 山西, 河南, 山東의 9개 省을 지나 山東省 東營市에서 渤海(발해)에 유입하는 전장 5,464km의 강이다. 바다에 유입되는 강의 입구가 시대에 따라 변했다는 사실을 우리나라 사람들은 이해하기 힘들다. 지금 황하

의 강줄기는 전한이나, 후한, 元明시대와 전혀 다르다.

이런 부류 시인의 – 十試不第하다 보니 세상에 대한 불평불만이 많은 사람 – 시는 난해하다. 우선 典故를 많이 사용하고 본인의 心懷를 직설적으로 표현하지 않고 배배 꼬아 우회적으로 표현하니 내용을 파악하기가 쉽지 않다.

首聯의 阿膠(아교)는 한약재인데, 이 아교를 끓여 흙탕물에 부으면 물이 맑아진다고 하였다. 그렇다 하여 약간 또는 아무리 많은 아교를 끓여 황하에 쏟아 붓지 말라고 하였다. 그렇게 해서 '맑아질 황하가 아니다' 라는 뜻이다.

당나라 사회, 특히 과거제도의 불공정과 부패를 흙탕물 황하에 비유하며 시를 썼다.

하늘의 銀漢(은하수)는 조정이고 은하수는 곧게 흐른다. 그러나 황화는 크게 아홉 번을 굽어가며 흐른다(九曲之水). 여기서 曲은 정직이 아니다. 또 황하는 그 발원지를 昆侖(崑崙, 곤륜)산이라 생각하였는데 발원지서부터 혼탁한 물이라고 하였다. 漢 高祖는 개국공신들과 약속하기를 황하를 마치 衣帶(관복의 腰帶)처럼, 泰山을 숫돌처럼 영원토록 제후국이 이어가길 바란다고 하였다. 이 황하를 의대처럼 작게 생각하였다. 그러다 보니 仙人(權貴)이 국정을 장악하고 다른 객인은 끼어들 틈도 없다고 하였다. 하여튼 불평불만을 황하라는 강을 통해 배설하였다.

017

汪遵(왕준)

汪遵(왕준, 生卒年 미상)은 宣州 涇縣(경현, 安徽省 동남부) 사람으로 어려서부터 縣 아문의 小吏였지만 집안이 가난하고 책이 없어 남의 책을 빌려 밤새워 읽고 외웠다. 왕준은 현의 소리를 사직하고 과거에 응시하려고 장안에 가다가 고향의 벗인 許棠(허당, 字 文化)을 만났다. 그때 허당은 왕준의 응시를 알고 '小吏가 무례하다' 고 면박을 주었다. 그러나 왕준은 懿宗(의종, 재위 859 – 873) 咸通 7년에(865) 급제하였고, 허당은 그 5년 뒤에야 급제하였다. 왕준은 絶句로 詠史에 뛰어났다.

왕준의 시는《全唐詩》602권에 수록되었다.

淮陰(회음)

秦季賢愚混不分，只應漂母識王孫.
歸榮便累千金贈，爲報當時一飯恩.

회음후 韓信

秦 말기 賢, 愚人이 뒤섞여 구분이 없을 때,
오로지 漂母(표모)만이 王孫을 알아보았다.
출세 후 귀향해 곧 수천 금을 내주어서,
그때 한 끼니를 베푼 은혜에 보답하였다.

| 詩意 | 대장군 韓信(한신, 前 230 – 196)은 淮陰(회음) 출신으로 漢初三杰(한초삼걸)의 한 사람. 胯下之辱(과하지욕), 漂母進飯(표모진반), 國士無雙, 多多益善, 鳥盡弓藏(조진궁장), '成敗一蕭何 生死兩婦人.' 成語의 주인공.

項羽가 죽자(前 205), 高祖는 갑자기 한신의 군권을 빼앗았고 한신을 楚王으로 옮겨 下邳(하비)에 도읍케 하였다. 한신은 楚國에 가서 밥을 주었던 漂母(표모)를 불러 천금을 하사하였다. 자신을 사타구니 아래로 지나가게 했던 젊은이를 불러 中尉에 임명하고 여러 장상에게 말했다. "이 사람은 장사이다. 나를 모욕할 때 어찌 죽일 수 없었겠는가? 죽여 보았자 이름 날 것도 아니었고 그래서 참았기에 오늘에 이르렀다."《漢書》34권, 〈韓彭英盧吳傳〉에 立傳되었다.

烏江(오강)

兵散弓殘挫虎威, 單槍匹馬突重圍.
英雄去盡羞容在, 看卻江東不得歸.

오강

흩어진 군사, 부러진 활에 장군의 위엄도 꺾였고,
홀로 창을 잡고 필마로 여러 겹 포위에 돌진했다.
영웅 모습 사라졌고 부끄러움만 남았기에,
강동을 바라보고도 돌아갈 수 없었다.

| 詩意 | 項羽는 부하를 이끌고 동쪽으로 달려 烏江(오강)을 건너려 했다. 오강의 亭長은 배를 대고 항우에게 말했다. "江東이 좁다지만 땅이 사방 천리이고 수십 만 군중이니, 그러면 충분히 왕을 할 만합니다. 대왕께서는 빨리 건너십시오. 지금 오직 저만이 배가 있습니다. 漢軍이 오더라도 건널 수가 없습니다."

이에 항우가 웃으며 말했다.

"이제 하늘이 나를 없애려 하는데 건너 무얼 하겠는가! 그리고 나는 강동 자제 8천 명과 강을 건너 서쪽으로 갔다가 지금 단 한 사람도 같이 돌아오지 못했으니, 설령 강동의 부형들이 나를 동정하며 왕으로 삼는다 하여도 내가 무슨 면목으로 그들을 보겠는가? 설령 부형들이 말을 않는다 하여도 내 홀로 마음에 부끄럽지 않겠는가?"

班固의 《漢書》 31권 〈陳勝項籍傳〉에 입전.

題李太尉平泉莊(제이태위평천장)

水泉花木好高眠，嵩少縱橫滿目前．
惆悵人間不平事，今朝身在海南邊．

李太尉의 平泉莊에서 짓다

냇물과 꽃나무 어우러져 편안히 잠들 수 있고,
嵩山의 작은 산이 종횡으로 눈앞에 가득하다.
인간의 이런 저런 고르지 못한 일을 슬퍼하나,
오늘 아침에 이 몸은 남쪽 바닷가에 있다.

| 詩意 | 李太尉는 재상을 역임한 李德裕(이덕유, 787 – 849)이고, 平泉莊은 그의 별장으로 낙양성 외곽에 있다고 하였다. 이덕유는 정치가로 牛李黨爭의 영수였는데, 결국 今 海南省(海南島)에 유배되어 거기서 죽었다.

018
羅鄴(나업)

羅鄴(나업)은 浙江省 餘杭(여항) 사람인데, 부친은 鹽鐵吏로 대담한 부자였다. 나업은 과거 시험에 여러 차례 불합격했다. 당 말 昭宗 光化 연간(898－900)에 진사급제를 추증했다. 칠언시를 주로 지었고 羅隱(나은), 羅虯(나규)와 함께 '三羅' 라고 불렸다.

나은의 시는 雄麗(웅려)하고, 나업은 淸致(청치)하며, 나규의 시는 區區(구구)하여 볼만한 것이 없다고 하였다.

共友人看花(공우인간화)

愁將萬里身，來伴看花人.
何事獨惆悵，故園還又春.

벗과 함께 꽃을 보다

근심이야 만 리라도 갈 수 있나니,
함께 꽃을 보려고 벗이 찾아왔다.
어인 일로 홀로 슬퍼하는가?
고향 뜰에도 봄은 다시 돌아왔다오.

| 詩意 | 봄이 왔다고 꽃을 보려고 친우를 방문하고, 서로를 위로할 것이다. 당신 고향에도 봄이 왔을 것이라고!

사실 고향이 좋은 줄을 고향에 살면서는 별로 느끼지 못한다. 고향이 아닌 타향이니 고향이 보고 싶을 것이다. 이것도 자기 위안의 한 방편이리라.

《全唐詩》654권 수록.

雁(안) 二首 (其二)

早背胡霜過戍樓, 又隨寒日下汀洲.
江南江北多離別, 忍報年年兩地愁.

기러기 (2 / 2)

일찍이 胡地 서리를 싣고 수루를 지나와서,
전처럼 추운 날씨를 따라 물가에 내려앉는다.
강남과 강북에 이별하는 사람이 많으니,
해마다 양쪽의 시름을 마지못해 전해주네.

| 詩意 | 기러기를 의인화하여 읊었다. 북쪽의 서리를 싣고 오고 이쪽저쪽의 시름을 전해준다는 발상이 특이하다. 그만큼 많은 이별과 그리움 속에서 마음대로 먼 곳을 왕래하는 기러기를 많은 사람들이 부러워했다는 뜻이다.

望仙臺(망선대)

千金壘土望三山，雲鶴無蹤羽衛還.
若說神仙求便得，茂陵何事在人間.

망선대

천금을 들였고 흙을 쌓고 三神山을 바랐지만,
雲鶴은 흔적도 없고 도사만 헛걸음했네.
만약에 구해서 얻을 수 있는 신선이라면,
武帝의 무덤이 세상에 왜 있어야 하는가?

| 詩意 | 秦漢代 이후 唐代까지도 신선이 되려는 희망은 제왕이나 道士, 일부 지식인들의 희망이었다. 煉丹(연단)으로 불사약을 만들겠다는 도사들에 의해 심각한 鉛(연, 납. Pb)과 水銀(Hg) 중독을 초래하였고 허황한 꿈에 국고를 탕진하였다.

漢 武帝의 求仙 열망은 뒷날 뜻있는 사람들에 의해 계속 풍자되었다. 茂陵(무릉)은 武帝의 능으로 前漢 12릉 중 가장 큰 규모이다.

019
王渙(왕환)

王渙(왕환, 王煥, 字는 羣吉)은 昭宗 大順 2년(891)에 진사과에 급제하였고, 考功員外郎을 역임했다.
《全唐詩》 690권에 그의 시가 수록되었다.

惆悵詩(추창시) 十二首 (其三)

謝家池館花籠月，蕭寺房廊竹颭風.
夜半酒醒憑檻立，所思多在別離中.

슬픈 시 (3 / 12)

謝氏 집안 연못, 객관, 꽃밭은 달빛에 젖었고,
蕭氏 집안 불당, 낭하, 대밭엔 바람이 불어온다.
한밤에 술이 깨어 난간에 기대고 보니,
생각이 많이 남기론 이별의 슬픔이다.

| 詩意 | 제목의 惆悵(추창)은 탄식하며 슬퍼하는 모양이다. 역사적 인물들의 슬픈 일을 주제로 삼았다. 여기에 나온 謝氏와 蕭氏(소씨)는 권문세가를 지칭한다. 그런 집안 사람에게도 이별은 아픔으로 남는 모양이다.

惆悵詩(추창시) 十二首 (其十二)

夢裏分明入漢宮，覺來燈背錦屛空.
紫臺月落關山曉，腸斷君恩信畫工?

슬픈 시 (12 / 12)

꿈에서는 분명 漢의 궁궐에 들어왔는데,
깨어보니 등불 뒤쪽 비단 병풍이 공허하다.
紫臺에도 달은 지고 關山이 밝아오는데,
단장의 이 슬픔, 君王은 어찌 畫工만을 믿었나요?

| 詩意 | 紫臺(자대)는 皇宮이다. 關山은 변방의 山이지 특정한 산은 아니다. 王昭君의 슬픔을 묘사하였다.

020
黃巢(황소)

唐나라(618 – 907)는 安史(安祿山과 史思明)의 난(755 – 763)을 기점으로 번영과 안정에서 쇠퇴와 불안의 시대로 전환된다. 그러다가 黃巢(황소, 835 – 884. 巢는 집 소. 둥지)의 난(875 – 884)을 계기로 확실하게 멸망의 수순을 밟는다.

黃巢(황소)는 그 집안이 본래 소금 밀매업자로 부호였기에 과거에 응시할 준비도 할 수 있었으며 입신출세를 꿈꾸었다. 말하자면 처음부터 전제 정권이나 귀족의 지배 체제에 대한 반항 정신이 있었던 것이 아니라 지배 체제의 구성원이 되지 못했기에 불평불만을 품고 있었다.

그가 진사과에 급제하지 못했기에 정부에 반감을 가지는 것은 당연했다. 황소가 지은 시를 읽어보면 불평과 반항의 기분을 엿볼 수 있다.

題菊花(제국화)

颯颯西風滿院栽，蕊寒香冷蝶難來.
他年我若爲青帝，報與桃花一處開.

국화를 노래하다

쌀쌀한 서풍 속 뜰에 가득 자랐지만,
꽃향기 한랭하고 나비도 오기 어려워라.
뒷날 내가 만약 青帝가 된다면,
너를 桃李와 한데 피게 해주리라!

| 詩意 | 서리를 견디며 피어야 하는 국화를 복숭아꽃에 비교하여 가엽다고 여겼다. 그리고 자신이 青帝(봄을 주관하는 神)가 된다면 다시 말해 '권력을 쥔다면' 특별한 은혜를 베풀겠다는 몽상을 하고 있다. 황소가 낙방한 뒤에 읊은 시는 더 반항적이라는 느낌이 온다.

不第後賦菊(부제후부국)

待到秋來九月八，我花開後百花殺.
衝天香陣透長安，滿城盡帶黃金甲.

급제 못한 뒤 국화를 읊다

기다리던 가을 팔구월이 된다면,
내 꽃은 피어나고 온갖 꽃은 죽으리라.
하늘에 뻗친 향기가 장안을 덮으리니,
온 성에 가득 황금 갑옷으로 채우리라.

| 詩意 | 금 밀매업자는 나라의 단속을 피해 활동해야만 했기에 그들은 살기 위해 뭉쳐야만 했었다. 僖宗 乾符(건부) 원년(874) 소금밀매업자들의 조직체인 鹽幫(염방)의 우두머리인 王仙芝(왕선지)가 起兵하자 黃巢는 그 다음 해에 반란에 가담했다.

황소는 山東에서 봉기하여 하남을 거쳐 安徽省(안휘성) 지역으로 이어서 浙江省(절갈성) 지역을 휩쓸고서 복건성과 광동성을 거쳐 광서성과 호남성, 호북성을 거쳐 낙양과 장안에 들어갔는데, 이러한 대 원정은 모택동의 長征(장정)만큼이나 먼 거리였으며, 이 기간에 강남 대운하의 소통이 막혀 당나라 경제적 기반은 저절로 붕괴되었다.

황소는 中和 원년(881) 長安에 입성하고 즉위하며 국호를 大齊(대제), 연호를 金統(금통)이라 했다. 黃巢는 처음부터 천하를 차지할 만한 雄才大略(웅재대략)이 없었고 병법도 몰랐으며 대중을 거느린다는 생각도 없었다.

불평분자들이 갖고 있는 편협한 관념으로 세상을 바라보니 더욱 화반 지빌기에 잔인하고 포악했으며 무고한 농민을 마구 죽였다.

황소는 가난한 농민들을 이끌고 봉기했지만 농민들을 위해 아무 조치도 없었다. 자신도 부자였지만 부자들의 재산을 빼앗는 과정을 즐겼다. 장안의 무고한 백성들을 마구 죽여 피가 성 안에 가득하자 '성을 씻었다(洗城)' 고 말한 사람으로, 野史에 8백만 명을 죽였다는 악명만 남겼을 뿐이다.

《全唐詩》 733권 수록.

021
韋莊(위장)

韋莊(위장, 836? - 910)의 字는 端己(단기)로 杜陵(今 陝西省 西安市 부근) 사람이다. 僖宗(희종) 廣明 원년(880)에 위장은 장안에서 과거에 응시했었고, 황소가 장안을 점거한 이후로는 각지를 떠돌았다. 中和 3년(883)에 낙양에서 장편 歌行인 〈秦婦吟〉을 지었다. 昭宗 乾寧(건녕) 원년(894) 진사에 급제한 뒤(59세) 校書郎과 左補闕 등의 직책을 역임했다. 이후 번진 절도사의 막료로 일하다가 唐이 멸망하고(907) 王建(왕건, 재위 907 - 918)이 前蜀(907 - 925 존속)을 개국하자 전촉의 吏部尙書와 同平章事(宰相 級 직위임)를 역임한 뒤, 910년에 蜀에서 죽었다. 위장은 화간파 詞人으로 잘 알려졌는데, 그의 사풍은 청려하여 온정균과 함께 '溫韋'로 병칭된다. 《全唐詩》 695~700권에 위장의 시를 수록.

勉兒子(면아자)

養爾逢多難，常憂學已遲.
辟疆爲上相，何必待從師?

아들을 독려하다

너를 키우며 많은 어려움이 있었지만,
항상 배움이 너무 늦을까 걱정했었다.
劉辟疆(유벽강)이 높은 관직에 올랐지만,
언제 꼭 스승을 따라 배웠던가?

| 詩意 | 제목의 勉은 勉强이니 '힘써 권장하다' 라는 말이다. 곧 아들(兒子)의 학업을 독려한다는 뜻이다.

劉辟彊(유벽강, 前 164 – 85, 字는 少卿)은 한 高祖 劉邦의 아우인 楚 元王 劉交(유교)의 손자이다. 유벽강은 《詩經》을 힘써 공부했고 뒷날 宗正이 되었다. 유벽강의 손자가 바로 劉向(유향)이고 증손이 劉歆(유흠)으로 부자가 모두 학문으로 대성하였다.

臺城(대성)

江雨霏霏江草齊，六朝如夢鳥空啼.
無情最是臺城柳，依舊煙籠十里堤.

대성(南京)

강물에 비는 내리고 강변 풀은 고루 자랐는데,
六朝는 꿈이었고 새들만 공연히 지저귄다.
가장 무정하기론 궁터의 버들이니,
옛날 그대로 십 리 제방에 안개처럼 덮였다.

| 註釋 | ㅇ 〈臺城〉 - 〈대성(南京)〉.

金陵은 지금의 江蘇省 南京市로, 중국 4대 古都의 하나이다. 금릉 市街圖를 보고 그 감회를 적은 시이다. 劉長卿의 五言律詩 〈秋日登吳公臺上寺遠眺〉, 劉禹錫의 七律 〈西塞山懷古〉도 모두 금릉을 소재로 한 시이다.

ㅇ 江雨霏霏江草齊 - 霏는 눈 펄펄 내릴 비, 비가 조용히 내릴 비. 江草齊는 강가의 풀들은 고르게 자랐다.

ㅇ 六朝如夢鳥空啼 - 六朝는 三國 中 孫權의 吳(222 - 280)를 시작으로 5胡16國 시대의 東晋(317 - 420), 그리고 南北朝時代의 宋(420 - 479), 齊(479 - 502), 梁(502 - 557), 陳(557 - 589)의 6개 왕조를 지칭하는데, 모두 금릉에 도읍했었다.

ㅇ 無情最是臺城柳 - 臺城柳는 대성의 버들. 臺城은 禁城, 곧 皇

宮이니 南京市의 玄武湖를 끼고 있다. 남조 4개 나라의 궁궐이었다.

○ 依舊煙籠十里堤 – 依舊(의구)는 예전처럼. 煙籠은 안개에 덮이다.

| 詩意 | 唐나라 290년 역사에서 그 분수령은 '安史의 난' 이었다. 이후 당은 서서히, 그러나 결정적으로 회복 불가능하게 쇠약해졌는데 황소의 난(875 – 884)은 멸망의 결정타였다.

위장은 당이 907년에 朱全忠에게 망하는 모습을 눈으로 직접 확인하였고 王建을 도와 前蜀을 개국케 한 사람이었다.

폐가를 쳐다보는 마음도 편치 않은데 나라가 망한 뒤 그 터를 지나가는 사람의 회포가 어떠하겠는가?

우리나라에서 '황성옛터' 라는 대중가요를 예전에 왜 그리 많은 사람들이 불렀을까?

역사를 알면 나라의 흥망에 대해 깊이 생각하지 않을 수 없다.

金陵圖(금릉도)

誰謂傷心畫不成? 畫人心逐世人情.
君看六幅南朝事? 老木寒雲滿故城.

금릉도

마음이 아파 그릴 수 없다고 누가 말했는가?
화가의 마음은 세상 인정을 따라간다네.
그대는 여섯 폭의 南朝 사적을 보았는가?
고목과 쓸쓸한 구름만이 옛 성에 가득하다네.

| 詩意 | 金陵 市街圖를 보고 그 감회를 적은 시이다. 금릉은 지금의 江蘇省 남부 南京市로 중국 4대 古都의 하나이다.

古離別(고이별)

晴煙漠漠柳毿毿, 不那離情酒半酣.
更把玉鞭雲外指, 斷腸春色在江南.

옛 이별

엷은 안개 가득 끼었고 버들은 늘어졌는데,
이별의 정 견디지 못해 술에 반쯤 취했네.
또다시 옥 채찍 들어 먼데를 바라보나니,
봄기운 애끊는 듯 강남에 머물러라.

| 詩意 | 一作, 〈多情〉. 풍경이 좋기로는 강남이라고 했다. 강남땅에서 좋은 봄날 이별을 해야 하니, 이별의 정은 더욱 진할 것이다.

떠나는 사람은 옥 채찍을 들고 떠나려 하니 이별주를 마셔서 반쯤 취한 뒤라 가슴이 더 찢어질 것 같으리라!

시에 그려진 정서가 또렷하고 운치가 있어 보통 사람의 이별일지라도 영화 속의 이별처럼 보이는 것 같다.

送日本國僧敬龍歸(송일본국승경룡귀)

扶桑已在渺茫中，家在扶桑東更東.
此去與師誰共到，一船明月一帆風.

日本國의 승려 敬龍의 귀국을 전송하다

해 뜨는 扶桑(부상)은 멀고 먼 바다에 있는데,
그집은 부상의 동쪽에서 또 동쪽이라고 한다.
이번에 법사와 함께 또 누가 같이 가는가?
한 척의 배와 명월, 바람 가득한 돛 하나!

| 詩意 | 일본에서는 신라에서 보내는 遣唐使를 따라 사신을 보내다가 독자적으로 견당사를 보냈다. 당과 왜국의 상인 왕래가 빈번하자 學佛求經을 목적으로 한 學僧의 왕래도 많아졌다. 이 시는 일본으로 돌아가는 승려의 귀국에 초점이 맞혀졌다.

扶桑(부상)은 해가 뜬다는 전설의 바다이고, 敬龍의 본가는 일본에서도 더 먼 동쪽이라고 했다. 돌아가는 승려와 함께 明月과 바람이 함께 간다는 표현 속에는 무사 환국을 바라는 우정이 들어있다.

與東吳生相遇(여동오생상우)

十年身事各如萍，白首相逢淚滿纓.
老去不知花有態，亂來唯覺酒多情.
貧疑陋巷春偏少，貴想豪家月最明.
且對一尊開口笑，未衰應見泰階平.

東吳의 書生과 서로 만나다

십 년을 자기 일 때문에 부평초처럼 떠돌다가,
白首로 서로 만나보니 눈물이 갓끈 따라 흐른다.
늙은이 되어 꽃다운 시절이 있었는가도 모르고,
난리를 겪다보니 오로지 술에만 정이 들었다.
가난을 겪으면서 누항의 봄은 더 짧은 것 같고,
크고도 부유한 귀인 집에선 달이 더 밝으리라.
그리고 술 한 잔 앞에서 입 벌려 크게 웃으면서,
아직은 아니 늙었으니 三台星이 평평하단다.

| 詩意 | 원 제목을 〈及第後出關作〉이라고도 한다. 시 속에 陋巷(누항)은 '누추한 마을의 골목길' 이다. 泰階平의 泰階(태계)는 일명 三台星인데, 별이 두 개씩 세 개의 계단 같은 성좌이다.

젊어서 각자 일에 바쁘다가 늙어 만났다. 그리고 술 한 잔을 앞에 두고 지나온 과거를 이야기 하면서, 아직 안 늙었다며 큰 소리 치고! – 사실은 그게 늙어가는 과정이다.

022

聶夷中(섭이중)

聶夷中〔섭이중, 837－884, 字 坦之(탄지), 聶은 잡을 섭, 성씨 섭〕은 그 출신이 빈한하였으나 懿宗(의종) 咸通 12년(871)에 진사에 급제하였고 華陰縣尉를 지냈다.

時政을 풍자하고 농민의 질고를 읊은 오언시를 많이 지었다.

田家(전가)

父耕原上田，子削山下荒.
六月禾未秀，官家已修倉.

농가

아비는 벌판의 밭을 갈고,
아들은 산 아래 황무지를 일군다.
유월에 이삭은 패지도 않았는데,
관가는 창고 수리를 끝냈다.

| 詩意 | 父子가 열심히 일한다. 농부는 숙명인 양 고통 속의 노동을 받아들인다. 땀 흘린 만큼 거둘 수 있다고 믿는 착한 사람들이다.

그러나 관리들은 그 농부가 피땀 흘린 댓가를 그냥 수탈한다. 미리 창고 수리를 끝낸 것이 그 증거이다.

公子家(공자가)

種花滿西園, 花發青樓道.
花下一禾生, 去之爲惡草.

귀공자의 집

西園에 가득 꽃을 심었고,
青樓의 길에도 꽃은 피었다.
꽃밭에 벼가 한 포기 자라는데,
뽑아서 버리며 잡초라고 한다.

| 詩意 | 禾(벼 화)는 꼭 벼를 뜻하지 않는다. 보리나 밀 또는 수수나 옥수수 등 곡식을 광범위하게 지칭한다.

귀족은 꽃을 가꾸기는 하지만 곡식과 잡초도 구분하지 못한다는 신랄한 풍자가 있다. 제목을 一作 〈長安花〉, 또는 〈公子行〉.

長安道(장안도)

此地無駐馬，夜中猶走輪.
所以路傍草，少於衣上塵.

長安 가는 길

이곳은 말을 멈출 수가 없기에,
밤에도 오가는 수레가 있다.
길가에 자란 풀이지만,
옷에서 떨어지는 먼지가 적다.

| 詩意 | 唐나라 수도 장안은 전국에서 名利를 쫓아서 오가는 사람들로 꽉찬 도시이다. 그 장안으로 가는 길이란 늘 사람이 붐비는 곳이기에 행인의 옷에서 떨어지는 먼지도 많을 것이다.

그러나 길 가에서 자라는 풀이지만 행인들의 옷에서 떨어지는 먼지도 없다니, 이 시가 풍자하는 뜻은 확실하다.

詠田家(영전가)

二月賣新絲，五月糶新穀.
醫得眼前瘡，剜卻心頭肉.
我願君王心，化作光明燭.
不照綺羅筵，只照逃亡屋.

농가를 읊다

2월에 새로 날 고치실을 미리 팔고,
5월에 미리 햇곡식을 팔았다.
눈밑의 부스럼은 치료할 수 있지만,
심장의 살점을 도려내는 아픔이다.
나의 소원은 주군의 마음이,
백성에게 광명을 비춰줄 촛불이기를.
화려한 잔치 자리를 비추질 않고,
도망 나간 백성 집을 두루 비춰주기를!

| 詩意 | 糶는 곡식을 팔 조. 剜은 깎을 완. 도려내다.

섭이중은 농민들의 고생과 어려움을 잘 알고 있었다. 이 시를 元稹(원진)의 친우인 李紳(이신)의 시라고 하는 사람이 있는데, 이신보다는 섭이중의 生平과 詩意가 맞는 것 같다.

023

司空圖(사공도)

司空圖(사공도, 837 – 908, 字는 表聖)는 시인이며, 문학평론가이다. 懿宗(의종) 咸通 10년(869) 진사에 급제한 뒤에 王凝(왕응)의 막료로 일하다가 878년에 光祿寺(광록시) 主簿(주부)가 되었고 낙양 分司에서 근무하였다. 뒤에 僖宗 廣明 원년(880) 黃巢의 반란군이 장안을 점령할 때, 사공도는 鳳翔으로 가서 僖宗을 섬기다가 희종이 寶雞(보계)로 옮겨가자 사공도는 中條山에 은거하였다. 이후 昭宗 때 여러 관직을 제수하였으나 받지 않았다.

907년 朱溫(주온, 주전충)이 哀帝(애제)를 폐위하고 後梁(후량)을 건국하자, 사공도는 絶食하다가 죽었다. 사공도의 시 280여 수가 전해 오며 그의 문집《司空表聖文集》이 있다.

退居漫題(퇴거만제) 七首 (其一)

花缺傷難綴，鶯喧奈細聽?
惜春春已絶，珍重草青青.

은거하면서 장난으로 짓다 (1 / 7)

꽃잎이 졌거니 모아둘 수 없으며,
꾀꼬리 우나니 어떻게 잘 듣겠나?
봄날이 아쉬워도 봄은 이미 저무니,
푸르고 푸른 풀이 보배인가 하노라.

| 詩意 | 봄날의 감회를 읊은 시이다.

꽃이 아름다워도 오래 보존할 수 없고, 꾀꼬리 소리 듣기 좋아도 자세히 감상할 수 없으며, 봄날이 너무 쉽게 가버린다는 아쉬움을 토로하고 있다.

이 시를 시인이 당나라 말기, 특히 황소의 난을 당하여 처신의 어려움이나 깨끗한 지조를 버릴 수 없다는 뜻으로 해석할 수 있다.

《全唐詩》 632권 수록.

雜題(잡제)

孤枕聞鶯起，幽懷獨悄然.
地融春力潤，花泛曉光鮮.

잡제

쓸쓸한 잠자리 꾀꼬리 소리에 일어나,
허전한 마음은 오로지 근심뿐이다.
땅이 풀리고 봄기운이 고루 퍼지니,
꽃에 새벽 햇살이 환하게 넘친다.

| 詩意 | 난세를 살아가야 하는 시인의 은거생활을 짐작할 수 있다. 꾀꼬리 울음에 깨어나 세상을 근심하면서도 봄날의 생명력에서 기쁨과 희망을 짐작해 본다.

《全唐詩》 632권 수록.

獨望(독망)

綠樹連村暗，黃花出陌稀.
遠陂春草綠，猶有水禽飛.

홀로 바라보다

푸른 나무는 마을에 닿아 우거졌고,
노란 꽃들은 길가에 드물게 보인다.
멀리 언덕에 봄풀이 새파랗고,
때론 물새가 날아오른다.

| 詩意 | 농촌의 아름다움을 그림처럼 그려내었다.

그런데 무엇인가 조금은 불안이 느껴진다. 너무 조용하기에 좀 걱정스럽다는 뜻이다.

송나라 蘇軾(소식, 東坡)이 좋아했던 시라고 알려졌다.

《全唐詩》 632권 수록.

卽事(즉사) 九首 (其一)

宿雨川原霽，憑高景物新.
陂痕侵牧馬，雲影帶耕人.

보이는 대로 (1 / 9)

내와 들판에 내리던 비가 개이고,
높은 하늘에 만물이 모두 새롭다.
언덕 곳곳에 말떼가 무리 지었고,
구름 그늘은 밭 가는 사람에 걸쳤다.

| 詩意 | 비가 갠 뒤의 경물을 읊었다.
《全唐詩》632권에 수록.

涔陽渡(잠양도)

楚田人立帶殘暉，驛迵村幽客路微.
兩岸蘆花正蕭颯，渚煙深處白牛歸.

잠양의 나루터

남녘 농부는 지는 해를 받고 서있는데,
驛과 마을은 멀고 나그네 길은 까마득하다.
양쪽 언덕 억새꽃이 막 쓸쓸히 흔들리고,
물가 안개 깊은 곳에는 흰 소가 돌아온다.

| 詩意 | 황혼 무렵, 물가의 양쪽 둑에는 가을이라 물 억새의 하얀 꽃이 바람에 흔들리고, 나루터에 선 나그네 갈 길은 멀다.

한가하고 조용한 농촌 강가의 풍경이지만 나그네 심사는 몹시 애달플 것이다.

어쩌면 시인 만년의 자화상이 아니겠는가? 涔은 고인 물 잠.

《全唐詩》633권에 수록.

華下(화하) 二首 (其一)

故國春歸未有涯, 小欄高檻別人家.
五更惆悵回孤枕, 猶自殘燈照落花.

꽃 아래서 (1 / 2)

봄이 찾아온 고향 산천은 끝없이 넓지만,
작은 난간 높은 누각은 다른 사람 집이다.
슬픈 마음에 새벽녘 쓸쓸한 침석에 누우니,
홀로 희미한 등불은 떨어진 꽃잎을 비춘다.

| 詩意 | 당나라 말기 망국을 눈앞에 둔 시인은 우국으로 잠을 이루지 못한다. 봄은 해마다 되돌아오지만 그 인간사는 어제와 오늘이 같지 않았다. 밤새워 고뇌하는 그 심정은 낙화와 무엇이 다르겠는가?

司空圖는 문학비평서인 《二十四詩品》의 작자로 널리 알려졌다. 《二十四詩品》은 詩歌의 意境을 분석하고 그러한 유형과 미학적 가치를 언급하였는데, 시가의 분석과 감상, 평가에 상당한 영향을 끼쳤다.

024

張喬(장교)

張喬(장교, 생졸년 미상, 字는 伯遷)는 懿宗 咸通 연간에(859 – 873) 진사과에 급제했다. 황소의 난을 겪으면서 관직을 버리고 九華山에 은거했다고 알려졌다.

漁家(어가)

擁棹思悠悠，更深泛積流.
唯將一星火，何處宿蘆洲.

어부

노를 잡으니 온갖 상념이 이어지고,
다시 배 저어 깊은 물길을 따라간다.
다만 등불 하나에 의지하여,
갈대밭의 어디서 밤을 지새운다.

| 詩意 | 어부가 고기를 잡으러 나왔는지, 아니면 어딘가를 찾아가는지 알 수 없지만 홀로 노를 저으며 나아간다.

노 젓는 행위가 반복되면서 온갖 상념이 따라 일어난다. 고속도로를 운전하면서 끝없는 상념에 잠기는 것과 다름없다.

《全唐詩》 637권, 638권에 장교의 시가 수록되었다.

送人及第歸海東(송인급제귀해동)

東風日邊起，草木一時春.
自笑中華路，年年送遠人.

급제하고 海東으로 돌아가는 분을 전송하다

동풍이 해 뜨는 곳에서 불어오자,
초목은 다 함께 봄날을 맞았다.
번화한 길에서 기꺼이 웃으며,
해마다 먼 길 가는 사람을 보낸다.

| 詩意 | 신라에서 당나라에 보내는 유학생을 宿衛學生(숙위학생)이라 하였는데, 신라의 6頭品 중에서 선발하였으며 崔致遠(최치원)이 그 대표적 인물이다. 제목의 海東이 신라인지, 아니면 발해국인지 알 수 없다.

河湟舊卒(하황구졸)

少年隨將討河湟, 頭白時清返故鄉.
十萬漢軍零落盡, 獨吹邊曲向残陽.

하황의 늙은 병졸

젊은 시절 장군 따라 황하 湟水에서 싸웠고,
백발 되어 나라가 태평하자 고향에 돌아왔다.
십만 군사 모두가 죽어 돌아온 자 없으니,
홀로 해질 무렵에 변방 곡조를 불어본다.

| 詩意 | 河湟(하황)은 황하의 지류인 湟水(황수)로 西寧河라고도 부르는데, 青海省에 있다. 당나라 시절에는 吐蕃(토번)과의 전쟁이 그치지 않았다.

書邊事(서변사)

調角斷淸秋, 征人倚戍樓.
春風對靑塚, 白日落梁州.
大漢無兵阻, 窮邊有客遊.
蕃情似此水, 長願向南流.

변방의 일을 쓰다

맑은 가을 날 나팔 소리도 그치고,
병졸은 수루에 기대서 섰다.
바람은 이역 변방에 불어오고,
白日은 양주 땅으로 넘어간다.
大漢에 통행을 저지하지 않아,
구석진 변방에 객인이 왕래한다.
토번의 사정도 河水와 같아서,
언제나 남쪽으로 흘러가길 바란다.

| 詩意 | 唐나라 변방 전체에 관한 대략의 스케치라 할 수 있다. 변방의 상황은 和戰 여부에 따라 그 풍경과 人事가 다를 것이다. 시인이 볼 때, 변방은 잠시의 소강상태라서 객인의 왕래가 있고, 또 토번족과 唐과 어울려 살려한다고 보았다.

調角은 吹角(취각), 군사용 나팔 소리. 斷은 盡(다할 진)의 뜻. '春風對靑塚' 의 춘풍은 실제 춘풍이 아닌 虛辭(허사) – 그냥 '바람' 정도의 뜻. 青塚(청총)은 본래 왕소군의 무덤이나, 여기서는 이역 변방의 뜻. '白日落梁州'의 梁州는 凉州를 의미한다는 주석이 있다.

025
來鵬(내붕)

來鵬(내붕, ? – 883)은 豫章(今 江西省 북부 南昌市) 사람으로, 한유와 유종원을 본받아 시문에 능했다. 과거에 여러 차례 낙방했고, 뒷날 福建觀察使의 막료가 되었으며, 李咸用(이함용)과 가까웠다. 懷才不遇의 心境과 그 갈등, 그리고 세속을 질시하는 시를 많이 지었다. 《全唐詩》 642권에 그의 시가 수록되었는데, 이름은 鵬(붕새 붕)보다 훨씬 작디작은 來鵠(내곡, 鵠은 고니 곡)으로 되어 있다.

山中避難作(산중피난작)

山頭烽火水邊營, 鬼哭人悲夜夜聲.
唯有碧天無一事, 日還西下月還明.

산중에 피난하고서 짓다

산 위에 봉수대가, 강가에는 군영이 있는데,
밤마다 귀신이 통곡하고 사람은 슬프게 운다.
오로지 푸른 하늘은 아무 일도 없는 듯,
여전히 해는 서쪽에 지고 달은 마냥 밝다.

| 詩意 | 세상이 어지러우면 영웅이 일어나거나(世亂出英雄), 亂世에 君王이 출현한다고 하였다.

죄 없는 백성, 힘없는 농민은 난리가 나면 우선 산속으로 피난해야 목숨을 부지할 수 있다. 그러면서 걸출한 영웅의 출현을 마음속으로 고대한다.

雲(운)

千形萬象竟還空, 映水藏山片復重.
無限旱苗枯欲盡, 悠悠閒處作奇峰.

구름

천만 형상의 구름은 나중에는 허공이 되고,
물에 비치고 산에 머물며, 조각이 다시 커진다.
끝없이 넓은 밭에 곡식이 메말라 죽으려는데,
유유히 높은 하늘서 한가히 큰 봉우리가 된다.

| 詩意 | 하늘의 구름은 정말 다양한 모양이고 생성과 소멸조차 예측할 수도 없다. 물에 비치고 산허리에 걸린 구름, 한 조각 떠가더니 어느새 큰 덩어리가 되는 구름이다.

그런데 이 시의 핵심은 轉句에 있다. 지금 광활한 들판의 곡식이 가뭄 속에 타들어간다. 하루라도 빨리 구름이 비를 내려주어야 한다. 이는 농부들의 渴望(갈망)이다. 그런데 結句 그대로, 구름은 한가히 奇峰(기봉)을 만들었다.

구름을 묘사한 시가 많지만 來鵬의 이 시는 농민의 입장에서 구름을 묘사했고 농민의 염원을 담았다.

寒食山館書情(한식산관서정)

獨把一杯山館中，每經時節恨飄蓬.
侵階草色連朝雨，滿地梨花昨夜風.
蜀魄啼來春寂寞，楚魂吟後月朦朧.
分明記得還家夢，徐孺宅前湖水東.

한식에 산골 객관에서 짓다

홀로 산속 객관에서 술잔을 마주했는데,
매번 명절을 지내면서 떠도는 몸이 한스럽다.
연이은 아침 비에 풀이 자라 섬돌을 덮었고,
엊저녁 비와 바람에 배꽃은 온 땅을 덮었다.
子規가 울어 지새는 봄밤은 적막하고,
楚懷王 혼령이 울어 달빛은 희미해졌다.
집에 돌아가는 꿈은 지금도 선명하니,
徐稚(서치)의 집 동쪽엔 호수가 이어졌다.

| 詩意 | 蜀魄(촉백)은 촉 望帝의 혼령이니, 곧 杜鵑(두견, 子規)이고, 楚魂(초혼)은 항우가 보낸 자객에게 죽은 楚 懷王(회왕)이다. 徐孺(서유)는 시인의 고향 南昌 출신의 후한 徐稚(서치)를 지칭한다.

026
李咸用(이함용)

李咸用(이함용, 생졸년 미상)은 唐 懿宗 연간(859 – 873)에 활동했다. 시를 잘 지었지만 여러 차례 낙방하였다.

그의 시 〈冬夕喜友生至〉에서 '多少新聞見, 應須語到明' 세상에 널리 알려진 명구이다.

《全唐詩》 645권에 수록되었다.

君子行(군자행)

君子愼所履，小人多所疑.
尼甫至聖賢，猶爲匡所縻.

군자행

군자는 발길에 신중해야 하나니,
소인의 의심을 살 경우가 많다.
공자가 더없는 성현이었지만,
그래도 匡人에게 포위되었다.

| 詩意 | 尼甫(이보)는 공자에 대한 존칭. 尼父와 同. 孔子가 각국을 주유하는 중에 匡(광)이란 곳에서 폭정을 일삼었던 陽貨(陽虎)와 공자의 외모가 비슷하다 하여 광인들에게 포위되어 오고가도 못한 적이 있었다.

《論語 子罕》子畏於匡, 曰, "文王旣沒, 文不在玆乎? ~" 참조.

冬夕喜友生至(동석희우생지)

天涯行欲遍，此夜故人情.
鄉國別來久，干戈還未平.
燈殘偏有焰，雪甚却無聲.
多少新聞見，應須語到明.

겨울밤, 벗이 찾아와 기뻤다

하늘 끝까지 두루 보고 싶었는데,
오늘 밤에는 친우와 정을 나눈다.
고향 떠나온 지 오래지만,
아직 전쟁은 끝나지 않았다.
등불 가물대며 그을림이 피는데,
눈이 많이 내리나 아무 소리도 없다.
모두가 새로 보고 듣는 일이라서,
그냥 응수만 했어도 날이 밝았다.

| 詩意 | '干戈還未平'의 干戈(간과)는 방패와 창. 兵器의 총칭. 전쟁. 焰은 그을음 연, 등불을 켜면 그을음이 생겨난다.

우인은 많은 곳을 다녀 보았다. 그가 보고 들었으며 겪은 일을 이야기 하고 또 주인으로 응수하다 보니 날이 밝으려 한다.

《全唐詩》 645권에 수록되었다.

訪友人不遇(방우인부우)

出門無至友，動卽到君家.
空掩一庭竹，去看何寺花.
短僮應捧杖，稚女學擎茶.
吟罷留題處，苔階日影斜.

벗을 찾아갔으나 만나지 못했다

찾아오는 벗이 없어 대문을 나서서,
걷다 보니 바로 벗의 집에 도착했다.
대나무가 일없이 뜰을 가렸는데,
벗은 어느 절로 꽃구경을 갔는가?
작은 하인 애가 지팡이를 받아주고,
어린 계집아이는 차를 끓였다.
시를 읊고 지으며 머뭇거리니,
섬돌 이끼에 햇살이 비껴 비춘다.

| 詩意 | 벗을 찾아갔으나 만나지 못한 사연과 있었던 일을 순차적으로 읊었다. 햇살이 비껴 비출 때, 곧 석양 무렵까지 벗은 돌아오지 않았다.

027
錢珝(전후)

錢珝(전후, 생졸년 미상, 字는 瑞文, 珝는 옥 이름 후)는 吳興사람으로, 錢起(전기, 710? – 782)의 손자(또는 증손)로 字는 瑞文(서문)이며, 僖宗 廣明 원년(880)에 진사과에 급제하였고, 889년에 太常博士가 되었다.

昭宗 光化 3년(900)에 撫州(今 江西 臨川)에 폄직되있고 그 이후의 행적은 알 수 없다.

南宋의 洪邁(홍매, 1123 – 1202. 號 容齋)는 《容齋隨筆》과 《夷堅志》의 저자로 유명한 사람이다. 홍매는 唐詩의 絶句를 1권에 100首씩 100권을 엮어 《唐人萬首絶句》를 편찬하였는데, 거기에서 〈江行無題一百首〉를 錢起의 작품으로 수록했으나 후인의 고증에 의해 전기가 아닌 錢珝(전후)의 작품임이 밝혀졌다.

江行無題(강행무제) 一百首 (山雨夜來~)

山雨夜來漲，喜魚跳滿江.
岸沙半欲盡，垂蓼入船沙.

長江을 여행하며 무제로 짓다

한밤 산에 내린 비가 넘쳐나니,
강에 기뻐 뛰는 물고기가 많다.
강가 모래는 모두 평평해졌고,
늘어진 여뀌는 선창을 스친다.

| 詩意 | 이 절구만을 떼어내어 一作 〈山雨〉, 또는 〈山水〉라고도 한다. 산에 비가 오면 계곡 물이 급하게 불어나고 크고 작은 강으로 흘러들어간다. 강물의 물고기는 물을 거슬러 오르는 본성이 있어 냇물을 따라 뛰어오른다. 시인은 그 모습을 지켜보았다. 역자도 그러했기에 이런 시를 읽으면, 정말 기분이 좋다.

《全唐詩》 712권에 그의 시를 수록했다.

江行無題(강행무제) 一百首 (兵火有餘~)

兵火有餘燼, 貧村纔數家.
無人爭曉渡, 殘月下寒沙.

장강을 여행하며 무제로 짓다

兵火가 남긴 꺼지지 않은 불길,
江村에 겨우 몇 집이 남았다.
새벽에 나루 건너려는 사람 없고,
희미한 달빛, 차가운 모래 위에 내린다.

江行無題(강행무제) 一百首 (咫尺愁風~)

咫尺愁風雨, 匡廬不可登.
秖疑雲霧窟, 猶有六朝僧?

장강을 여행하며 무제로 짓다

가까운데도 풍우가 걱정이 되어,
광려산을 오를 수 없었다.
다만 혹시 짙은 운무 속에는,
그래도 六朝의 승려가 있을까?

| 詩意 | 匡廬山(광려산)은, 곧 廬山(여산, Lúshān)이니 江西省 九江市 남쪽의 명산이다.

陶淵明(도연명)이 '采菊東籬下 悠然見南山' 이라 읊은 남산이 여산이며, 李白은 '飛流直下三千尺' 이라고 그 폭포를 묘사하였다.

周敦頤(주돈이)는 이 여산 기슭 蓮花洞에 濂溪書院을 짓고 '出淤泥而不染 濯青漣而不妖(〈愛蓮說〉)' 의 명구로 연꽃의 명성을 높였다.

그리고 그 유명한 蘇軾(소식, 1037－1101, 東坡居士)은 '不識廬山眞面目 只緣身在此山中' 이라는 심원한 명구를 남긴 산이다.

未展芭蕉(미전파초)

冷燭無煙綠蠟幹, 芳心猶卷怯春寒.
一緘書札藏何事, 會被東風暗析看.

펴지 않은 파초

식은 촛불 불꽃 없는 파란 밀랍의 줄기가,
고운 마음 말아두었으니 春寒이 무서웠다.
한번 봉한 편지에 무슨 사연 감춰졌는가?
동풍 불어 펴보면 슬쩍 볼 수 있으리.

| 詩意 | 파초는 큰 잎이 그 특징이다. 아직 잎이 펴지지 않은 파초를 밀랍의 초(燭)로 보았고, 또 封해진 편지로 생각한 시이다.

마치 연정을 깊이 간직한 소녀의 부끄러움 같은 감정이 느껴지도록 잘 다듬었다.

시인의 풍부한 상상력, 세밀한 관찰, 식물과 시인의 交感 등 특별한 성공을 거둔 시이다.

028
崔道融(최도융)

崔道融(최도융, ? – 907)은 荊州(형주, 今 湖北省 중남부 荊州市 관할 江陵市) 사람으로, 東甌散人(동구사인)이라 自號한 사람이다. 司空圖(사공도)의 詩友였다. 당 말기 昭宗 때 永嘉縣令을 지냈다.
지금《全唐詩》714권에 그의 시가 수록되었다.

班婕妤(반첩여)

寵極辭同輦, 恩深棄後宮.
自題秋扇後, 不敢怨春風.

반첩여

총애를 받고도 輦에 동승하지 않았고,
은애가 깊어도 후궁에 버려졌었다.
가을의 부채 같은 처지를 시로 지었지만,
춘풍을 감히 원망치 않았다.

| 詩意 | 前漢 成帝의 비빈 반첩여는《漢書》의 저자, 班固의 왕고모이다. 成帝의 총애를 받았는데, 성제가 같은 輦(연)에 동승하라고 하였으나, 후궁이 동승해서는 안 된다며 사양하는 겸양지덕을 보였다. 문재가 뛰어나 자신의 처지를 글로 지으면서도 趙飛燕(조비연)에 빠져 자신을 버린 황제를 원망하지 않았다.

춘풍은 황제의 총애를 의미하니, 언제 방향이 바뀔지 또 언제 불어올지 알 수 없는 것이다. 이 시는 그야말로 溫柔敦厚(온유돈후)와 哀而不怨(애이불원)의 전형이다.

西施灘(서시탄)

辛嚭亡吳國，西施陷惡名.
浣紗春水急，似有不平聲.

서시의 여울

재상인 백비는 吳를 망쳤지만,
서시를 惡名에 빠뜨렸네.
완사계 봄물은 빨리 흐르며,
서시의 불평을 말하는 것 같네.

| 詩意 | 春秋시대 吳와 越의 물고 물리는 싸움에서 越王 句踐(구천)은 서시를 이용한 미인계로 吳나라를 멸망시켰다. 吳王 夫差의 太宰인 伯嚭(백비, ? – 前 473?, 又作 伯否)는 멸망 원인을 서시에게 돌렸는데, 서시는 악명을 뒤집어썼다는 시이다.

나라의 멸망이 어찌 한 여인 때문이겠는가? 吳王 夫差(부차)의 과오가 중대한가? 부차의 정신을 빼간 미인 서시가 더 책임이 있는가? 자신의 잘못을 남의 탓으로 돌린다면 졸장부라 아니할 수 없다.

오늘날 浙江省 일대, 특히 春秋時期 吳國의 핵심구역인 蘇州市, 無錫市 일대에서는 악인과 간사하고 아첨한 사람으로는 꼭 伯嚭(백비)를 언급한다.

寄人(기인) 二首 (其二)

澹澹長江水，悠悠遠客情.
落花相與恨，到地一無聲.

남에게 보내다 (2 / 2)

소리 없이 흐르는 長江의 물,
끝없이 이어진 먼 길 나그네 마음.
지는 꽃 바라보며 서로 한스러워,
여기까지 오면서 한마디 말도 없다.

| 詩意 | 澹澹(담담)은 조용히 출렁이는 모양, 悠悠(유유)는 느릿느릿한 모양.

晩唐의 그 혼란한 시절에 이런 시인의 이런 작품이 나올 줄 누가 알았겠는가?

먼 길 가는 나그네와 이별해야 하는데, 이제 정녕 보내야할 곳까지 오도록 서로가 말이 없다.

詩에서는 꽃이 지는 것이 한이 되어 그렇다고 했지만 정말 그러하겠나?

헤어지면서 꼭 서운하다 그립다며 말을 해야 하는가?

溪上遇雨(계상우우) 二首 (其二)

坐看黑雲銜猛雨, 噴灑前山此獨晴.
忽驚雲雨在頭上, 却是山前晩照明.

냇가에서 비를 만나다

여기서 보니 검은 구름이 큰 비를 머금고,
앞산에 뿜듯 퍼부으나 여기는 그냥 맑았다.
어느새 홀연 비구름이 머리 위서 퍼부으나,
앞산엔 되레 저녁 햇살이 밝게 비춘다.

| 詩意 | 한여름 소나기가 금방 내렸다 그치는 형상을 매우 생동감 있게 그려내었다.

비를 머금고(銜), 홀로(獨), 홀연히(忽), 되레(却) 등의 말들이 모두 제자리에 배치되었기에 시를 감상하고 지으려는 후세 사람들에게 일러주는 바가 많은 것 같다.

溪居卽事(계거즉사)

籬外誰家不繫船, 春風吹入釣魚灣.
小童疑是有村客, 急向柴門去却關.

냇가에 살면서 읊다

울타리 밖에 누군가가 배를 매놓지 않아,
봄바람 불어 낚시터로 밀려들어갔다.
어린 하인은 마을 손님이 왔는가 하면서,
급히 사립문에 달려가 빗장을 풀어놓는다.

| 詩意 | 살면서 기쁜 일도 많지만, 찾아온 손님이 있다면 정말 반갑다. 손님이 온 줄 알고 서둘러 사립문 빗장을 풀어 놓은 어린 하인은 주인의 마음씨를 닮았다.

아버지와 아들, 어머니와 딸은 꼭 같이 닮는다. 그 주인에 그 노비(有其主必有其奴)이며, 그 스승에 그 제자(有其師必有其弟)라 하였다.

그 아들을 알 수 없거든 그 아버지를 보고(不認其子看其父), 그 주인을 모르거든 그 노비를 보라(不知其主觀其奴)고 하였다.

하여튼 윗사람에게 좋은 점이 있으면, 아래에서는 틀림없이 본받는다.(上有好者, 下必有效者.)

梅(매)

溪上寒梅初滿枝，夜來霜月透芳菲.
清光寂莫思無盡，應待琴尊與解圍.

매화

냇가의 寒梅가 모든 가지에 꽃을 막 피웠는데,
밤들어 서리도 내린 달빛에 좋은 향을 뿜는다.
적막히 밝은 달밤에 상념은 끝없이 이어지나,
비파와 술잔 한데 어울리면 근심도 풀어지리.

| 詩意 | 매화는 韻致(운치)이다.

뜻이 있어, 뜻을 가지고 보아야 그 향과 고고한 자태가 마음에 들어온다.

달빛 아래 핀 매화, 그리고 멋을 아는 사람이 비파와 술로 어울려준다면 추위를 이겨낸 매화의 지조는 오래오래 기억되리라.

029
皮日休(피일휴)

皮日休(피일휴, 840? – 883)의 字는 처음엔 逸少이었다가 나중에 襲美(습미)라 하였고, 自號는 鹿門子(녹문자), 閒氣布衣, 또는 醉吟先生(취음선생)이다. 출신이 빈한하였으나 懿宗 咸通 8년(867)에 급제한 뒤 뒷날 太常博士가 되었다. 僖宗(희종) 때 황소의 난(875 – 884)이 있었는데, 피일휴가 황소의 편에 자발적으로 가담했는지, 또 황소에 의해 피살 여부 등 여러 의논이 분분하다.

그의 시는 白居易(백거이) 新樂府의 영향을 받아 당 말기 사회 실상을 고발하고 민생의 질고를 묘사한 시를 많이 지었고, 陸龜蒙(육구몽)과 함께 '皮陸'이라 불리며 400여 수의 시가 전해 온다.

閒夜酒醒(한야주성)

醒來山月高，孤枕羣書裏.
酒渴漫思茶，山童呼不起.

한적한 밤에 술이 깨다

술이 깨니 달은 산에 걸쳤고,
목침 하나 책들 사이에 있네.
술 깬 갈증에 차가 몹시 생각나나,
산골 아이는 불러도 일어나지 못하네.

| 詩意 | 매우 사실적인 시이다.

술에 취해 서재에 들어와 책 사이에 누웠다가 한밤에 깨어나니 갈증이 심했을 것이다.

심부름 하는 아이는 잠에 곯아 떨어졌으니 부르는 소리가 들리겠는가? 시인은 머리가 띵했을 것이다.

館娃宮懷古(관왜궁회고) 五絶(其一)

綺閣飄香下太湖, 亂兵侵曉上姑蘇.
越王大有堪羞處, 秖把西施賺得吳.

관왜궁 회고 5수 절구 (1 / 5)

화려한 전각의 향내가 太胡에 퍼질 때,
난병은 새벽에 고소성을 침입하였다.
越王이 크나큰 모욕을 감내해야 했던 곳,
오로지 西施를 이용해 吳를 속여 차지했다.

| 詩意 | 越王 句踐(구천)은 嘗膽(상담)하며 미인계로 西施(서시)를 이용해 吳王 夫差(부차)에게 복수를 하였다. 고소성은 蘇州이고, 관왜궁은 부차가 서시를 위해 靈岩山에 지은 궁전이다. 吳에서는 미인을 娃(예쁠 왜)라고 불렀다.

이 시는 미인계에 의존한 구천, 미인계에 넘어간 부차 모두를 조롱하는 뜻이 있으니, 마치 비단 폭에 바늘을 감춘 것(錦裏藏針)이 아니겠는가?

汴河懷古(변하회고)

盡道隋亡爲此河, 至今千里賴通波.
若無水殿龍舟事, 共禹論功不較多.

변하 회고

이 운하 때문에 隋가 망했다고 모두 말하나,
지금껏 운하에 의해 천리가 소통하고 있다.
만약 운하에 행궁과 龍舟만 없었더라면,
禹와 공적을 비교하면 더 많지 않겠는가?

| 詩意 | 汴河(변하)는 수 煬帝(양제)에 의해 605년에 준공된 1,300리 通濟渠(통제거), 곧 보통 말하는 대운하이다. 양제는 운하 곳곳에 화려한 행궁을 지었고, 엄청나게 큰 龍舟를 만들어 인력으로 끌게 하며, 남북을 왕래하며 행락을 즐겼다.

禹는 통일왕조 殷(은)의 개국자로, 중국에 九河를 소통케 하며 치수사업에 성공을 거둔 사람이다.

수나라가 대운하를 파면서 백성들의 원성을 많이 샀지만 唐나라는 운하의 경제적 혜택으로 번영하였다.

卒妻悲(졸처비)

河隍戍卒去，一半多不回.
家有半菽食，身爲一囊灰.
官吏按其籍，伍中斥其妻.
處處魯人髽，家家杞婦哀.
少者任所歸，老者無所攜.
況當札瘥年，米粒如瓊瑰.
纍累作餓殍，見之心若摧.
其夫死鋒刃，其室委塵埃.
其命卽用矣，其賞安在哉!
豈無黔敖恩，救此窮餓骸.
誰知白屋士，念此翻欸欸.

병졸 아내의 슬픔

황하 隍水(황수)에 끌려간 戍卒(수졸)은,
그 절반이 거의 돌아오지 못했다.
집에서 콩이 절반인 밥을 먹었는데,
그 몸뚱이 한줌의 재(灰)가 되었다네.
관리는 그 호적을 살펴보고선,
가족 명부서 그 처를 지워버렸다.
곳곳에선 魯人처럼 상을 당한 머리모양에,

집집마다 남편 잃은 부인의 통곡이 들렸다.
젊은 과부야 되는 대로 갈 곳이 있다만,
늙은 여인은 의지할 사람이 없다.
하물며 많은 사람이 역병으로 죽는 해에,
쌀 톨은 美玉만큼 귀해졌다.
겹겹이 굶어 죽은 시신이 쌓였으니,
그런 모습 볼 때마다 찢어지는 마음.
남편은 창칼에 찔려죽었고,
그 아내는 흙먼지 속에 버려졌다.
그 젊은 육신을 이렇게 소모했으니,
그 보상은 어디에 있는가!
어째서 黔敖(검오)처럼 은덕을 베풀 사람이,
이렇듯 굶주린 육신을 구해주지 않는가?
누가 알리오, 나처럼 가난한 선비만이,
거듭 이들을 슬피 탄식하는 줄을?

| 詩意 | 河隍(하황)은 황하의 지류인 青海省의 隍水. 戍卒(수졸)은 防戍(방수)에 징발된 兵卒. 菽食(숙식)은 콩밥, 잡곡밥. 一囊灰(일낭회)는 한 줌의 재. 囊은 주머니 낭. '魯人髽(노인좌)'는 魯지역 풍습은 喪夫한 여인의 머리 모양, 髽는 상투 좌.

'杞婦哀'는 杞(나라이름 기) 여인의 통곡. 남편이 죽어 시신도 찾지 못하자, 여인이 슬피 울어 성벽이 무너지면 시신이 나왔다는 이야기가 있다.

'札瘥年(찰차년)' 은 질병(札은 얇은 조각 찰)과 전염병(瘥는 앓을 차). 瓊瑰(경괴)는 아름다운 옥. 餓殍(아표)는 굶어죽은 시신. 黔敖(검오)는 춘추시대 齊나라 사람, 흉년에 재산을 풀어 많은 사람을 구제하였다. 窮餓骸(궁아해)는 곤궁하여 굶어 죽은 시신. 白屋士는 가난한 선비, 피일휴 자신. 翻欸欸(번애애)는 여러 번 거듭 슬피 탄식하다. 欸는 한숨 쉴 애.

이런 사회의 비참한 모습은 당나라 이전에도, 또 당나라 이후에도 마찬가지였다. 백성을 위한다는 인식이 바뀌기 전에는, 설령 일시적으로 바뀐다 하여도 백성의 곤궁한 생활은 마찬가지였다. 지금 이 시대에는 다만 전 시대처럼 그렇게 많지 않을 뿐이다.

橡媼歎(상온탄)

秋深橡子熟, 散落榛蕪崗.
傴傴黃髮媼, 拾之踐晨霜.
移時始盈掬, 盡日方滿筐.
幾曝復幾蒸, 用作三冬糧.
山前有熟稻, 紫穟襲人香.
細獲又精舂, 粒粒如玉璫.
持之納於官, 私室無倉箱.
如何一石餘, 只作五斗量.
狡吏不畏刑, 貪官不避贓.
農時作私債, 農畢歸官倉.
自冬及于春, 橡實誑飢腸.
吾聞田成子, 詐仁猶自王.
吁嗟逢橡媼, 不覺淚沾裳.

상수리 줍는 노파의 한탄

가을이 깊어지며 상수리가 여물어,
개암과 풀이 우거진 언덕에 떨어졌다.
허리가 굽은 백발의 노파가,
새벽에 이를 주우며 서리를 밟는다.

한참을 주워야 한 줌이고,
종일을 주워야 대바구니가 찬다.
며칠을 말리고 다시 찌고 삶아야,
겨울에 양식을 대신할 수 있다.
산 아래 잘 익은 벼가 있어,
누우런 이삭이 농부께 향내를 풍긴다.
세세히 거두고 다시 잘 찧어야 하니,
알알이 마치 구슬처럼 소중하다.
곡식을 갖다 관가에 바치면,
집안의 뒤주에는 남은 곡식이 없다.
한 섬이 넘는 곡식을 어찌하여,
닷 말의 분량이라 적어놓는가?
교활한 관리는 형벌을 두려워하지 않고,
탐욕의 관리는 도둑질을 마다하지 않는다.
농사철에는 사채를 얻어 써야 했고,
농사끝에는 나라 창고로 곡식이 들어간다.
겨울부터 내년 봄까지는,
상수리로 주린 창자를 채워야 한다.
내가 알기로 齊의 田成子는,
거짓 인자한 척하여 스스로 왕이 되었다.
슬프도다! 상수리 줍는 노파여,
나도 모르게 눈물이 바지에 떨어지도다.

| 詩意 | 橡子熟(상자숙)은 상수리가 여물다. 상수리는 키 큰(喬木) 참나무의 열매이고, 도토리는 키가 작은 떨기모양 나무의 열매이다. 熟은 곡식의 경우 우리말로 '익었다' 이고, 나무 열매나 풀씨는 '여물었다' 고 옮겨야 한다.

'傴傴黃髮媼' 의 傴는 허리 굽을 구. 黃髮은 노랑머리가 아니라 백발이다. 黃白色 백색을 뜻한다. 媼은 할미 온. '誑飢腸' 은 주린 창자를 속이다. 굶주린 창자를 채워야 한다. 齊의 田成子(田常)는 민심을 얻으려고 곡식을 대출할 때는 큰 말로(大斗), 받아들일 때는 작은 말을 사용했다. 그 결과 姜씨의 齊는 田氏(본래는 陳氏)의 나라가 되었다.

우리나라에서도 '보릿고개', '春窮期', '絶糧農家' 등 이런 말을 1960년대 중반까지 흔히 들었다.

배고픈 설움은 겪어보지 않은 사람은 정말 모른다. 그런 설움은 책에서 읽어 느끼는 감정이 아니다. 50년, 60년이 지난 뒤에도 어린 시절 배곯은 생각을 하면서 눈물을 흘리는 노인이 아직도 많다.

030
陸龜蒙(육구몽)

陸龜蒙(육구몽, ? - 881)의 字는 魯望이고 蘇州 吳縣 사람으로, 江湖散人 또는 甫里先生, 天隨子라 自號하였다. 진사과에 급제하지 못하고 湖州와 蘇州의 從事로 근무하였다. 나중에 관직을 버리고 고향 蘇州 甫里(보리)에 은거하며 차밭을 일구고 독서하며 낚시를 즐겼고, 皮日休 등과 遊山玩水(유산완수)하며 遊酒吟詩(유주음시)하였기에 세상에서 '皮陸' 이라 병칭했다.

築城詞(축성사) 二首 (其一)

城上一培土，手中千萬杵.
築城畏不堅，堅城在何處?

성을 쌓는 노래 (1 / 2)

성벽의 한 바구니 흙을,
손으로 천만 번 다져야 하네.
축성에 견고하지 않다 걱정하나,
견고한 성이 어디에 있겠는가?

| 詩意 | 이 시는 견고한 성벽보다는 덕을 베풀어 민심을 얻는 것이 더 중요하다는 뜻이다.

백성들의 원성으로 축성되었지만, 백성들이 돕지 않는다면 무슨 소용이 있겠는가?

築城詞(축성사) 二首 (其二)

莫歎將軍逼, 將軍要却敵.
城高功亦高, 爾命何勞惜?

성을 쌓는 노래 (2 / 2)

장군의 핍박을 탄식하지 말지니,
장군은 적군을 물리쳐야만 한다.
성벽이 높으면 공적도 높아지니,
명령에 어찌 고생을 생각하겠나?

| 詩意 | 장군은 백성들의 고생을 조금도 배려하지 않는다. 백성들의 굶주림이나 힘든 노역을 바탕으로 축성을 완료하면 그 자체가 공적으로 남을 것이다.

시인이 묘사한 구절이 實情으로 느껴진다.

孤燭怨(고촉원)

前回邊使至, 聞道交河戰.
坐想鼓鞞聲, 寸心攢百箭.

외로운 촛불의 탄식

지난 번 변방 관리가 왔는데,
강을 건너가 싸웠다고 들었네.
앉아 생각하면 북소리 들리고,
일백 화살이 내 마음에 꽂히네.

| 詩意 | 변새에 차출당해 간 장정의 아내 가슴에 꽂히는 그 화살의 아픔이 느껴지는 것 같다. 어찌 그 아내뿐이겠는가?

아들의 생사를 걱정하는 어머니 가슴은 다 타서 재도 남아 있지 않았을 것이다. 전쟁 중이 아니라도 아들이 입대하면 걱정과 불안 속에 지내는 우리나라 어머니의 마음을 알아야 한다.

懷宛陵舊遊(회완릉구유)

陵陽佳地昔年遊，謝朓青山李白樓.
唯有日斜溪上思，酒旗風影落春流.

예전 완릉의 유람을 회고하며

능양산 멋진 곳 예전에 유람했었으니,
謝朓가 아낀 청산에 李白이 놀던 누각이더라.
오로지 마음엔 해질녘 강가가 그립나니,
酒旗가 날리고 그림자는 봄물에 떠내려갔었지!

| 詩意 | 제목의 宛陵(완릉)은 安徽省 宣州의 宣城이다. 陵陽山(능양산)은 선성 북쪽에 陵陽子明이란 사람이 놀다가 신선이 되어 승천한 곳이라는 전설이 있다. 여기에 南朝 齊의 文人 謝朓(사조)가 謝公樓를 짓고 놀았으며 李白도 선주에 머물며 많은 시를 남겼다.

酒旗가 바람에 펄럭일 것이고, 그림자가 강물에 떨어져 봄날 불어난 물에 떠내려간다는 재미난 표현은 잘 그린 산수화와 같다.

白蓮(백련)

素蘤多蒙別豔欺, 此花端合在瑤池.
無情有恨何人覺, 月曉風淸欲墮時.

백련

하얀 꽃이라 요염한 꽃에 많이 무시당하지만,
이 꽃은 정녕 요지에 있어야 마땅하다오.
무정한 꽃에 한이 있는 줄 누가 알리오?
새벽의 흰달 찬바람에 꽃이 질 때에!

| 詩意 | 蘤(꽃 위)는 花의 古字이고, 欺는 '속임을 당하다' 라는 뜻에서 멸시를 당한다는 뜻으로 쓰인다. 이 시는 꽃에 대한 상세한 묘사는 생략하고, 그 의미나 정신을 높이 평가하려는 뜻이 들어 있다. 곧 실질보다는 보이지 않는 내적 본질이나 정신세계를 탐구하는 시인의 정신세계를 표출하고 있다.

곧 하얀 연꽃이나 하늘에서 하얗게 빛나는 달의 白이 요염한 꽃의 紅이나 黃보다 더 고결하다는 심미관을 보여주고 있다.

연못에 딱 한두 송이 피어난 꽃을 보면서 시인은 고결한 정신세계를 찾으려는 자화상이다. 이 시는 뒷날 여러 사람들의 입에 오르내리고 있다.

和襲美春夕酒醒(화습미춘석주성)

幾年無事傍江湖, 醉倒黃公舊酒壚.
覺後不知明月上, 滿身花影倩人扶.

襲美의 '春夕酒醒'에 화답하다

몇 년 동안 일없이 강호를 돌아다니다가,
황씨의 예전 술집 부뚜막에 취해 쓰러졌다.
술이 깨어 보니 어느 새 명월이 떠올랐고,
온몸 꽃그늘에 미인이 부축한 줄도 몰랐네.

| 詩意 | 제목의 襲美(습미)는 皮日休의 字이다. 피일휴와 육구몽은 절친했었다. 《全唐詩》 617~630권에는 습미와 주고받은 시가 많이 실려 있다.

黃公은 특별한 사람이 아닌 그냥 술집 주인이다. 壚(로)는 술항아리를 묻은 부뚜막이니 술집이란 뜻이다.

죽림칠현의 한 사람인 王戎(왕융)이 수레를 몰고 황씨네 술집을 지나가면서 "옛날에 嵇康(혜강), 阮籍(완적)과 함께 이 술집 부뚜막에서 취했었다."는 말을 했다는 이야기가 《世說新語》에 있다.

倩(천)은 '곱다'와 '요청하다(請)'라는 뜻이 있다. '倩人扶'를 '남에게 부축해달라고 요청하다'로 해석할 수 있지만 '倩人(고운 여인)이 부축하다.'로 해석할 수도 있다. 꽃그늘 아래 취해 쓰러졌는데, 내가 알던 어떤 미인이 나를 부축해 일으켰다면 더 자랑스럽지 않을까? 예나 지금이나 술꾼은 자랑이 많다.

新沙(신사)

渤澥聲中漲小隄, 官家知後海鷗知.
蓬萊有路敎人到, 應亦年年稅紫芝.

새로 생긴 모래톱

큰 바다 파도 소리가 작은 둑에 넘쳐나는데,
관청에서 먼저 알았고 물새도 알고 있다네.
봉래산 가는 길에 사람이 넘어졌다면,
당연히 해마다 자색 영지를 바쳐야 하리라.

| 詩意 | 이 시는 풍자시이면서도 그 발상이 특이하다.

渤澥(발해)는 渤海의 옛 이름이고, 중국인들에게는 '바다' 라는 뜻이다. 파도가 치는 바닷가에 오랜 세월이 지나다 보면 모래 제방이 쌓이고 흙으로 메워지면서 새로운 땅이 생긴다. 그러면 농민들이 숨어 경작을 하게 되는데, 관리들은 새로운 세금부과 대상으로 물새보다도 먼저 안다는 내용이다. 이는 稅吏들이 악착같이 농민들을 착취한다는 뜻이다.

봉래산은 바다 가운데 있는 상상의 섬이지만, 그 봉래산에 가는 길이 있어 농민들이 길을 가다가 넘어졌다면 神仙들이 심어 놓은 최고급의 보라색 靈芝(영지)를 보았을 수도 있다. 그러니 그 다음부터는 영지를 세금으로 바쳐야 한다는 풍자의 시이다.

이는 당나라 말기의 정치와 사회를 풍자하는 시인의 뜻이다.

自遣(자견) 三十首 (其十三)

數尺遊絲墮碧空，年年長是惹東風.
爭知天上無人住，亦有春愁鶴髮翁.

자견 (13 / 30)

몇 자 길이의 고치실이 하늘서 날려 떨어지니,
해마다 동풍을 따라서 길어지는 것 같다.
하늘에 사는 사람이 없는 것을 먼저 알아서,
봄날의 근심 따라 머리가 하얀 노인이 되었네.

自遣(자견) 三十首 (其二十五)

一派溪隨箬下流，春來無處不汀洲.
漪瀾未碧蒲猶短，不見鴛鴦正自由.

자견 (25 / 30)

한 가닥 냇물에 죽순 껍질이 떠 흘러오는데,
봄 되니 물이 불어 잠기지 않은 곳이 없다.
잔물결이 이는 곳에 부들은 아직 물에 잠겼고,
제멋대로 노는 원앙이 아직은 보이지 않는다.

| 詩意 | 시인이 그냥 보이는 대로 느끼는 대로 써내려갔다. 일상 속에서, 또 주변의 크고 작은 일이나 느낌을 자유롭게 표현하고 서술하는 것 또한 생활의 여유이고 재미가 아니겠는가?

別離(별리)

丈夫非無淚, 不灑離別間.
仗劒對尊酒, 恥爲游子顔.
蝮蛇一螫手, 壯士卽解腕.
所志在功名, 離別何足歎.

이별

대장부라고 눈물이 없지는 않으나,
이별하면서 눈물을 흘리지 않는다.
칼을 잡은 채 술잔을 마주하며,
나그네 안색을 부끄럽게 여긴다.
독사에게 손을 한번 물렸다면,
장사라도 금방 팔을 잘라야 한다.
그 뜻이 功名만 생각하나니,
이별한다 하여 어찌 탄식하겠나!

| 詩意 | 蝮蛇(복사)는 독사. 螫은 쏠 석. 물리다. 대장부의 비장한 이별을 술회하였다. 영웅은 눈물을 가벼이 뿌리지 않는다(英雄有泪不輕彈). 대장부는 거취를 분명히 하고(大丈夫來去分明), 대장부는 제때에 결단을 내린다(大丈夫當機立斷) 하였으니, 우물쭈물하며 눈치나 보지 않는다. 그러나 대장부의 뜻은 굽힐 수도 펼 수도 있어야 한다(丈夫之志能屈能伸).

031

高蟾(고섬)

高蟾(고섬, 생졸년 미상)은 만당의 시인으로, 10여 차례 낙방 후 懿宗 咸通 14년(873)에야 급제하였고, 鄭谷(정곡) 貫休(관휴) 등과 친교하며 시를 주고받았다.

《全唐詩》 668권에 그의 시를 수록했다.

感事(감사)

濁河從北下，清洛向東流.
清濁皆如此，何人不白頭.

느낌

혼탁한 河水는 북쪽서 흘러내리고,
맑은 洛水는 동쪽으로 흘러간다.
청탁이 모두 이와 같다지만,
어느 누가 늙지 않겠는가?

| 詩意 | 혼탁은 胎生(태생)일 것이다. 황하는 황토 대지를 흘러오면서 엄청난 분량의 황토를 하류로 운반한다. 황하의 지류인 낙수는 清流로 흘러오다가 황하에 합류한다.

인간의 선악도 이와 같겠지만 선인이나 악인 누구든 모두 늙어 죽는다.

下第後上永崇高侍郎(하제후상영숭고시랑)

天上碧桃和露種，日邊紅杏倚雲栽.
芙蓉生在秋江上，不向東風怨未開.

낙제 후에 영숭방의 高 시랑께 올림

하늘의 푸른 복숭아는 이슬을 버무려 심고,
태양의 붉은 살구는 구름 덕분에 큽니다.
부용은 가을 강 물속에 자라고 있지만,
東風에 피지 못한다고 원망하지 않습니다.

| 詩意 | 제목의 永崇(영숭)은 長安의 마을(坊) 이름이다. 이 시의 뜻은 명백하다. 碧桃나 紅杏은 달과 태양의 덕을 보며 자란다. 곧 높은 권문세족의 도움을 받는다. 자신은 가을 강물에 피는 연꽃이지만 조물주가 자신을 따스한 봄철에 피도록 만들어주지 않았다 하여 원망하지 않는다는 뜻이다.

로마 제국이나 당나라 말기에 말기적 현상의 가장 두드러진 공통점은 부패와 타락이다. 그런 시대에 누구나 남을 탓하는 것이 정상이었지만 고섬은 그렇지 않았다.

032

秦韜玉(진도옥)

秦韜玉(진도옥, 字는 中明, 韜는 감출 도)은 京兆(장안) 사람이다. 僖宗(희종, 재위 873 – 888) 中和 2년(882) 진사가 되었다. 僖宗이 黃巢의 난(875 – 884)을 피해 蜀으로 갈 때, 희종 정권의 최고 실세였던 환관 田令孜(전영자)에 아부하여 황제 호위군인 神策軍의 判官을 지냈고, 뒤에 工部侍郎을 역임하였다. 청년 시절에 자못 文名이 있었다고 한다.
《全唐詩》 670권에 그의 시를 수록했다.

獨坐吟(독좌음)

客愁不盡本如水，草色含情更無已.
又覺春愁似草生，何人種在情田裏.

혼자 앉아 읊다

끝없는 나그네 설움은 본래 물과 같고,
정을 품은 푸른 풀도 더더욱 끝이 없다.
그러니 봄날 시름은 돋아나는 풀이니,
정념의 밭에 풀을 심은 이는 누구인가?

| 詩意 | 想念이나 空想은 끝없이 이어진다.

그러니 흐르는 물과 같다. 그리고 그리움과 같은 情念은 마치 풀과 같다고 생각하였다.

심은 사람이 없어도 돋아나는 풀 - 내 마음에 내가 심지도 않았는데, 사랑의 연심은 왜 생겨나고 왜 이어질까?

貧女(빈녀)

蓬門未識綺羅香, 擬託良媒益自傷.
誰愛風流高格調, 共憐時世儉梳妝.
敢將十指誇偏巧, 不把雙眉鬪畫長.
苦恨年年壓金線, 爲他人作嫁衣裳.

가난한 여인

가난한 집안이라 비단옷은 알지도 못하기에,
좋은 집에 중매라는 말에 가슴만 더 아프다.
나의 행동과 높은 됨됨이를 누가 알아주나?
모두 세월 따라 기이한 화장을 좋아합니다.
감히 손재주는 두루 뛰어나다 자랑하지만,
양쪽 눈썹 길게 그리려 애쓰지 않았습니다.
정말 고통스런 것은 해마다 수를 놓아서,
다른 여인을 위해 혼수 옷을 짓는 일입니다.

| 註釋 | ○ 〈貧女〉 – 〈가난한 여인〉. 貧女는 寒士와 서로 그 의미가 통한다. 貧女의 獨白은 그대로 寒士에게도 마찬가지일 것이다.

○ 蓬門未識綺羅香 – 蓬은 쑥 봉. 떠돌아다니다. 蓬門은 寒門. 가난한 집안. 綺는 비단 기. 綺羅香(기라향)은 비단옷.

○ 擬託良媒益自傷 – 擬는 헤아릴 의. 본뜨다. 擬託良媒(의탁양매)는 좋은 자리에 중매하겠다는 말. 益은 더욱. 亦으로 된 판본도

있다. 自傷은 마음만 아프다. 가난한 여인에게 좋은 가문에 중매해 주겠다는 주변의 말은 오히려 가슴만 아프다. '내 신분이 이러한데~' 좋은 중매란, 결국 빈말일 것이라 미루어 생각한 말이다.

○ 誰愛風流高格調 – 誰愛(수애)는 누가 ~을 좋아하겠는가? 風流는 行動擧止. 高格調 – 고상한 風格. 자신은 비록 가난하지만 행동거지와 풍격은 남과 다르다는 뜻.

○ 共憐時世儉梳妝 – 共憐(공련)은 모두가 좋아한다. 時世는 당시에 유행하는 儉梳妝(검소장)은 검소한 머리 치장이나 얼굴 화장. 儉을 '險과 通' 이라 하여 儉을 '기이한' 의 뜻으로 풀이하면 의미가 잘 통한다.

○ 敢將十指誇偏巧 – 十指는 손재주. 誇는 자랑할 과. 偏巧(편교)는 두루 잘하다.

○ 不把雙眉鬪畫長 – 雙眉(쌍미)는 두 눈썹. 鬪는 싸움 투. 다투다. 畫長은 길게 그리다. 그때는 눈썹 길게 그리는 것이 유행했던 모양이다.

○ 苦恨年年壓金線 – 苦恨(고한)은 진실로 고통스럽다. 壓金線은 자수를 놓다.

○ 爲他人作嫁衣裳 – 嫁衣裳(가의상)은 시집갈 때 입을 옷.

| 詩意 | 秦韜玉은 이 詩 한 수 특히 '爲他人作嫁衣裳' 이 한 구절로 시인의 명성을 유지하는 것 같다. 비단은 알지도 못하는 가난한 처녀인데, 다른 여인이 시집갈 때 입을 옷을 만들어야 하는 그 처지나 운명은 눈물이 난다. 마치 농부가 피와 같은 땀을 흘려 농사

를 지어도 쌀밥을 못 먹고, 가난한 여인의 손으로 비단을 짜지만 정작 비단 옷은 다른 사람이 입는다.

기와를 굽는 장인이 평생 기와를 굽지만 기와집에 살지 못하는 이치는 그대로 여기에서도 적용이 된다.

열 손가락 솜씨가 좋아 다른 여인을 위해 손가락이 아프도록 수를 놓는 것은 내면에 능력을 갖고서도 세상으로부터 버림을 받은 寒士의 설움과 같은 것이다.

3, 4, 5句는 세속의 소인과 차별되는 懷才不遇의 주제를 더욱 부각시키고 있다. 여기 이 貧女의 초상은, 곧 寒士의 자화상일 것이다.

033
章碣(장갈)

章碣(장갈, 생졸년 미상, 字는 魯封, 碣은 비석 갈)은, 今 浙江省 출신으로 시를 잘 지었다. 唐 말기 과거제도의 폐단이 극에 달했는데, 장갈은 〈東都望幸〉의 시를 지어 신랄하게 비판하였다.
장갈은 僖宗 乾符 4년 進(877)에 진사과에 급제하였으나 황소의 난을 당하여 장안을 떠나 각지를 유랑했다.
《全唐詩》 669卷에 그의 시가 수록되었다.

焚書坑(분서갱)

竹帛煙銷帝業虛, 關河空鎖祖龍居.
坑灰未冷山東亂, 劉項元來不讀書.

분서갱

經史 典籍이 불타면서 황제의 대업도 사라졌고,
關中과 河水 텅 비면서 진시황의 능묘를 지었다.
갱도의 재가 식기도 전에 山東이 혼란했는데,
유방과 항우는 본래 독서도 모르는 인물이었다.

| 詩意 | 竹帛(죽백)은 竹簡(죽간)과 帛書(백서), 곧 경전과 史書.

시황제 34년(前 213)에 승상 李斯는 진시황의 결재를 받아 儒家 經書와 百家의 전적을 수집 분서할 것을 명령했다. 焚書했던 갱도는, 今 陝西省 潼關縣의 驪山 기슭이라고 알려졌다. 關河는 關中 땅과 河水 일원. 祖龍은 황제(龍)의 시작(祖), 곧 秦 始皇帝. 진시황이 죽었고, 그 능은 불탔다. 불탄 재(灰)의 열기가 식기도 전에 山東, 곧 함곡관 동쪽 – 옛 6國 지역이 전쟁터가 되었다. 그런데 그 주인공인 항우와 유방은 본래 독서인이 아니었다. 곧 학문의 부흥을 당시로서는 바랄 수도 없는 상황이었다.

東都望幸(동도망행)

懶修珠翠上高臺, 看月連娟恨不開.
縱使東巡也無益, 君王自領美人來.

낙양에서 황제 행차를 기다리다

억지로 주옥을 걸치고 높은 누각에 올랐으나,
달을 바라보는 미인의 恨은 사라질 수 없다.
설령 낙양에 행차한들 무익할 뿐이니,
군왕께선 미인들을 데리고 오십니다.

| 詩意 | 詩는 진실되고 새로운 내용을 제일로 생각한다. 진실하다면 믿음이 가고, 새롭다면 누구나 좋아하게 된다. 신선한 과일 하나를 먹지, 썩은 과일 한 광주리를 먹을 사람은 없을 것이다.

낙양은 唐의 副都라서 장안 관서의 分司가 설치되었고, 낙양 궁궐에도 궁인들이 있었다. 그곳 궁인은 별 희망도 없이 화장을 하고 황제의 행차를 기다리지만, 장안에서부터 미인이 황제를 수행하기에 황제의 은총은 사실상 기대할 수 없었다. 그러니 낙양 궁인의 원한은 사라질 수 없을 것이다.

이 시는 과거 시험의 출제와 채점을 주관하는 知貢擧(지공거)에 의해 미리 합격자가 정해지는 과거제도의 폐단에 대한 풍자이면서, 동시에 참을 수 없는 분노의 표현이었다.

034
唐彦謙(당언겸)

唐彦謙〔당언겸, ? – 893?, 字는 茂業(무업)〕은 10여 년이나 급제하지 못했다. 황소의 난이 일어나자 襄陽(양양)의 녹문산에 은거하며 鹿門先生이라 自號하였다. 博學多藝하여 향리에서 이름이 났었고 젊은 시절에 溫庭筠(온정균)에게 배웠기에 文格이 그를 닮았다고 하지만, 나중에는 두보를 숭상하여 詩風이 馴雅(순아)해졌다고 한다.

小院(소원)

小院無人夜, 煙斜月轉明.
清宵易惆悵, 不必有離情.

작은 뜰

아무도 없는 밤 작은 뜰에,
밤 안갯속에 달은 더 밝다.
청정한 밤은 쉬이 슬퍼지나니,
이별의 정은 생각할 필요 없네.

| 詩意 | 여기서 院은 건물에 둘러싸인 공터를 지칭한다. 어스름한 안개가 내리고 달은 밝은데, 시인은 홀로 상념에 잠겨 있다.

無人夜에 月明하다면 그런 밤엔 혼자만 있어도 슬퍼지니 굳이 떠난 사람의 정을 생각하지 않아도 된다는 뜻이다.

春風(춘풍) 四首 (其一)

春風吹愁端, 散漫不可收.
不如古溪水, 只望鄉江流.

춘풍 (1 / 4)

춘풍은 근심 시작을 날려버리니,
멋대로 흩어져 거둘 수가 없다.
예전의 냇물과 같지 않으니,
오로지 고향 강물을 향해 흐른다.

| **詩意** | 봄바람 때문에 근심이 생기지만, 또 춘풍에 근심의 端初을 잊을 수가 있다. 그렇더라도 고향을 향하는 마음만은 한결같을 것이다.

春風(춘풍) 四首 (其三)

回頭語春風，莫向新花叢.
我見朱顔人，多金亦成翁.

춘풍 (3 / 4)

고개 돌려 春風에 말하더라도,
새로 핀 꽃떨기를 보지는 마오.
내가 보면 젊은 사람이,
돈이 많아도 역시 늙은이가 된다오.

春風(춘풍) 四首 (其四)

多金不足惜，丹砂亦何益.
更種明年花，春風自相識.

춘풍 (4 / 4)

돈이 많으면 아까웁지 않으며,
丹砂를 먹어도 어찌 장수하겠나?
내년에 필 꽃을 지금 심어도,
봄바람은 혼자서 알고 있다오.

| 詩意 | 봄바람 부는 날도 일 년 중에 잠간이다. 그 봄바람보다 더 짧은 것이 꽃이다. 권력이나 부귀 역시 그러할 것이다. 朱顔은 紅顔이니, 곧 젊은이다. 청춘과 노인 역시 잠깐이다. 청춘이라고 즐겁고 노인이라서 슬플 필요는 없을 것이다.

사람의 수명은 천명이 아니겠는가? 황제는 산해진미를 평생동안 먹고도 일찍 죽고, 빈자는 굶기를 밥 먹듯 해도 장수한다면, 이를 어찌 설명해야 하는가?

마음이 넓으면 몸이 건강하고(心廣體胖), 도량이 많고 크면 장수한다(量大長壽).

무엇보다도, 덕행을 쌓아야 장수할 수 있다(積德以增壽)는 믿음이 있어야 한다.

魚(어)

相聚卽爲隣，煙火自成簇.
約伴過前溪，撐破蘼蕪綠.

물고기

서로 모이면 바로 이웃이 되지만,
불길 위에 얹히면 꿰미가 된다.
대략 무리로 냇물을 올라갈 때는,
푸른 물살을 가르면서 버틴다.

| 詩意 | 물고기는 끼리끼리 떼를 이루니 모두가 이웃이 된다. 그러나 잡혀 불길 위에 올려지면 꿰미가 된다니 참 재미있게 표현했다.

물고기는 떼를 지어 물길을 따라 올라가는데, 원문의 蘼蕪綠(미무록)은 물색(水色)을 형용한 말이다.

仲山(중산)

千載遺蹤寄薜蘿, 沛中鄉里舊山河.
長陵亦是閒丘隴, 異日誰知與仲多.

중산

천 년 전 남긴 자취 초야에 묻혔으니,
沛邑 마을도 흘러간 산하가 되었다.
高祖 長陵 또한 보통 산과 같나니,
뒷날 누가 형보다 나았다고 알리오?

| 詩意 | 漢 高祖 劉邦이 立身하기 전에는 그냥 건달이었다. 때문에 아버지는 성실한 둘째 아들과 비교하며 막내 유방을 자주 나무랐다. 유방이 황제로 즉위한 뒤, 대연회를 베풀면서 아버지에게 "~나와 작은형 중 누가 더 많이 가졌습니까?(~今與仲孰多)" 라고 물어 아버지를 온 좌중의 웃음거리로 만들었다.

제목의 仲山은 유방의 형 劉仲의 무덤이고, 長陵은 고조 유방의 무덤이다. 천년 뒤에 '누가 누구보다 더 낫다' 라는 평가가 무슨 의미가 있느냐는 물음이다.

035

吳融(오융)

吳融(오융, ? - 903, 字는 子華)는 越州의 山陰縣(今 浙江省 紹興市) 사람이다. 어려서부터 文才가 뛰어났으나 과거에 여러 번 실패하였다. 昭宗 龍紀 원년(889)에 진사과에 급제하였고, 이후 시어사와 한림학사, 중서사인 등의 관직을 역임했다.

溪邊(계변)

溪邊花滿枝, 百鳥帶香飛.
下有一白鷺, 日斜翹石磯.

냇가

냇가에 꽃이 만발하였으니,
새들은 향을 품고 나른다.
꽃더미 아래 백로 한 마리,
해질녘 자갈밭서 날개를 편다.

| 詩意 | 봄철의 시냇가 풍경을 묘사하였다. 초등학생의 잘 지은 童詩와 같은 느낌이다.

山居喜友人相訪(산거희우인상방)

秋雨空山夜，非君不此來.
高於剡溪雪，一棹到門回.

산속에서 우인의 내방을 기뻐하다

인적 없는 산에 가을비 오는 밤,
벗이 아니라면 여기 오질 않았지요.
剡溪(섬계)에 눈이 내리던 날 배로,
집 앞에 왔다 돌아간 사람보다 더 낫다오.

| **詩意** | 剡溪(섬계, 剡은 땅 이름 섬)는 浙江省 嵊縣(승현) 남쪽 曹娥江(조아강) 상류. 東晉의 王羲之(왕희지) 아들 王徽之(왕미지)가 雪夜에 興이 나자 이곳으로 戴逵(대규)를 찾아왔다가 눈이 그치자 興도 식어 그대로 돌아갔다.

賣花翁(매화옹)

和烟和露一叢花, 擔入宮城許史家.
惆悵東風無處說, 不教閑地著春華.

꽃 파는 노인

부드러운 연무와 이슬에 젖은 꽃다발을,
짊어지고 궁성의 許氏 史氏의 저택에 갔다.
동풍이 슬퍼 말을 하지 않았지만,
빈 땅에 꽃을 못 피게 하지는 않았다.

| 詩意 | 養花, 賞花, 買花는 아름다움을 좋아하는 天性의 발로이다. 그런데 끼니를 걱정하는 농민이 꽃을 사줄 리 없으니, 꽃을 팔아야 할 상대는 귀족이나 부호이다.

許史家는 전한의 宣帝 許황후의 본가와 宣帝의 外家 史氏이나, 여기서는 당 황실의 외척이나 귀인을 지칭한다. 사실 귀인 부호의 집에도 꽃이 한창 피었을 것이다.

1, 2구는 꽃 파는 늙은이를 그렸다. 꽃을 제값을 받고 팔았는지 아니면 팔지 못했는지는 알 수 없다.

3, 4구는 시인의 감회를 東風의 말로 서술하였다. 여기서 동풍은 봄이다. 봄은 온 세상에 꽃을 피운다. 그렇다고 꽃 파는 노인을 위하여 귀족의 집에 꽃을 못 피게 할 수는 없었을 것이다.

楊花(양화)

不鬪濃華不占紅, 自飛晴野雪濛濛.
百花長恨風吹落. 惟有楊花獨愛風.

버들 꽃

진한 끝색을 자랑하지도, 붉은색을 띠지도 않고,
홀로 청명한 들판을 눈이 내리듯 날아다닌다.
모든 꽃들이 바람에 지니 恨으로 여기지만,
오직 버들 꽃만은 홀로 바람을 좋아한다.

| 詩意 | 버들은 제일 먼저 잎이 피고 서리가 내린 다음에도 푸른 잎을 달고 있다. 모든 나무가 위를 보고 자라지만 버들은 그 가지를 늘어트려 낮은 곳에서 키운다.

잎이 나오면서 약간 노란 꽃이 피고, 하얀 버들 솜이 눈처럼 날려 풀밭에 쌓인다.

버들이 흐느적거리듯 바람에 흔들리는 모양을 싫어하는 사람도 있다.

036

張蠙(장빈)

張蠙(장빈, 생졸년 미상, 字는 象文, 蠙은 진주조개 빈)은 어려서부터 시를 잘 지었는데 〈登單于臺〉에 「白日地中出, 黃河天上來」라는 명구를 남겼다. 그러나 과거에 여러 번 실패했고, 昭宗 乾寧 2년(895)에 급제한 뒤, 校書郎과 지방관을 지냈다. 許棠(허당), 張喬(장교)와 나란한 명성을 누렸다. 王建(왕건, 재위 907－918)이 五代十國 중 蜀國을 건국한 뒤, 그 관직을 받았다.

《全唐詩》 702권은 그의 시를 수록했다.

十五夜與友人對月(십오야여우인대월)

每到月圓思共醉，不宜同醉不成歡.
一千二百如輪夜，浮世誰能得盡看.

보름밤에 벗과 함께 달을 마주하다

매월 달이 둥글면 함께 취하고 싶나니,
응당 함께 취하지 않으면 즐겁지 않다.
1천2백 번 보름달이 뜨겠지만,
浮生의 일생에 누가 그 달을 다 보겠나?

| 詩意 | 백 년을 살 수 있다면 보름달이 1,200번 뜬다. 그중 몇 번을 보겠는가?

벗과 함께 달을 바라보지 않는다면, 또 함께 술에 취하지 않는다면 즐겁지 않다는 구절은 경험이다.

敍懷(서회)

月裏路從何處上, 江邊身合幾時歸.
十年九陌寒風夜, 夢掃蘆花絮客衣.

회포를 적다

달 속에 있는 길을 어디에서 올라갈 수 있나?
강가에 떠도는 이 몸은 언제쯤 돌아가겠나?
십 년간 長安을 떠돌았고, 찬바람 부는 이 밤에,
꿈에선 갈대꽃 풀솜을 모아 나그네 옷을 짓는다.

| 詩意 | 장빈은 집이 가난했고 과거에 여러 차례 낙방한 채 長安에 머물면서 실의 속에 이런 시를 지었다. 十年九陌~의 九陌(구맥)은 都城이니, 곧 長安이다.

登單于臺(등단우대)

邊兵春盡回, 獨上單于臺.
白日地中出, 黃河天外來.
沙翻痕似浪, 風急響疑雷.
欲向陰關度, 陰關曉不開.

선우대에 오르다

변방의 군사는 봄과 함께 돌아가고,
홀로 선우대에 올랐다.
白日은 땅에서 떠오르고,
황하는 하늘 밖서 흘러온다.
모래는 물결 모양으로 쓸렸고,
세차게 부는 바람은 천둥소리를 낸다.
陰關을 지나가려 했지만,
새벽에 음관은 열지 않았다.

| 詩意 | 單于(선우)는 하늘의 아들을 자처하는 흉노의 최고 통치자를 지칭하는 칭호이다. 선우대에 올라 바라본 일출과 황하의 장관을, 그리고 사막의 모래와 바람을 장엄하고 또 실감나게 묘사하였다.

夏日題老將林亭(하일제로장림정)

百戰功成翻愛靜, 侯門漸欲似仙家.
牆頭雨細垂纖草, 水面風回聚落花.
井放轆轤閑浸酒, 籠開鸚鵡報煎茶.
幾人圖在淩煙閣, 曾不交鋒向塞沙.

여름날 老將의 숲속 정자에서 짓다

수많은 전공을 세웠지만 도리어 淸靜을 좋아하니,
제후의 가문보다 신선의 생활을 닮으려 한다.
담장을 적신 보슬비는 연약한 풀에도 내리고,
수면을 거친 바람은 떨어진 꽃잎을 쓸어 모은다.
우물의 멈춰선 도르래에 일없어 술독을 매달았고,
열린 새장의 앵무새는 찻물을 끓이라 흉내 낸다.
공신 몇 사람이나 능연각에 그려지겠는가?
전투 경험도 없이 예전에 변새 사막에 갔었다.

| 詩意 | 무장으로 전투에 승리하면 대개의 경우 제후에 봉해졌다. 이 시의 老將은 제후의 영광보다 仙家의 청정생활을 좋아한 사람이다.

도르래에 두레박을 연결하여 물을 퍼 올리지만, 두레박 대신 술 항아리를 매달아서 우물 수면에 반쯤 담가놓는데, 이는 냉장고를 대신하는 방법이었다. 淩煙閣(능연각)은 당 태종이 房玄齡,

杜如晦 등 개국 공신 24명의 초상화를 그려 보관한 전각이다. 공신들의 초상화는 閻立本(염입본)이 그렸다.

037

韓偓(한악)

韓偓(한악, 844 – 914?, 偓은 신선 이름 악, 韓渥으로도 쓴다)의 字는 致堯(치요) 또는 致光이고, 玉山樵人(옥산초인)이라 자호했다. 昭宗 龍紀 원년(889) 진사가 된 뒤에 兵部侍郎과 翰林學士 등을 역임하였다. 당을 멸망시킨 절도사 朱全忠과의 알력으로 폄직되었다가 나중에 복관되었으나 관직에 나가지 않았다.

그는 李商隱의 同壻(동서)인 韓瞻(한첨)의 아들로 일찍부터 李商隱으로부터 인정도 받았고 指導도 받았다. 艶麗(염려)한 詩作이 많고 時亂을 걱정하며 愛國衷情(애국충정)의 시도 썼다. 그의 시집으로 《香奩集(향렴집)》이 전한다.

兩處(양처)

樓上澹山橫, 樓前溝水清.
憐山又憐水, 兩處總牽情.

양쪽

누각 뒤로는 말 없는 산이 가로누웠고,
누각 앞에는 깨끗한 냇물이 흐른다.
산도 그리웁고 물도 다 좋아하니,
양쪽 모두에 정이 언제나 끌린다.

| 詩意 | 산과 물을 다 좋아한다 – 당연한 말이다. 산을 좋아한다고 물이 싫은 이유가 있겠나? 물을 좋아하니 산을 좋아해서는 안 되는가? 하나만을 골라야 할 이유가 없을 것이다.

韓偓(한악)의 시는 《全唐詩》 680권~683권에 수록되었다.

效崔國輔體(효최국보체) 四首 (其一)

澹月照中庭, 海棠花自落.
獨立俯閒階, 風動鞦韆索.

최국보의 詩體를 본받아 지은 四首 (1 / 4)

은은한 달빛 가온 뜰을 비추고,
해당화는 절로 꽃잎이 진다.
우두커니 서서 빈 계단을 보니,
바람에 그네 줄이 흔들린다.

效崔國輔體(효최국보체) 四首 (其二)

雨後碧苔院, 霜來紅葉樓.
閒階上斜日, 鸚鵡伴人愁.

최국보의 詩體를 본받아 지은 四首 (2 / 4)

비가 그친 뜨락엔 푸른 이끼,
서리 내린 누각엔 붉은 단풍.
계단 위에 조용히 비친 햇살,
앵무 혼자 수심 찬 나를 벗한다.

| 詩意 | 崔國輔(최국보, 678? - 758?)는 吳郡(浙江省 蘇州) 사람으로, 개원 연간에 급제하고 許昌令을 지냈으며, 나중에 집현전 학사가 되었다. 최국보는 맹호연, 이백과 두루 교유했으며, 그의 오언절구는 매우 뛰어나나는 평을 받았다.

이 시는《全唐詩》683권에 수록되었다.

已涼(이양)

碧闌干外繡簾垂, 猩色屛風畫折枝.
八尺龍鬚方錦褥, 已涼天氣未寒時.

서늘해진 뒤에

푸른 난간 밖에 수놓은 발이 드리웠고,
붉은 병풍에는 꽃가지 그림을 그렸다.
여덟 자 용수방석, 비단 이불 반듯한데,
이미 날은 서늘하지만 아직은 춥지 않다.

| 詩意 | 이 시는 경물만을 묘사하고 서정이 없이 閨怨을 읊은 豔體詩(염체시, 豔은 고울 염)이다. 제목의 已涼은 마지막 구에서 그대로 따왔다. 前 三句는 잘 차려진 규방의 모습이다. 밖에서부터 난간 – 繡簾(수렴) – 방안의 병풍 – 龍鬚(용수) 방석 – 비단 침구가 차례대로 보인다. 가을이 되었지만 아직 늦더위도 남아 있어 춥지 않다는 뜻은 무엇을 의미하는가? 한악의 시는 경쾌하지만 섬세하고 나약하다는 평을 듣는다.

이 시는 《唐詩三百首》에도 수록되어 널리 알려졌다.

醉着(취착)

萬里淸江萬里天, 一村桑柘一村煙.
漁翁醉著無人喚, 過午醒來雪滿船.

술에 취하다

일만 리 맑은 강에 일만 리 하늘이고,
이쪽 마을은 뽕나무에, 저쪽은 구름에 싸였다.
늙은 어부가 취했으니 부르는 사람 없고,
한낮 지나서 깨어나니 배에 눈이 가득하다.

| 詩意 | 그림 같은 풍경에 소리 없이 눈이 내린 강가의 풍경이다.

시인이 그린 그림 속에 들어 있는 이 늙은 어부는 오늘은 비록 술에 취했지만 다른 날은 열심히 일하는 착한 사람일 것이다.

自沙縣抵龍溪縣～(자사현저용계현)

水自潺湲日自斜, 盡無雞犬有鳴鴉.
千村萬落如寒食, 不見人煙空見花.

사현에서부터 용계현까지～

물은 절로 졸졸 흐르고 해는 혼자 지는데,
개나 닭은 어디든 없고 까마귀만 울고 있다.
모든 마을과 동네가 한식날인 양,
사람 밥 짓는 연기 안 보이고 실없이 꽃만 피었다.

| 詩意 | 이 시의 정식 제목은 〈自沙縣抵龍溪縣, 值泉州軍過後, 村落皆空, 因有一絶〉이니, 그 뜻은 〈하현에서 용계현까지 泉州軍이 지나간 뒤에 촌락이 완전히 비었기에 절구를 짓다〉이다. 사현, 용계현, 泉州는 모두 지금 福建省(복건성) 지역의 지명이다.

泉州에 주둔하는 관군이 어떤 일로 반란을 일으켰거나 불평불만으로 그 일대의 촌락을 완전히 노략질했을 것이다.

닭이나 개 한 마리도 없고 사람 사는 연기가 보이지 않는다 하였으니 그 참상을 짐작할 수 있다. 나라의 말기적 현상 아래 고통받는 계층은 언제나 농민들이다.

忍笑(인소)

宮樣衣裳淺畫眉，晚來梳洗更相宜.
水精鸚鵡釵頭顫，擧袂佯羞忍笑時.

웃음을 참다

궁정 스타일 의상에 옅게 그린 눈썹,
저녁 머리 빗고 화장하니 더욱 고와라!
비녀 끄트머리 수정 앵무가 흔들리고,
옷소매 들어 부끄러운 듯, 웃음을 참는다.

| 詩意 | 한악은 그의 艶體詩(염체시)를 모은 《香奩集(향렴집)》으로 유명하다. 한악은 '아름답고 고운 것으로 뜻을 얻은 의미' 라면서 규중의 애정과 여안들의 복식 자태 등을 묘사하였으며 가끔은 여인의 色情을 묘사한 것도 있다. 한악의 염체시는 溫庭筠(온정균)보다 더 관능적이고 농염하다. 아마 이모부인 李商隱의 영향도 받았을 것이다.

深院(심원)

鵝兒唼啑梔黃觜，鳳子輕盈膩粉腰.
深院下簾人晝寢，紅薔薇架碧芭蕉.

안채

새끼 거위는 치자색 노란 주둥이로 꽥꽥거리고,
호랑나비는 가벼이 허리에 꽃가루를 모은다.
깊은 안채에 주렴을 치고 낮잠 자는 사람,
시렁에 핀 붉은 넝쿨 장미와 파란 파초.

| 詩意 | 참 한가로운 정경이다. 농부들은 생각할 수도 없는 한가한 여유 – 지금 낮잠을 자는 사람은 어젯밤에 몹시 피곤했을 것이다.

寒食夜(한식야)

清江碧草兩悠悠, 各自風流一種愁.
正是落花寒食夜, 夜深無伴倚南樓.

한식날 밤

맑은 강과 푸른 풀 모두 유유히 이어졌고,
각각 멋이 있다만 나름 시름을 안고 있다.
바로 꽃이 한창 지는 한식날 밤에,
깊은 밤 홀로 남쪽 누각에 기대섰다.

| 詩意 | 봄이 한창 무르익은 한식날의 야경을 읊었다.

맑은 강과 푸른 풀밭은 정말 유유히 흐르고, 또 푸른빛을 더하고 있다. 강은 조용히 흐르며, 초원은 초원대로 운치가 있지만 시인에게는 무엇인가 풀어버릴 수 없는 아쉬움이 있다. 결국 잠을 못 이루고 한밤에 홀로 누각에 올라 시름을 삭힌다.

野寺(야사)

野寺看紅葉, 縣城聞擣衣.
自憐癡病苦, 猶共賞心違.
高閣正臨夜, 前山應落暉.
離情在煙鳥, 遙入故關飛.

들판의 절

들 가운데 절에서 붉은 꽃을 보는데,
옷 다듬질 소리가 성 안에서 들린다.
癡情(치정)의 고통을 스스로 연민하며,
그래도 서로가 같은 듯 생각은 다르다.
높다란 누각에 밤이 찾아 들려고,
앞산엔 석양의 햇무리가 어른댄다.
별리의 정을 석양의 새에 부치니,
새는 멀리 옛 고향으로 날아간다.

| 詩意 | 들판 가운데 자리 잡은 절 – 심산유곡의 절과 다른 느낌이다. 성 안의 다듬이질 소리가 들리는 읍내와 가까운 거리이다.

거기서 해질녘에 온갖 상념에 젖는다. 정은 명령으로 함께할 수 없다. 치정에 매여 고통을 받는다면 생각이 같은 듯 다른 것이다. 하여튼 알 수 없어라! 석양을 날아가는 새에게 시인은 상념을 실어 보낸다.

春盡(춘진)

惜春連日醉昏昏，醒後衣裳見酒痕.
細水浮花歸別澗，斷雲含雨入孤村.
入閒易有芳時恨，地勝難招自古魂.
慚愧流鶯相厚意，清晨猶爲到西園.

가는 봄

아까운 봄날이라고 날마다 정신없이 마셨더니,
술을 깨고 보니 옷에 술 흘린 자국이 남았다.
꽃잎 떠내려간 작은 내는 다른 냇물과 합치고,
비를 머금은 조각구름은 외진 마을로 떠간다.
한가한 여유에 쉽게도 봄날의 시름에 잠기나니,
궁벽한 마을이라 옛 혼백을 불러내기도 어렵다.
마음이 부끄러우나, 앵무는 좋은 뜻을 품고서,
청량한 새벽에 나를 찾아 여기 西園에 왔구나!

| 詩意 | 봄에서 여름으로 옮겨갈 때, 참 좋은 계절이니, 술을 많이 마신다. 술이 깬 뒤, 망연자실한 듯, 혼자서 온갖 상념에 젖게 된다.

시인 혼자만의 생각을 완곡하게 표현했으니, 이 시를 구체적 실질적으로 해석하려 한다면 무리가 간다.

그냥 두루뭉술 풀이하고 대략 이해하면 된다. 이런 시일수록 정말 필요한 것은 '不求深解' 라 할 수 있다.

한악이 가족을 이끌고 객지에서 타인에 의지할 때, 자신의 처량한 신세를 한탄했다고 볼 수도 있다. 하여튼 서글픈 마음이니 꾀꼬리가 고운 목소리로 위로해주나 보답할 방법이 없다는 처량한 탄식이라고 그 주제를 파악해도 괜찮을 것이다.

安貧(안빈)

手風慵展一行書, 眼暗休尋九局圖.
窗裡日光飛野馬, 案頭筠管長蒲盧.
謀身拙爲安蛇足, 報國危曾捋虎鬚.
擧世可能無默識, 未知誰擬試齊竽.

가난에 안주하다

떨리는 손으로 마지못해 서신을 펴 읽어보고,
혼미한 눈이라 九局圖를 훑어보지도 못한다.
창문에 들어온 빛에 작은 먼지가 날아다니고,
책상 위 筆筒에 나나니 벌새끼가 크고 있다.
졸렬한 방책은 일신을 지키려 사족을 왜 달았고,
報國한다면서 호랑이 수염을 잡아당겼다.
세상 모두가 말 없어도 알아줄 수 있다지만,
누구가 피리 불 줄 모르는 사람을 골라내겠나?

| 詩意 | 手風은 風症(풍증)으로 떨리는 손이다. '一行書'는 '八行書'로 된 책도 있는데, 書札(서찰)이다. 眼暗은 눈이 혼미하다는 뜻이고, 尋은 찾을 심, '九局圖'는 棋譜(기보)이다.

이 首聯에서는 安貧의 대략을 서술했다. 여기서 안빈은 경제적 곤궁을 지칭하면서 정치적 失意를 포함한다.

韓偓(한악)은 당의 멸망을(907년) 직접 목격했고, 朱全忠의 後

梁 건국을 지켜보면서 주전충에게 협조하지 않았기에 실직한 상태로 지금의 福建省과 廣東省 일대를 떠돌고 있었다.

'窗裡日光飛野馬' 의 野馬는 공중에 떠다니는 작은 아지랭이로 번역할 수도 있다. 筠管(균관)은 붓통, 筆筒이고, 蒲盧(포로)는 작은 나나니벌(細腰蜂)인데, 가구의 작은 틈에 알을 낳아 새끼를 키운다고 하였다. 이 함련에서는 安貧의 미세한 부분을 서술하여 안빈 속에 한없이 무료한 세월을 보내는 모습을 그렸다.

蛇足(사족)의 뜻은 다 알 것이고, 한악이 唐에 충성한다고 했지만 朱溫(주온, 朱全忠)의 노여움을 샀는데, 이를 호랑이 수염(虎鬚, 호수)을 잡아당겼다(捋은 잡어서 뽑을 날, 랄)고 하였으니, 頸聯(경련)에서는 자신의 뜻과 의도가 성공하지 못한, 곧 자신의 정치적 실의와 좌절을 언급하였다.

尾聯에서는 자신의 안빈을 감수한다는 뜻보다는 세상을 바로잡아주기를 바라는 자신의 희망을 언급하였다.

齊 宣王은 竽(피리 우)의 연주를 좋아하며 3백 명 악공을 시켜 합주하게 하였다. 피리를 불 줄 모르는 南郭處士(남곽처사)는 우연히 악대에 뽑혔고 몇 달간 녹봉을 받으며 살았다. 선왕 다음에 湣王(민왕)은 피리 독주를 좋아하여 악공 개개인을 불러 연주케 하였다. 이에 피리를 부는 척했던 남곽처사는 슬그머니 자취를 감췄다.

곧 누군가가 세상을 바로잡으며 유능한 인재를 등용해주기를 희망했다.

傷亂(상란)

岸上花根總倒垂, 水中花影幾千枝.
一枝一影寒山裡, 野水野花淸露時.
故國幾年猶戰鬥, 異鄕終日見旌旗.
交親流落身羸病, 誰在誰亡兩不知.

전쟁의 상흔

강가의 꽃의 뿌리가 모두 거꾸로 섰고,
물속에 비친 수천 가지의 꽃 그림자.
쓸쓸한 산속 꽃가지 하나에 그림자 하나,
벌판의 냇가와 꽃에 맑은 이슬이 내릴 때.
고향은 몇 년간 여전히 싸움터가 되었고,
타향인 여기도 종일 정기가 펄럭인다.
헤어진 벗과 친척에 야위고 병든 이 몸,
누가 살았고 누가 죽었는지 서로 모른다.

| 詩意 | 당나라 말기는 이민족의 침입이 아닌 내부 절도사들의 발호와 세력 다툼 때문에 전투와 혼란이 계속되었다. 이들 亂臣에 의한 혼란 속에 한악은 그 참상을 시로 읊었다. 참상의 실제 모습의 상세한 서술이 아닌, 서로 상관없는 내용 같으나 감상할수록 깊은 상처가 파였음을 느낄 수 있다.

038
杜荀鶴(두순학)

杜荀鶴(두순학, 846? – 907)의 字는 彦之(언지)이고, 호는 九華山人이다.

杜牧이 버린 妾의 所生으로 알려졌는데 排行이 第十五라서 보통 '杜十五'라고 부른다. 어려서부터 好學했지만 46세에 겨우 진사가 되었다. 五代의 後梁 太祖(朱全忠)가 당을 멸망시킨 뒤 翰林學士에 임명하였으나 겨우 五日만에 죽었다고 한다.

두순학의 시는 張籍(장적)이나 白居易을 계승했다고 볼 수 있는데, 詩語가 平易(평이)하고 통속적이며 詩意가 明瞭(명료)하다고 평할 수 있다.

두순학의 시는 300여 편이 전해오는데 五言과 七言의 律詩가 우수하다. 그의 시는 당 말기의 혼란과 현실을 묘사한 내용이 많은데, 황소의 난 이후 당 사회상을 잘 반영하고 있다. 그의 시집으로는 《唐風集》 3권이 있다.

두순학의 시는 《全唐詩》 691~693권에 수록되었다.

釣叟(조수)

茅屋深灣裏，釣船橫竹門.
經營衣食外，猶得弄兒孫.

늙은 어부

깊은 물굽이 안쪽 초가에,
낚싯배는 대쪽 문에 매여 있다.
의식을 해결하는 일 말고도,
손자와 놀아 주어야만 하네.

| 詩意 | 늙은 어부의 생활에 무슨 욕심이 있겠나?
의식만 해결하면 그뿐이며, 그 사는 재미가 무엇이겠는가?
손자 재롱을 보면서 같이 웃는 것이지!

感寓(감우)

大海波濤淺，小人方寸深.
海枯終見底，人死不知心.

느낌

大海의 파도도 깊지 않으나,
소인의 한치 속마음은 깊다.
바다가 마르면 바닥을 볼 수 있지만,
사람은 죽어도 마음을 알 수 없도다.

| 詩意 | 바다와 소인을 비교하였다.

소인의 좁은 소견, 보통 사람의 속마음도 정말 알 수가 없다. 天理는 본래 모든 사람의 마음속에 있고(天理自在人心), 사람이면 다 같은 마음이고(人同此心), 마음 이치는 모두 같다(心同此理)고 생각할 수 있다.

그렇지만 위난에 처하면 그 인심을 볼 수 있다(危難之中見人心). 군자의 도량에 대장부의 마음(君子量丈夫心)이면 좋으나, 군자다운 외모에 소인의 마음(君子貌小人心)을 가진 사람이 의외로 많다.

강산은 보이는 대로 생각할 수 있지만 민심은 헤아리기 어렵고(江山好量, 民心難測), 날씨가 자주 변하듯 인심 또한 자주 바뀌니 알 수가 없다(風雲多變, 人心難測).

春閨怨(춘규원)

朝喜花豔春, 暮悲花委塵.
不悲花落早, 悲妾似花身.

봄날 규방의 원망

봄날 아침엔 고운 꽃에 기뻐하고,
저녁엔 먼지 속에 지는 꽃이 서럽다.
꽃이 일찍 진다고 서럽지는 않으나,
꽃의 신세와 같은 이 몸이 서럽다오.

| 詩意 | 꽃과 여인은 무슨 공통점이 있는가?

'사람에게 천일 내내 좋은 날만 있지 않고(人無千日好), 백일 내내 붉은 꽃 없다(花無百日紅).' 고 하였다.

'집의 꽃은(아내) 들꽃만큼(娼女) 향기롭지 않으나(家花不如野花香), 들꽃은 집의 꽃만큼 오래가지 않는다(野花不如家花長).' 고 하였다.

곧 진실한 애정은 역시 아내이다.

溪興(계흥)

山雨溪風卷釣絲，瓦甌蓬底獨斟時.
醒來睡著無人喚，流下前溪也不知.

계곡의 재미

산에 비 오고 계곡 바람에 낚싯줄 거두고,
때로 배 지붕 아래서 사발에 혼자 따라 마신다.
취해 잠들어 불러 깨우는 사람도 없으니,
여울 앞까지 흘러 내려간 줄도 몰랐네.

| 詩意 | 구속당하지 않는 隱逸(은일) 생활의 즐거움을 묘사하였다. 이런 생활이 청빈이라 할 수 있겠지만 누군가 도와주거나 또는 어디선가 衣食을 해결할 수 있기에 이런 安息을 즐길 수 있을 것이다.

再經胡城縣(재경호성현)

去歲曾經此縣城, 縣民無口不冤聲.
今來縣宰加朱紱, 便是生靈血染成.

胡城縣을 다시 지나며

지난 해 이곳 縣의 城을 지나갔는데,
원망하지 않는 현의 백성이 없었다.
이번에 오니 현령이 붉은 관복을 입었으니,
바로 백성들의 붉은 피로 물들인 것이라.

| 詩意 | 현령이 백성들을 지독하게 착취하면서 윗자리에 뇌물을 썼을 것이고, 그래서 승진하여 4품이나 5품관이 입는 붉은 관복을 입고 있다는 이야기이다.

그러니 그 붉은 관복은, 곧 살아 있는 백성들의 피로 물들였다는 뜻이다.

贈質上人(증질상인)

蘖坐雲遊出世塵，兼無缾鉢可隨身.
逢人不說人間事，便是人間無事人.

質 스님에게 보내다

나무 아래 참선하고 구름처럼 속세를 떠돌고,
바가지나 바리때조차 몸에 지닌 적 없었다.
사람을 만나도 세속적 일을 말하지 않으니,
이분이 바로 속세에 아무 일도 없는 사람이다.

| 詩意 | '質' 이라고 부르는 和尙에게 보내는 詩이다. 上人은 스님에 대한 존칭이다.

蘖坐(얼좌)는 나무 그루터기에 앉아 참선한다는 뜻이고, 缾鉢(병발)은 호로병이나 食器인 바리때(바루)이다. 첫 구는 上人의 脫俗을, 承句는 無所有를, 그리고 轉句는 속세에 대한 무관심으로 質上人을 추앙했다.

요즈음 세속 일에 너무 많이 관여하거나 세속인의 칭송을 얻거나 관심을 끌려는 승려가 있지만, 중국에서도 승려에 대한 호평과 악평은 늘 존재했다.

한 글자로 말하면 중이고(一個字便是僧), 두 글자로는 화상이고(兩個字是和尙), 세 글자로는 귀신과 노는 관리이며(三個字鬼樂官), 네 글자는 색에 굶주린 아귀(四字色中餓鬼)라는 속담이 있다.

小松(소송)

自小刺頭深草裏, 而今漸覺出蓬蒿.
時人不識凌雲木, 直待凌雲始道高.

작은 소나무

조그만 싹이 우거진 풀 틈에서 머리 내밀고,
지금은 점점 자라서 쑥대보다 키가 커졌다.
사람들은 구름까지 닿으리라 생각 못 하지만,
구름보다 높아져야 큰 나무라고 말한다.

| 詩意 | 소나무를 사람에 비유하여 읊었으니, 그 비유와 寓意(우의)가 매우 深長(심장)하다. 소나무는 萬木이 조락할 때 홀로 푸르며, 바람과 눈을 이기며 태연자약하다. 구름에 닿고, 구름보다 더 높이 자란 거목도 그 시작은 다른 나무의 새싹과 다르지 않다.

두순학은 출신이 한미했다. 재능이 뛰어났지만 불우한 역경에서 뜻을 펼 수 없었다. 구름에 닿을 만큼 자랄 수가 없었다. 두순학이 읊은 〈작은 소나무〉는 뜻을 이루지 못한 시인의 염원이 담겨있다.

정원에서 천리마를 달리게 할 수 없고(庭園裏跑不開千里馬), 화분에서 천년 송을 길러낼 수 없다(花盆裏育不出千年松). 하늘에 닿는 소나무는 결코 하루에 큰 것은 아니다(松高百丈, 幷非一天長成).

題新雁(제신안)

暮天新雁起汀洲，紅蓼花疎水國秋.
想得故園今夜月，幾人相憶在江樓.

새로 온 기러기

저녁 무렵 새로온 기러기 물가서 날아오르고,
붉은 여귀꽃 몇 송이 핀 호숫가의 가을이다.
고향을 그리는 이 밤, 저 달을 바라보고,
몇 사람이 강가 누각에 있는 나를 생각하겠나?

| 詩意 | 기러기는 가을의 상징이다.

또 먼 곳을 날아오기에 고향에서 보내오는 소식을 의미할 때도 있다. 汀洲(정주)는 강가의 땅, 냇가 주변이다. 나는 객지서 고향을 그리지만 고향에서는 나를 몇 사람이나 나를 생각하겠느냐고 묻고 있다.

《全唐詩》 693권에 수록. 一作 羅鄴(나업)의 詩라는 주석이 있다.

訪道者不遇(방도자불우)

寂寂白雲門，尋眞不遇眞.
秖應松上鶴，便是洞中人.
藥圃花香異，沙泉鹿跡新.
題詩留姓字，他日此相親.

도사를 찾아갔으나 만나지 못하다

인적 없는 흰 구름 사이 대문으로,
眞人을 찾아갔으나 만나지 못했다.
鶴만이 소나무에서 진인을 응대하니,
정말로 仙洞의 仙人이어라.
약초밭에는 꽃향기가 특이하고,
샘물 옆 모래에 사슴 자국이 또렷하다.
시를 지어 이름자를 남겨놓았으니,
다른 날 여기서 만날 수 있으리라.

| 詩意 | 중국에서는 도교의 영향으로 道士에 대한 대우와 평가가 좋았다. 본래 凡人이 수행을 쌓아야 신선이 될 수 있는데, 사람들은 수행도 하지 않고 신선이 되길 바란다. 그러나 늙은 신선은 젊은 이만 못하다고 하였다.

送友遊吳越(송우유오월)

去越從吳過, 吳疆與越連.
有園多種橘, 無水不生蓮.
夜市橋邊火, 春風寺外船.
此中偏重客, 君去必經年.

吳越에 놀러가는 벗을 전송하다

越에 가려면 吳를 지나가야 하고,
吳의 강역은 越과 연접하였다.
정원에는 귤나무를 많이 심었고,
물이 있으면 어디든 연꽃이 자란다.
교량 주변 夜市에는 불이 밝고,
봄바람 불면 절 밖엔 배가 많다.
그곳은 어디든 손님을 잘 접대하니,
벗께서 간다면 필히 1년을 걸리겠지요.

| 詩意 | 吳越의 남방 풍요와 美景을 읊었다. 온난한 지역이고, 황하 유역과는 크게 다른 환경이다. '此中偏重客'의 偏은 두루. 그곳 전부가 손님을 귀하게 접대한다는 뜻이다.

春宮怨(춘궁원)

早被嬋娟誤，欲妝臨鏡慵.
承恩不在貌，敎妾若爲容.
風暖鳥聲碎，日高花影重.
年年越溪女，相憶採芙蓉.

봄날 궁중의 한

전에 곱다고 뽑힌 것이 잘못됐으니,
이젠 꾸미려 거울보기도 싫어졌다오.
은총 받기가 미모에 있지 않거늘,
나는 어떻게 꾸며야 하나요?
봄날 따스하면 새들이 지저귀고,
해가 높아지면 그림자도 겹쳐집니다.
해마다 월계의 여인들은,
부용을 따던 나를 그리겠지요.

| 詩意 | 이 시가 周朴(주박)의 詩라는 주장도 있다.

〈春宮怨〉(봄날 궁녀의 슬픔)이라는 제목과 달리 弦(絃)外之音(현외지음 – 말속에 숨은 뜻)이 있다. 제목에 있는 春이라는 글자가 詩에 없어도 봄날의 정경이 눈에 그려지며, 직접적인 원성이 없어도 그 한을 느낄 수 있다.

首聯에서는 미모가 있다 하여 뽑혀 들어온 것이 잘못된 시작이었고, 지금은 꾸미고 싶은 의욕도 잃었다고 하였다.

頷聯에서는 承恩은 용모에 있지 않으니 다른 길을 모르겠다는 더 큰 불평을 묘사하였다.

경련에서는 분위기를 바꿔 봄 경치를 서술하였지만 단순한 敍景이 아니라 結聯을 위한 바탕으로 새의 지저귐과 꽃 그림자의 因果를 논리적으로 설명하였다. 이 '風暖에 鳥聲碎하고 日高에 花影重하다.' 는 명구로 널리 애송되고 있다.

그리고 尾聯에서는 고향 사람들은 나도 서시처럼 사랑을 받을 것이라 생각하겠지만 현실은 정반대라는 슬픔을 완곡하게 표현하였다. 이 尾聯을 읽고 나면 다시 首聯의 '早被嬋娟誤하고' 頷聯의 '承恩은 不在貌라.' 의 구절이 진리로구나 하는 느낌이 온다.

궁인의 용모가 아무리 고와도 은총을 받기는 아마 天運 아니면 運命일지도 모른다. 문사가 아무리 학식이 출중하더라도 급제나 아니면 높이 등용되는 것 역시 운명일 것이다.

시인이 시를 쓰는 그 시간의 고관대작은 모두 학문이 출중해서 높이 올랐는가? 그렇다면 궁녀의 한은 시인의 한과 상통한다.

그리고 '여인은 자신을 즐겁게 해주는 사람을 위해 화장을 한다(女爲悅己者容也).' 라는 말과, '志士는 자신을 알아주는 사람을 위해 죽을 수 있다(士爲知己者死).' 는 시인의 뜻을 말한 것이다. 본래 미인은 붉은 脂粉을 아끼고(佳人惜紅粉), 열사는 보검을 애지중지한다(烈士愛寶劍).

山中寡婦(산중과부)

夫因兵死守蓬茅, 麻苧衣衫鬢髮焦.
桑柘廢來猶納稅, 田園荒後尙徵苗.
時挑野菜和根煮, 旋斫生柴帶葉燒.
任是深山更深處, 也應無計避征徭.

산속 마을의 과부

남편은 군대 나가 죽어 초가를 지키며 사는데,
삼베 옷, 흐트러진 머리채에 초췌한 모습이다.
누에를 치지 못해도 세금은 납부해야 하고,
황폐한 논밭인데도 여전히 田租를 징수한다.
가끔은 야채와 풀뿌리를 삶아 먹고,
도끼로 生木을 베고 잎을 모아 불 땐다.
이처럼 여기 深山에 더 외진 곳이나,
나라의 징발과 부역을 피할 방법이 없다.

| 詩意 | 산속에 숨어사는 전쟁 과부의 비참한 운명과 참상을 사실대로 기록하였다.

亂後逢村叟(난후봉춘수)

經亂衰翁居破村, 村中何事不傷魂.
因供寨木無桑柘, 爲著鄕兵絶子孫.
還似平寧徵賦稅, 未嘗州縣略安存.
至於雞犬皆星散, 日落前山獨倚門.

난리 끝에 산골 노인을 만나다

난리 겪은 노쇠한 노인은 황폐한 마을에 사는데,
마을의 모든 일에 마음 상하지 않은 때가 없다.
보루의 재목 공출에 뽕나무조차 없어졌고,
鄕兵에 차출되어 죽었기에 자손까지 끊겼다.
거기에 평소처럼 부세를 징수하면서,
州縣의 관리들은 백성을 불쌍히 생각도 안한다.
심지어 닭과 개조차 전부 흩어졌기에,
앞산에 해가 졌는데, 홀로 사립문에 기대섰다.

| 詩意 | 맨 마지막 구절이 가장 슬프다. 노인은 누구를 기다리는가? 일을 늦게 끝내고 돌아올 아들도 없는데, 시집간 딸이 오기로 했어도 날이 밝을 때 벌써 왔겠지!

지는 해를 바라보며 외로움에 혼자 울고 있으리라! 다른 집의 자식들도 자식이 돌아오기를 기다리는 부모의 심정을 모를 것이다. 부모가 언제 가장 마음 아픈지 자식들은 모르리라!

自敍(자서)

酒甕琴書伴病身，熟諳時事樂於貧.
寧爲宇宙閒吟客，怕作乾坤竊祿人.
詩旨未能忘救物，世情奈値不容眞.
平生肺腑無言處，白髮吾唐一逸人.

자서

술단지, 비파, 책을 벗하는 병든 몸,
세상일을 잘 알지만 청빈을 즐긴다.
차라리 이 우주의 한가한 시인이 될지언정,
하늘과 땅 사이에 국록을 훔치는 사람일까 두렵다.
詩旨는 잊어서는 안 될 세상을 구원할 도구지만,
세태는 어이하여 참된 인재를 수용하지 못하는가?
평생에 품은 뜻을 말할 곳도 없지만,
백발로 늙은 이 몸은 唐의 逸民의 하나이다.

| 詩意 | 시인이 처한 암울한 世態와, 뜻이 있어도 실천할 수 없으며, 재능을 품고도 때와 주군을 만나지 못하는 불운을 노래한 자서전의 축약이다.

039
鄭谷(정곡)

鄭谷〔정곡, 849－911, 字는 守愚(수우)〕은 江西 袁州(원주, 今 江西省 북서부 宜春市) 사람으로, 부친과 형 모두 시인으로 명성이 있었다고 하는데, 정곡도 죽마를 탈 때부터 시를 읊었다. 정곡은 僖宗 光啓 3년(887)에 進士에 급제한 뒤 右拾遺와 都官郎中 등을 역임했다. 황소의 난 중이라서 관직생활이 순탄치 않았다.

詩 〈鷓鴣(자고)〉를 통해 세상에 경종을 울렸다 하여 鄭鷓鴣(정자고)로 불렸다. 그가 은거 중에 詩僧 齊己(제기)의 시를 한 수 고쳐주어 齊己의 '一字之師'가 되었다는 이야기는 매우 유명하다.

感興(감흥)

禾黍不艷陽, 競栽桃李春.
翻令力耕者, 半作賣花人.

감흥

밭곡식은 햇볕 아래서도 곱지 않다고,
봄날에 복숭아꽃을 다투듯 심었다.
나라법이 바뀌어 농사짓던 백성들,
절반은 꽃 파는 사람이 되었다고 한다.

| 詩意 | 지금이야 농업의 비중이 중요하지 않지만, 옛날에는 '農者天下之大本' 이었다. 그런데 절반이 花卉(화훼)에 종사자가 되었다는 말은 '末利를 쫓으며 根本을 망각한 일' 이며 浮華(부화)와 사치를 추구한다는 뜻이었다.

정곡의 시는《全唐詩》674~677권에 수록되었다.

採桑(채상)

曉陌携籠去，桑林路隔淮.
何如鬪百草，賭取鳳皇釵.

뽕따기

새벽 밭두렁에 바구니를 들고 가서,
뽕밭은 淮水와 길을 사이에 두고 있다.
어떻게 풀싸움을 했는지 모르나,
내기에 이긴 사람이 봉황 비녀를 차지했다.

| 詩意 | 소 먹일 꼴을 베러 가서 낫을 던지며 풀전치기를 한다. 풀을 뽑아서 풀에서 나오는 즙을 가지고 내기를 겨룬다. 하여튼 어른이든, 아이든 내기나 시합을 즐겨한다.

그런데 뽕 따러 가서 풀싸움을 한 결과, 봉황이 조각된 비녀를 차지했다는 것은 아이나 젊은 사람의 분수에 맞지 않는다.

하여튼 言外의 뜻이 있는 시이다.

席上贈歌者(석상증가자)

花月樓臺近九衢，淸歌一曲倒金壺.
座中亦有江南客，莫向春風唱鷓鴣.

연석에서 노래하는 사람에게 주다

꽃과 달빛의 누각은 큰 거리에 가까워서,
맑은 한 가락이 물시계 소리에 뒤섞인다.
좌중에 강남의 나그네도 있을 것이니,
봄바람 마주하며 자고곡은 부르지 말게.

| 詩意 | 물시계는 큰 거리에 여러 사람이 볼 수 있게 설치했고, 金壺(금호)는 물시계의 물을 받는 항아리이다.

鷓鴣(자고)새는 알록달록하고 아름다운 날개를 가진, 꿩과 비슷하지만 비둘기보다는 덩치가 큰 메추리 과에 속하는 새인데, 중국 화남지방에 널리 분포한다는 설명이 있다. 그리고 자고곡은 길 떠난 나그네 빨리 돌아오라는 애절한 노래라고 한다.

이별, 먼 길 가는 나그네, 그리고 고향으로 가고픈 마음은 진실한 경험이며 마음이기에 시의 소재로 알맞을 것이다.

淮上漁者(회상어자)

白頭波上白頭翁，家逐船移浦浦風.
一尺鱸魚新釣得，兒孫吹火荻花中.

회수의 어부

하얗게 파도가 치는 강가의 늙은 영감,
배 타고 옮겨 사는 가족이니 포구마다 바람뿐이다.
한 자짜리 농어를 방금 낚시로 잡았는데,
아들과 손자가 물 억새꽃 사이에 불을 피운다.

| 詩意 | 우리나라에는 없지만, 중국에는 강을 따라 배를 타고 옮겨 다니며 사는 주민이 있다고 한다. 강을 따라 내려가고 거슬러 오르면서, 농사철에는 농가에 품을 팔고, 물고기도 잡고, 잔칫집에 가서 음식을 만들어주며, 배 주변에 오리도 키우면서 사는데, 배에서 아들 딸 결혼도 시키면서 일생을 지낸다. 그런 가족의 즐거운 한때를 그렸다.

淮上與友人別(회상여우인별)

揚子江頭楊柳春，楊花愁殺渡江人.
數聲風笛離亭晩，君向瀟湘我向秦.

회수에서 벗과 이별하다

양자강가의 버들도 봄을 맞았지만,
버들개지에 강 건너는 나그네는 수심에 잠긴다.
피리 소리 몇 가락에 이별한 누각도 저무는데,
그대는 소상강으로 나는 장안으로 떠나네.

| 詩意 | 揚子江이란, 漢水와 長江의 합류점에서 揚州에 이르는 長江의 중간 부분을 지칭하는 말이다. 부여 부근의 금강을 白馬江이라 부르는 것과 같다. 정곡의 시는 비교적 쉬운 언어로 진솔한 감정을 잘 표출하였다.

菊(국)

王孫莫把比荊蒿，九日枝枝近鬢毛.
露溼秋香滿池岸，由來不羡瓦松高.

국화

귀공자는 국화를 거친 쑥대와 비교말지니,
중양절에 사람들 가지마다 머리에 꽂는다.
이슬에 젖은 가을 향기가 못가에 가득하니,
그래서 기와지붕의 잡초도 부러워 않는다.

| 詩意 | 四體를 움직이지도 않고(四體不勤), 五穀도 구분하지 못하는 王孫(貴公子)은 거친 쑥대와 들국화를 혼동하여 구분 못할 수도 있다. 이에 먼저 그런 잡초와는 다르다는 사실을 분명히 밝히며, 중양절에 국화가 얼마나 고상한 꽃인가를 언급하였다.

이어 가을날 국화의 향기를 말했다. 그리고 국화가 비록 낮은 곳에 또는 울타리 아래서 꽃을 피우지만, 기와지붕에 자라는 잡초(瓦松, 와송)를 부러워하지 않는다며 국화의 고상한 지조를 칭송했다.

讀李白集(독리백집)

何事文星與酒星，一時鍾在李先生？
高吟大醉三千首，留著人間伴月明.

李白集을 읽고

어찌하여 文曲星과 酒星이,
一時에 李先生과 함께 했는지?
마음껏 노래하고 대취하여 3천 수를,
명월과 짝하여 인간에게 남겨주었다.

| 詩意 | 이백의 詩才는 하늘에서 받았다. 文曲星은 詩文을 주재하는 별이다. 술과 함께 유랑하며 마음껏 노래하고 취하면서 3천여 수의 시를 남겼으니, 존경과 경이의 대상이었다.

鷓鴣(자고)

暖戲煙蕪錦翼齊, 品流應得近山雞.
雨昏青草湖邊過, 花落黃陵廟裡啼.
遊子乍聞征袖濕, 佳人纔唱翠眉低.
相呼相應湘江闊, 苦竹叢深春日西.

자고새

따뜻한 날 풀숲에서 비단 날개 펴고,
모양은 꼭 산에 사는 꿩을 닮았구나.
비 오는 해질녘 청초호 가를 날아가고,
꽃이 지면 황릉묘 숲에서 지저귄다.
나그네 잠깐 듣고 눈물로 소매 적시고,
佳人은 노래하고 푸른 아미를 숙인다.
서로가 호응하며 상강은 드넓은데,
苦竹이 우거진 곳, 해는 서산에 진다.

| 詩意 | 정곡은 황소의 난을 겪었던 僖宗(희종) 光啓 3年(887)에 진사에 급제한 뒤 관직은 都官郎中을 역임하여 보통 '鄭都官'이라 불렸다. 그의 칠언율시 〈鷓鴣(자고)〉가 인구에 널리 膾炙(회자)되며, 일시 風靡(풍미)하였기에 '鄭鷓鴣'로 불리기도 하였다.

자고새는 알록달록하고 아름다운 날개를 가진, 꿩과 비슷하지만 비둘기보다는 덩치가 큰 메추리 과에 속하는 새인데 중국 화남지방에 널리 분포한다는 설명이 있다.

이 시에서는 나그네의 고달픔과 수심을 생각나게 하는 새로 그려졌다. 하여튼 이런 새를 노래했다고 시인의 별칭을 시 제목으로 부른다는 것은, 이 시가 그만큼 유명하다는 뜻일 것이다.

북송 歐陽脩(구양수, 1007 – 1072, 字는 永叔, 號 醉翁, 六一居士, 諡號 文忠)는 그의 《六一詩話》에서 정곡의 시에 대하여 '그의 시는 아주 재미있으면서도 佳句가 많다.(其詩極有意思, 亦多佳句.)' 고 하였으나 '그 시격은 아주 높은 것은 아니다(其格不甚高).' 라고 평했다.

하여튼 후대인들의 평가는 사람마다 다르니, 누가 바른 평가를 내렸고 그렇지 못한가는 오직 독자들의 생각일 것이다.

中年(중년)

漢漢秦雲澹澹天, 新年景象入中年.
情多最恨花無語, 愁破方知酒有權.
苔色滿牆尋故第, 雨聲一夜憶春田.
衰遲自喜添詩學, 更把前題改數聯.

중년

끝없는 구름에 덮인 關中땅, 담담한 하늘,
새해의 情景과 함께 중년에 이제 들어섰다.
정말로 한스럽기는 정은 많지만 말 없는 꽃,
수심을 없애려면 술이 좋다는 것을 알았다.
이끼가 담장을 덮은 예전 집을 찾아가서,
밤새워 빗소리 들으며 봄농사를 생각한다.
천천히 늙어가려니 詩 공부를 홀로 즐기려,
예전에 지었던 詩稿를 꺼내 몇 聯을 고쳤다.

| 詩意 | 청춘은 흘러갔지만 그렇다고 노쇠했다고 생각하지 않는다. 지난날을 돌아보면서 얼마가 남았지 모르는 앞날을 생각하며 온갖 상념에 젖을 때가 바로 중년이다.

말 없는 꽃, 술로 풀어버리는 근심, 가슴을 메워오는 온갖 상념 – 중년의 시인은 옛집을 찾아, 빗소리를 들으며 옛날 추억에 잠긴다. 그리고 지난날의 詩稿(시고)를 읽어가며 교정을 한다. – 장년이 된 어느 날의 풍경화이며 정물화이다.

040

齊己(제기)

齊己(제기, 864 – 943?, 속성 胡氏, 名은 得生)는 晩唐(만당) 시기에 '衡岳沙門(형악사문)' 이라 自號(자호)한 詩僧이었다.

贈琴客(증금객)

曾携五老峰前過，幾向雙松石上彈.
此境此身誰更愛，掀天羯鼓滿長安.

琴을 타는 분에게 주다

그전에 짐 지고 五老峰 아래를 지나갔는데,
몇이서 雙松을 마주해 바위서 연주하였다.
이런 정경 이런 사람에 누구를 더 좋아하리.
하늘 높이 羯鼓를 치니 장안을 꽉 채웠다.

| 詩意 | 두 그루 소나무를 마주보고 넓은 바위 위에서 琴을 연주하니 솔바람 소리와 함께 얼마나 운치 있겠는가?

羯鼓(갈고)는 여러 타악기를 뜻한다. 갈고를 힘껏 때려 그 소리가 장안성을 뒤덮을 것이다. 운치가 있겠는가?

早梅(조매)

萬木凍欲折，孤根暖獨回.
前村深雪裏，昨夜一枝開.
風遞幽香去，禽窺素艷來.
明年如應律，先發映春臺.

일찍 핀 매화

온 나무가 얼어 꺾어지려 하는데,
외 뿌리에 온기 홀로 돌아왔네.
앞마을의 깊이 쌓인 눈 속에,
밤 사이에 매화 한 가지 피었네.
바람 불어 그윽한 향기 퍼지니,
새가 알고 흰 꽃을 찾아왔구나.
내년 달력 그대로 순환한다면,
먼저 피워 봄날 누각을 비추리라.

| 詩意 | 齊己가 〈早梅〉라는 시를 지어 가지고, 시단의 선배이면서 交友인 鄭谷에게 가르침을 청했다.

정곡이 읽어보니 '前村深雪裏, 昨夜數枝開' 라는 구절이 있었다. 정곡은 "매화가 '여러 가지' (數枝)에 피었다면 '이르다(早)' 라 할 수 없으니 '한 가지(一枝)' 라고 고치는 것이 좋겠다." 고 말해 주었다. 제기는 정곡의 말을 듣고 깊이 탄복하면서 말했다.

"改得好(바꾸니 좋네!), 改得妙(바꾸니 묘하네!)"

그리고 자신도 모르게 크게 절을 올렸다. 제기는 글자 하나의 위력이 어떠한 가를 절감했다. 이후 제기는 정곡을 '一字師'라 높여 불렀다. 이후 이런 사실이 널리 알려지면서 지금까지 전해 오고 있다.

숙련공과 비숙련공, 스승과 제자의 차이는 얼핏 보면 큰 차이가 없다. 문제의 핵심을 정확하게 파악한다든지, 선악의 미묘한 갈림길에서 정확하게 방향을 짚어주는 사람이 스승일 것이다.

글자 하나의 차이를 꼭 집어내주는 스승 – 그런 스승의 가르침을 받을 수 있다면 행복할 것이다.

041

周朴(주박)

周朴(주박, ? - 879, 字는 太朴)은 吳興 사람인데, 福州에 피난하여 烏石山의 절에 기숙하며 살았다. 주박은 처음부터 벼슬을 구하지 않았다. 황소의 난 이후 황소가 주박을 불러 벼슬을 내리려 했을 때 주박은 "나는 천자가 주는 벼슬도 마다했는데, 어찌 도적의 벼슬을 받겠는가?" 라고 말해 황소에게 살해되었다고 한다.

주박의 시는 《全唐詩》 673권 수록되었다.

塞上曲(새상곡)

一陣風來一陣砂，有人行處沒人家.
黃河九曲冰先合，紫塞三春不見花.

새상곡

한바탕 바람 불면 한차례 모래바람이니,
행인이 가는 곳에 인가도 없다.
황하의 아홉 구비에 얼음이 먼저 얼고,
봄날의 붉은 長城엔 꽃도 볼 수 없다.

| 詩意 | 변방의 황량한 풍경을 멀고 가까이서, 또 계절을 바꿔가며 읊었다.

桃花(도화)

桃花春色暖先開, 明媚誰人不看來.
可惜狂風吹落後, 殷紅片片點莓苔.

복숭아꽃

봄날의 꽃 도화는 날이 따뜻하면 먼저 피는데,
환하게 눈썹 그린 여인 그 누가 아니 보겠나?
사나운 바람 불면 따라 지는 것이 애석하나,
밝고도 붉은 많은 꽃잎이 이끼에 떨어진다.

| 詩意 | 많은 사람들의 사랑을 받는 복숭아꽃을 자세히 보면 참으로 곱다. 妖艶(요염)이란 말에 가장 잘 어울리는 꽃이나, 복숭아꽃은 약하다. 약하기에, 狂風이 아닌 약한 바람에도 날려 떨어진다.

042

盧汝弼(노여필)

盧汝弼〔노여필, ? – 921, 字는 子諧(자해)〕은 중당의 시인 盧綸(노륜, 739 – 799)의 손자이다. 황소의 부장이었다가 당에 투항한 뒤 軍政의 실권을 장악한 朱全忠(後梁의 건국자)이 昭宗을 핍박하여 낙양으로 천도할 때 소종을 따라 호위했다. 당이 멸망한 뒤 한때 後唐에서 관직을 역임하였다.

和李秀才邊情四時怨(화이수재변정사시원) 四首 (其一)

春風昨夜到楡關，故國煙花想已殘.
少婦不知歸不得，朝朝應上望夫山.

李秀才의 '邊情四時怨' 에 대해 화답하다 (1 / 4)

어젯밤 춘풍이 유관을 넘어 불었으니,
고향의 꽃들은 아마도 벌써 졌으리라.
젊은 아내는 돌아올 수 없는 줄도 모르고,
아침마다 으레 망부산에 올랐으리라.

和李秀才邊情四時怨(화이수재변정사시원) 四首 (其四)

朔風吹雪透刀瘢，飮馬長城窟更寒.
半夜火來知有敵，一時齊保賀蘭山.

李秀才의 '邊情四時怨' 에 대해 화답하다 (4 / 4)

북풍에 눈발 날고 칼에 다친 상처 쑤시는데,
長城 아래 말 물 먹일 때 샘물 더욱 차구나.
한밤에 봉화 올라 적의 내습을 알리니,
일시에 다 같이 하란산을 수비한다.

| 詩意 | 이 시는 변방의 일을 춘하추동으로 나누어 읊은 변새시이다. 楡關(유관)은 山海關이니, 당의 동북방이고, 賀蘭山(하란산)은 지금의 寧夏回族自治區와 내몽고 자치구의 경계에 있는 이름이니, 당의 서북방이다. 이 시는 변새시의 전통을 따르면서도 일치단결하여 외적 방비라는 애국심을 고취시키려는 의도가 보인다.

043
崔塗(최도)

崔塗(최도, 854 – 卒年 미상, 字는 禮山)는 僖宗 光啓 4년(888)에 진사과 급제했으나 일생동안 四川, 貴州, 江蘇, 浙江 일대를 떠돌았다. 그의 시는 이런 떠돌이 생활과 실의, 고향 그리는 마음을 주제로 묘사하였는데 침울, 처량한 느낌의 시가 많다.
《全唐詩》 679권에 수록되었다.

送友人(송우인)

登高迎送遠，春恨倂依依.
不得滄州信，空看白鶴歸.

벗을 보내다

등고해 친우를 만나 멀리 보내니,
봄날의 情恨은 모두 끝이 없도다.
창주의 소식은 듣지 못했고,
날아오는 백학을 실없이 바라본다.

| 詩意 | 詩 속의 滄州(창주)는, 今 河北省 동남부의 滄州市에 해당한다.

櫓聲(노성)

煙外橈聲遠, 天涯幽夢廻.
爭知江上客, 不是故鄕來.

노 젓는 소리

안갯속으로 노 젓는 소리 멀어지고,
하늘 끝에서 아득한 꿈처럼 헤맨다.
강에서 나그네 다투는 소리 들리니,
고향에서 온 사람들은 아니다.

| 詩意 | 말소리 들어보면 어디 사람인 줄 대략은 알 수 있다. 고향의 사투리가 아니니 확실히 고향 사람은 아니다.

巫山旅別(우산여별)

五千里外三年客, 十二峰前一望秋.
無限別魂招不得, 夕陽西下水東流.

무산에서 여행 중 헤어지다

5천 리 밖을 삼 년간이나 떠도는 나그네,
巫山의 십이봉 아래서 가을을 맞이한다.
끝없이 떠도는 혼령은 불러올 수도 없고,
서산에 해는 지는데 강은 동으로 흐른다.

| 詩意 | 그야말로 정처 없는 구름 나그네이다. 驛馬煞(역마살)이 끼었다면 어쩔 수 없는 병이다.

題絶島山寺(제절도산사)

絶島跨危欄, 登臨到此難.
夕陽高鳥過, 疎雨一鐘殘.
駭浪搖空闊, 靈山厭渺漫.
那堪更回首, 鄕樹隔雲端.

외딴 섬의 절에서 짓다

동떨어진 섬의 높은 난간에 기댔는데,
여기까지 오르기도 어려웠다.
석양에 새는 높이 날아가고,
성긴 빗속에 종소리도 그쳐간다.
놀란 파도가 넓은 하늘을 뒤흔들고,
靈山은 아주 멀리 까마득하다.
어찌 다시 고개를 돌리지 않으랴?
고향의 수풀은 구름 너머 저편에 있다.

| 詩意 | 절해고도의 절인지, 아니면 큰 강의 섬에 있는 사원인지 알 수 없지만, 외진 곳에 있기에 고향 생각이 더 간절했으리라.

春夕(춘석)

水流花謝兩無情，送盡東風過楚城.
蝴蝶夢中家萬里，子規枝上月三更.
故園書動經年絶，華髮春唯滿鏡生.
自是不歸歸便得，五湖煙景有誰爭?

봄 밤

흘러간 물과 지는 꽃 모두 무정하나니,
봄철을 다 보내고 남쪽의 여러 성을 지난다.
나비를 꿈꾸었던 꿈속의 고향은 만 리 밖이고,
자규가 울던 가지에 걸친 달은 이제 삼경이다.
고향서 오던 서신은 해가 바뀌면서 끊어졌고,
봄되어 하얀 백발은 거울 속을 가득 채웠다.
여기서 귀향할까 안할까 어느 쪽이 나을지,
안개가 짙은 五湖 풍경 속 누구와 애기하겠나?

| 詩意 | 실제 여행을 하다 보면 動線과 日程, 그리고 모든 것을 늘 선택 결정해야 한다. 무엇을 사 먹고, 어디 가서 숙박해야 할지, 그리고 내일은 또 어떻게 진행해야 하나?

돌아갈 일정이 정해졌고 통신이 자유로운 지금의 여행도 그러하거늘, 당나라 시절의 교통 상황에서 여행 자체가 모험이며 용기였다.

거기에 고향 그리는 마음이 겹쳐지기에 수심이 많고, 그래서 머리는 더 하얗게 변했을 것이다.

044

王駕(왕가)

王駕(왕가, 851 – ?, 字는 大用, 自號 守素先生)는 昭宗 大順 원년(890년)에 진사과에 급제하였고 禮部員外郎을 역임했다. 그의 詩作인 〈社日〉과 〈雨晴〉이 널리 알려졌는데, 지금은 그의 시 6수가 《全唐詩》 690권에 수록되어 전해온다.

社日(사일)

鵝湖山下稻粱肥, 豚柵雞棲半掩扉.
桑柘影斜春社散, 家家扶得醉人歸.

토지신 제사하는 날

鵝湖山(아호산) 아래 벼와 수수가 잘 여물었고,
돼지 우리와 닭장, 그리고 사립문은 반쯤 열렸다.
봄날 사당에 뽕나무 그늘이 어른거리고,
집집마다 술 취한 어른을 부축하여 돌아간다.

| 詩意 | 중국의 어느 마을에 가든 토지신을 모신 사당이 있는데, 이를 社라고 한다. 토지신은 대개 늙은 할아버지와 할머니의 형상으로 만들어졌으며, 봄과 가을 두 차례에 걸쳐 마을 사람들이 모여 토지신께 제사를 올린다.

鵝湖山(아호산)은, 今 江西省 東北部, 武夷山脈의 북쪽 上饒市(상요시) 관할의 鉛山縣(연산현)에 있는 산이라는 주석이 있다.

이 시에는 밭곡식도 잘 여물었고, 집집마다 돼지와 닭도 키우고 있으니 풍년 든 태평세월이다. 모처럼의 마을 축제일이니, 할아버지들이 먼저 취했고 – 딸이나 손자들이 할아버지를 부축해 돌아가는 정겨운 모습이다.

雨晴(우청)

雨前初見花間蘂, 雨後全無葉底花.
蛺蝶飛來過牆去, 却疑春色在鄰家.

비가 개다

비가 내리기 전에 꽃밭에서 꽃술을 보았는데,
비가 그친 뒤 잎 사이에 꽃이 보이지 않았다.
호랑나비는 날아왔다가 담 너머 날아가 버렸고,
봄기운이 이웃집으로 떠나버린 것 같다.

| 詩意 | 제목 一作 〈晴景(청경)〉. 蛺은 호랑나비 협, 蝶은 나비 접.

비가 내리는 동안 꽃잎이 졌고, 또 나비도 담 너머로 날아가 버리자 봄의 景色을 잃어버린 것 같다는 시인의 섬세한 감각이 돋보인다.

045

陳玉蘭(진옥란)

陳玉蘭(진옥란)은, 시인 王駕(왕가)의 妻.

寄夫(기부)

夫戍邊關妾在吳，西風吹妾妾憂夫.
一行書信千行泪，寒到君邊衣到無?

남편에게 보내다

낭군께선 방수하러 변방에, 저는 吳에 있는데,
나에게도 서풍이 불으니, 낭군이 걱정됩니다.
한 줄의 서신에 수없이 많은 눈물 흘렸는데,
낭군께도 추워졌을 터인데 옷은 받으셨나요?

| 詩意 | 이 시의 모든 句에는 낭군과 첩의 相對나 相關으로 이루어졌다. 곧 '當句對' 의 형식으로 지어졌다. 邊關과 在吳, 西風과 憂夫, 一行書에 千行泪, 그리고 마지막에 寒到에 衣到로 묻고 있다.

妾은 고대에 여인의 자칭으로 쓰인 말이다. 本妻와 後妾의 관계가 아니다.

046
韓熙載(한희재)

韓熙載(한희재, 902－970, 字는 叔言)는 북방에서 남방으로 피난한 귀족으로 五代十國 중 南唐의 宰相을 역임했다. 남당은 937－975년까지 39년을 존속하다가 北宋에게 망했는데, 도읍은 金陵(금릉)이었고 건국자 先主 李昪(이변), 中主 李璟(이경), 後主 李煜(이욱)의 帝王이 재위했나. 후주 이욱은 詞 작가로 유명했다.

한희재의 시는《全唐詩》738권에 5수가 수록되었다.

感懷詩(감회시) 二章 (其一)

僕本江北人，今作江南客.
再去江北遊，擧目無相識.
金風吹我寒，秋月爲誰白.
不如歸去來，江南有人憶.

감회시 (1 / 2)

나는 본래 장강 북쪽 사람인데,
지금은 강남땅의 나그네이다.
다시 강북에 다니러 왔지만,
눈을 들어 찾아도 아는 이 없다.
차가운 서풍이 내게 불어오고,
가을 달은 누구를 비추는가?
다시 돌아가는 것만 못하니,
강남에 남은 사람이 그립다.

| 詩意 | 僕은 종 복. 마부. 나(我). 1인칭 대명사이다. 새도 날아다니다가 둥지로 돌아오고, 여우도 죽을 때는 태어난 쪽으로 머리를 둔다(狐死首丘)고 하지만, 고향이 황폐해졌으니 머물던 타향이 더 그리울 수 있을 것이다. 내가 恩愛를 받을 수 있는 곳이 바로 고향이며 집이 아니겠는가?

047
李洞(이동)

李洞(이동, 생졸년 미상, 字는 才江)은 당 황실의 한 사람이었지만 가난했으며 苦吟(고음)을 즐겨 가끔은 침식을 잊을 정도였다.

昭宗(재위 888 – 904) 때 과거에 여러 번 응시했으나 낙방하였다.

賈島(가도)를 열렬히 추종하였다. 蜀에 들어가 유람하다가 죽은 것으로 알려졌다.

《全唐詩》 721 – 723권에 그의 시가 수록되었다.

繡嶺宮詞(수령궁사)

春日遲遲春草綠, 野棠開盡飄香玉.
繡嶺宮前鶴髮翁, 猶唱開元太平曲.

수령궁의 노래

길고 긴 봄날 새파란 봄풀이 돋았고,
들에 산 앵두꽃 피어 바람결에 향기롭다.
수령궁 앞에 사는 머리 하얀 노인은,
아직도 開元 시대 태평곡을 노래한다.

| 詩意 | 장안 驪山(여산)에 별궁으로 華淸宮과 華淸池가 있고, 여산의 양쪽 동서에 繡嶺(수령)이 있고 거기에도 별궁이 있었다고 한다.

有寄(유기)

愛酒耽耽田處士，彈琴咏史賈先生.
御溝臨岸有雲石，不見鶴來何處行?

증정

술을 좋아하고 바둑을 즐기던 田處士,
탄금하며 역사를 읊조리던 賈先生.
궁궐을 지난 하천 언덕에 구름 같은 돌이 있고,
날아드는 鶴이 보이지 않으니 어디로 갔는가?

| 詩意 | 田處士나 賈先生은 물론 궁 안의 황제와 귀인들 모두 인생 무상 아닌가?

048

花蘂夫人徐氏(화예부인서씨)

花蘂夫人 徐氏(화예부인 서씨, ?－976. 蘂는 꽃술 예, 꽃의 암술, 수술)는 後蜀의 後主 孟昶(맹창)의 寵妃(총비)로 姿色이 美豔(미염)하여 慧妃(혜비)라 불렸다. 화예부인은 五代十國 시대의 저명한 여류 시인인데,《全唐詩》에는 '孟昶妃'로 기록되었다.

述國亡詩(술국망시)

君王城上豎降旗，妾在深宮哪得知?
十四萬人齊解甲，更無一個是男兒?

나라 멸망을 서술한 시

군왕께서 성 위에 항복 깃발을 세울 때,
깊은 궁에 있던 제가 어찌 알았겠습니까?
십사만 명 장졸이 일제히 갑옷을 벗을 때,
정말로 사내대장부가 한 명도 없었나요?

| 詩意 | 花蘂夫人(화예부인)은 芙蓉花와 牡丹花를 좋아하였기에 孟昶(맹창)은 후촉의 도성인 成都(성도, 청뚜)에 대량으로 심게 하였는데, 성도의 모란은 낙양의 모란보다 더 좋다는 말과 함께, 성도는 芙蓉城(부용성)이라고 불렀다. 화예부인은 아주 총명했고 지혜도 뛰어났으며 시문에도 능했다.

맹창은 나중에 주색에 탐닉했다. 후촉 廣政 30년(965), 맹창은 趙匡胤(조광윤)의 宋(北宋, 趙宋)에 투항했고, 이때 화예부인이 이 시를 지었다. 14만 명의 대군이 얌전하게 갑옷을 벗고 병기를 버릴 때, 화예부인은 '更無一個是男兒' 라고 하였다. 맹창은 물론 대신, 장군 모두 부끄러웠을 것이다.

傳說에 의하면, 화예부인은 송 태조 조광윤의 후비가 되었지만, 맹창을 잊지 못하여, 맹창이 활 쏘는 그림을 그려놓고 제사를 몰래 지냈다. 나중에 조광윤이 그림을 보고 누구냐고 묻자, 화예부인은 '張仙(장선)이란 신선인데, 아들을 점지하는 神(送子之神)으로, 蜀人은 모두 알고 있다.' 고 거짓말을 했고, 조광윤은 더 이상 추궁하지 않았다.

이 이야기가 민간에 널리 퍼졌고, 맹창은 지금도 아들을 점지해주는 신으로 숭배된다.

049
譚用之(담용지)

譚用之(담용지, 字는 藏用) - 五代의 시인.

《全唐詩》764권 수록.

秋宿湘江遇雨(추숙상강우우)

江上陰雲鎖夢魂，江邊深夜舞劉琨.
秋風萬里芙蓉國，暮雨千家薜荔村.
鄕思不堪悲橘柚，旅遊誰肯重王孫.
漁人相見不相問，長笛一聲歸島門.

가을에 湘江에 유숙하다 비를 만나다

강을 덮은 먹구름에 꿈속의 혼백이 놀라고,
강가 깊은 밤이나 劉琨(유곤)은 검무를 익힌다.
부용이 피는 땅에 추풍은 1만 리나 불어오고,
저녁 비는 薜荔(벽려)가 우거진 1천 호 마을에 내린다.
고향 생각 견디기 어려워 귤나무에도 슬퍼지니,
떠도는 여행길에 왕손인들 누가 중히 여기리오!
어부들은 서로 만나도 내게 묻지 않나니,
길고 긴 피리 소리 남기며 섬으로 돌아간다.

| 詩意 | 劉琨(유곤)은 西晉 사람으로, 그의 친우와 함께 검무를 열심히 익혔다는 사람이다. 薜荔(벽려)는 과일나무의 이름이다.

마지막 尾聯은 屈原(굴원)의 〈漁父詞〉를 원용하였다. 굴원과 어부는 서로 이야기를 나눈 뒤 어부는 노래를 부르며 사라진다. 여기 상강의 어부는 나그네를 보고 아무런 말도 없이 피리 소리를 남기고 강물 어딘가의 섬으로 사라진다고 하였다.

050

張泌(장필)

張泌(장필, 930 – ?)은 五代시대 南唐의 시인.

《全唐詩》 742권에 수록되었다.

寄人(기인)

別夢依依到謝家, 小廊迴合曲闌斜.
多情只有春庭月, 猶爲離人照落花.

여인에게 주다

희미한 꿈결 속에 謝道韞의 집에 갔는데,
좁은 복도가 이어 둘렀고 옆으로 굽은 난간.
달빛 내린 봄밤의 정원에 오직 다정한 만남,
다만 떠날 사람 위해 달빛은 낙화를 비춘다.

| 詩意 | 여러 가지로 길게 설득하는 말보다 때로는 글이나 서신이 더 효과적일 수 있다. 한 남자와 여인이 몰래 사랑하는 사이이다. 남자가 여인에게 보내는 사랑의 시이다.

謝家는 동진의 유명한 才女 謝道韞(사도온, 韞은 감출 온)의 집인데, 여인의 집을 뜻한다. 謝道韞(사도온, 생졸년 미상, 謝道蘊)의 字는 令姜(영강)으로 東晋의 재상인 謝安(사안)의 姪女(질녀)이고, 安西將軍 謝奕(사혁)의 딸이며, 명장 謝玄(사현)의 누나이면서, 또 유명한 명필 王羲之(왕희지)의 아들 王凝之(왕응지)의 아내이다.

051

孟賓于(맹빈우)

盈賓于(맹빈우, 생졸년 미상, 字는 國儀)는 南唐의 시인으로, 羣玉峰叟(군옥봉수)라 自號했다.
《全唐詩》 740권에 그의 시 8수가 전한다.

公子行(공자행)

錦衣紅奪彩霞明, 侵曉春遊向野庭.
不識農夫辛苦力, 驕驄蹋爛麥青青.

귀공자의 노래

비단옷 붉은색이 아침 햇살에 더욱 선명한데,
새벽을 깨며 들로 봄놀이를 나간다.
농부의 쓰리고 힘든 고생을 알지 못하니,
길들지 않은 말로 푸른 보리밭을 밟아 뭉갠다.

| 詩意 | 오만방자한 귀공자의 만행을 묘사하였다.

錦衣紅奪의 奪은 여기서는 '빛나다', '빛이 섞이다' 의 뜻이다. 驕驄(교총)은 '순하게 길들여지지 않은 말(馬)' 이란 뜻이고, 蹋爛(답란)은 밟아 뭉갠다는 뜻이다.

052
西鄙人(서비인)

西鄙人(서비인)은 서쪽 변방의 백성이란 의미이니, 이름을 알 수 없는 無名氏와 같다.

哥舒歌(가서가)

北斗七星高，哥舒夜帶刀.
至今窺牧馬，不敢過臨洮.

가서한의 노래

북두칠성 높이 떴을 때,
哥舒 장군은 밤에도 칼을 찼네.
지금도 기르는 말을 엿보지만,
감히 臨洮를 넘어오지 못하네!

| 詩意 | 哥舒翰(가서한, ? – 757)은 唐朝의 명장으로, 현종 天寶 연간에 安西節度使가 된 돌궐족 사람이다. 哥舒는 姓인데, 돌궐인들은 부락 이름을 성으로 사용했다.

가서한은 安西節度使로서 당에 침입하는 티베트인들을 격퇴하여 명성을 떨쳤다. 안록산의 난 때 안록산 군에게 억류되었다가 안록산의 아들 안경서에게 살해되었다.

臨洮(임조)는 甘肅省(감숙성) 定西市의 縣 이름으로, 秦代 萬里長城의 서쪽 起點이다.

전체적으로 언사가 강건하고 힘이 느껴진다. 이는 아마 서북지역 사람들의 정서와 같을 것이다.

본 작품은《唐詩三百首》에도 수록되어 널리 알려졌다.

053

太上隱者(태상은자)

太上隱者(태상은자) - 이 역시 無名氏라 할 수 있다.

答人(답인)

偶來松樹下，高枕石頭眠.
山中無曆日，寒盡不知年.

묻는 이에게 말하다

우연히 소나무 아래에 와서,
돌멩이 높이 베고 잠들었다.
산속에 달력이 없으니,
추위가 끝나도 바뀐 해를 모른다.

| 詩意 | 隱者의 생활과 감정을 스스로 노래했다. 아무데서나 머물고 잠이 들 수 있다는 신체적 자유는, 곧 현실에 얽매이지 않는 정신의 자유일 것이다.

李白 〈山中答俗人〉의 '問余何事棲碧山, 笑而不答心自閑' 의 경지와 같을 것이다.

054

無名氏(무명씨)

初渡漢江(초도한강)

襄陽好向峴亭看，人物蕭條屬歲闌.
爲報習家多置酒，夜來風雪過江漢.

한강을 건너다

양양에는 峴山의 정자가 보기 좋다고 하는데,
세밑이라 오가는 사람 없고 풍경도 쓸쓸하다.
객점에 술 좀 많이 준비하라 알려야 하나니,
한밤에 눈보라 속에 추운 강을 건너왔다오.

| 詩意 | 무명씨의 시라고 글자만 겨우 깨우친 농부들의 시가 아니다. 다만 그 이름이 전해오지 않을 뿐이다. 이 시의 작자가 시에 인용한 전고를 보면, 글줄이나 착실하게 읽은 사람들이다.

漢江은 양자강의 최대 지류로, 양양을 거처 武漢에서 장강과 합류한다. 현산은 襄陽에 있는데 이곳에 西晉 羊祜(양호)의 선정을 새긴 墮淚碑(타루비)가 있다.

習家란 후한 초기 재상이었던 習郁(습욱)의 집인데 매우 경치가 좋아 후세에 여러 사람들이 여기서 연회를 즐겼다고 한다. 여기서는 客館의 뜻으로 쓰였다.

눈보라치는 겨울의 강을 건너왔다면 술 생각이 절로 날 것이고 당연히 술을 마셔야 잠잘 수 있을 것이다.

雜詩(잡시)

青天無雲月如燭，露泣梨花白如玉.
子規一夜啼到名，美人獨在空房宿.

잡시

맑은 하늘에 구름 없고 달빛은 촛불마냥 밝은데,
이슬 맺혀 우는 듯 배꽃은 옥처럼 희구나.
자규는 온밤 내내 날이 밝도록 우는데,
미인은 홀로 빈방에 누워있네.

| 詩意 | 달 밝은 봄밤에 보는 梨花를 읊었다. 梨花나 杏花 같은 과일 나무 꽃은 요란하지 않아서 좋은데, 그중에서도 桃花가 가장 요염하다.

河鯉登龍門(하리등용문)

年久還求變，今來有所從.
得名當是鯉，無點可成龍.
備歷艱難徧，因期造化容.
泥沙寧不阻，釣餌莫相逢.
擊浪因成勢，纖鱗莫繼蹤.
若令搖尾去，雨露此時濃.

황하의 잉어가 龍門에 오르다

오랜 세월이 지나면 변화해야 하니,
지금 시대도 그렇게 따라가야 한다.
응당 잉어처럼 이름을 날려야 하니,
몸에 얼룩점이 없으면 龍이 된단다.
두루 여러 간난을 거쳐왔으며,
때가 되면 조화를 부려야 한다.
진흙 모래에 어찌 길이 막히고,
낚시 미끼에 걸리지도 말지어다.
물결을 치고 세력을 키워나가니,
작은 물고기 누구가 따라오겠나!
만약 꼬리를 흔들며 하늘에 오르면,
비와 구름도 함께 따라 오르리라.

| 무명씨 |

| 詩意 | 無名氏의 간절한 소원이지만, 詩에는 懷才不遇(회재불우)의 탄식이 진하게 배어난다.

'備歷艱難徧'의 艱難(간난)은 우리말 '가난'의 어원이다. 생각해 보시라! 끼니를 때우기 어려운데, 어느 시간에 글을 읽으랴? 끼니야 해결된다지만, 과거 시험 준비가 1, 2년으로 끝나는가? 또 인생의 어려움이 어찌 끼니 때우기 뿐인가? 하여튼 모든 간난을 이겨내며 꾸준히 노력해야 한다.

황하의 두렁허리(장어)가 강물을 거슬러 龍門까지 올라왔는데, 그 용문에 머무는 동안 몸에 점이 생기면, 하류로 다시 내려가야 한다. 결국은 죽음이다. 그러나 그 용문에서 힘차게 격랑을 이기고 용문을 통과해야 한다. 그러면 용이 되어 승천한다.

그런 가능성이 열려 있어야 한다. 가능성 – 기회조차 없다면 누가 어디서 무엇을 대상으로 奮鬪(분투)하고 노력하겠는가?

一生에 어떤 기회가 주어지고, 거기에 따른 노력이 있어도, 성공과 실패가 뜻대로 되지는 않는다. 그래도 우리는 신념을 갖고 노력해야 한다.

人生은 성공 아니면 실패의 양자 擇一(택일)이 아니다. 다시 말해 인생은 결과만을 의미하지 않나니, 바로 그 과정이다. 곧 노력하는 과정 자체가 우리의 인생이다!

〈저자 약력〉

도연 진기환(陶硯 陳起煥)

서울 대동세무고등학교장 역임

《三國演義》 원문읽기 (2020년), 《新譯 王維》 (2016년), 《唐詩絶句》 (2015년), 《唐詩逸話》 (2015년), 《唐詩三百首 (上·中·下)》 (2014년. 공역), 《金瓶梅 評說》 (2012년), 《上洞八仙傳》 (2012년), 《三國志 人物 評論》 (2010년), 《水滸傳 評說》 (2010년), 《中國人의 俗談》 (2008년), 《儒林外史》 (抄譯) 1권 (2008년), 《三國志 故事名言 三百選》 1권 (2001년), 《三國志 故事成語 辭典》 1권 (2001년), 《東遊記》 (2000년), 《聊齋誌異(요재지이)》 (1994년), 《神人》 (1994년), 《儒林外史》 (1990년)

《완역 漢書》 八表 / 十志. 5권. 近刊 예정, 《正史 三國志》 全 6권 (2019년), 《완역 後漢書》 全 10권 (2018 - 2019년), 《완역 漢書》 全 10권 (2016 - 2017년), 《十八史略》 5권 중 3권 (2013 - 2014년), 《史記人物評》 (1994년), 《史記講讀》 (1992년)

《孔子聖蹟圖》 (2020년), 《論語名言三百選》 (2018년), 《論述로 읽는 論語》 (2012년), 《중국의 神仙 이야기》 (2011년), 《아들을 아들로 키우기 / 가정교육론》 (2011년), 《三國志의 지혜》 (2009년), 《三國志에서 배우는 인생의 지혜》 (1999년), 《中國人의 土俗神과 그 神話》 (1996년)

唐詩大觀(당시대관) [7권]

초판 인쇄 2020년 12월 10일
초판 발행 2020년 12월 18일

편 역 | 진기환
발 행 자 | 김동구
디 자 인 | 이명숙 · 양철민
발 행 처 | 명문당(1923. 10. 1 창립)
주 소 | 서울시 종로구 윤보선길 61(안국동)
우체국 010579-01-000682
전 화 | 02)733-3039, 734-4798, 733-4748(영)
팩 스 | 02)734-9209
Homepage | www.myungmundang.net
E-mail | mmdbook1@hanmail.net
등 록 | 1977. 11. 19. 제1~148호

ISBN 979-11-90155-57-1 (94820)
ISBN 979-11-90155-50-2 (세트)
25,000원